Mi Luna

Leandra Olesian

Copyright © 2024 by Leandra Olesian

All rights reserved.

No portion of this book may be reproduced in any form without written permission from the publisher or author, except as permitted by U.S. copyright law.

Contents

1. Prólogo. 1
2. Capítulo 1. 3
3. Capítulo 2. 14
4. Capítulo 3. 26
5. Capítulo 4. 38
6. Capítulo 5. 52
7. Capítulo 6. 67
8. Capítulo 7. 75
9. Capítulo 8. 82
10. Capítulo 9. 95
11. Capítulo 10. 102
12. Capítulo 11. 113
13. Capítulo 12. 125
14. Capítulo 13. 137
15. Capítulo 14. 152

16. Capítulo 15. — 164
17. Capítulo 16. — 180
18. Capítulo 17. — 192
19. Capítulo 18. — 205
20. Capítulo 19. — 220
21. Capítulo 20. — 233
22. Capítulo 21. — 251
23. Capítulo 22. — 262
24. Capítulo 23. — 277
25. Capítulo 24. — 292
26. Capítulo 25. — 301

Prólogo.

Aiden es un ser frío, arrogante y con sed de sangre, no se detendrá hasta finalizar su venganza. Hacer pagar a todo aquel que le hizo daño de alguna manera.

Flora es una chica risueña, con ganas de devorar el mundo y comenzar nuevas aventuras. No quiere saber nada de venganzas, guerras o manadas enemigas. Sólo desea viajar, conocer cosas nuevas y sentir otras cosas.

Flora jamás pensó que ese verano, después de acabar las clases del instituto, tendría que dejar toda su vida atrás para unirse en matrimonio a Aiden Wilson. Un matrimonio forzado por parte de su abuelo y el Alfa de la manada Dark. Nada más ni nada menos que la manada enemiga, con la que han estado en guerra durante años.

Jamás pensó que ese día al levantarse tendría que hacerle frente a uno de los Alfas más temidos. Y es que ella sabe que Aiden odia a su familia, como también sabe que no dudará en matarla en cuanto esté un poco distraída.

Aiden odia con todo su ser la manada Night, al igual que también odia a todo el que habita en ella. Misma que ha matado a su familia y parte de su gente. Desea cobrar venganza a través de Flora, nieta del Alfa Edward. A quien quiere hacer sufrir y hacerla pagar por todo lo que su abuelo hizo. Y no dudará en hacerlo. O eso cree él.

Pero, ¿qué pasa cuando su lobo oculta algo en secreto con la loba de Flora? Aiden tiene dos opciones y un solo camino. Sólo Diosa Luna sabe el camino que elegirá el futuro Alfa.

Capítulo 1.

F lora

Supe que algo pasaba en cuanto me levanté esta mañana. Después de ir al baño, hacer mis necesidades y darme una ducha rápida, bajo al salón, donde veo a mis padres. Mamá está en su regazo, solo puedo ver su espalda, y por el movimiento que hace puedo ver que está sollozando.

—¿Ocurre algo? — pregunto un poco asustada.

Siempre le hago caso a mi instinto, y sé que hoy no va a ser un día agradable, mucho menos feliz.

Mamá se da la vuelta y la veo con los ojos rojos por el llanto que no la deja. Veo que tiene un sobre en las manos y papá ni siquiera me mira. Tiene la mandíbula tan tensa que creo que se romperá algún diente. Casi los escucho rechinar.

—También lo noto — susurra Ela, mi hermosa loba.

—Mi hermosa niña — se levanta para envolverme en sus cálidos brazos —. Todo estará bien.

Vale. Eso es lo primero que dicen en las películas cuando claramente, algo no va a ir bien. Siento ganas de correr.

Papá se levanta y nos envuelve en sus brazos, dejando besos en mi cabeza. Un sonido fuerte se escucha en la puerta principal y giro un poco la cabeza para ver a mi hermano Einar entrar con cara de pocos amigos. Noto su enfado y la rabia contenida en sus ojos. Misma que se suaviza cuando me ve.

Me separo de mis padres para ir a su lado y abrazarlo.

—Lo siento — susurra cuando me envuelve en sus brazos y siento como mi corazón golpea fuerte y rápido en mi pecho.

—¿Qué ocurre? — pregunto, por segunda vez, con falsa valentía mientras me pongo recta.

—El abuelo... — comienza a hablar mamá — El abuelo ha recibido una carta de la manada Dark. Sabes que llevamos años con esta absurda enemistad. El Alfa Hunter le ha dicho que tiene una solución a nuestro problema.

Mi hermano tensa la mandíbula, veo la furia que se apodera de su cara y aprieta las manos en puños. Está intentando controlarse.

—Eso está muy bien — murmuro desconcertada —. Podremos estar en paz.

Papá baja la cabeza y escucho como traga saliva. Papá nunca, nunca baja la cabeza ante nadie, y cuando la vuelve a levantar me mira con los ojos rojos. Siento que me voy a desmayar.

—Alfa Hunter ha propuesto que te unas en matrimonio con su hijo. El futuro Alfa Aiden — susurra papá con un nudo en la garganta y por un momento dejo de respirar.

Alfa. Hijo. Matrimonio. Alfa Aiden. No, no puedo casarme con ese hombre. Es un ser despiadado, egoísta, vengativo y cruel. He escuchado todo lo que ha hecho, y lo que hace, con sus enemigos. Yo soy su enemiga por vivir en esta manada, me matará. Solo tengo dieciocho años, soy joven, quiero vivir.

Mi hermano se acerca a mí cuando comienzo a hiperventilar y me envuelve en sus brazos.

—Haremos otra cosa. No dejaremos que te vayas a esa manada y mucho menos que te cases con esa mierda.

Quiero creerlo, enserio, pero no puedo. Necesito hablar con el abuelo, necesito que me diga que no va a aceptar esta locura. Me separo de los brazos de mi hermano y salgo corriendo a la calle. Los abuelos solo viven a cinco minutos.

Llego en menos de eso y comienzo a tocar la puerta con mis puños. Necesito que abran esta puerta. Una de las muchachas que trabajan aquí lo hace y paso corriendo. Ni siquiera me da tiempo a mirar su cara, solo me dirijo al despacho del abuelo, donde sé que estará. Entro sin tocar y me quedo en la puerta al ver a dos personas que no son de mi manada.

Son... son ellos.

Alfa Hunter se levanta de la silla y se gira para mirarme con una sonrisa genuina. Una que no tiene su hijo, que me mira con el rostro congelado. Su cara está libre de cualquier emoción, algo que me dé las señales para saber que me va a matar en cuanto le de la espalda o cierre los ojos.

No lo miro más y me dirijo a paso rápido hasta donde está mi abuelo con una sonrisa. Que me perdonen los Dioses, pero quiero borrarla de un guantazo para que entienda que esto no es una situación alegre.

—Abuelo, dime que no has aceptado esto — planto mis manos en su escritorio y me alza una ceja.

Nunca, jamás, le he hablado más fuerte de lo normal, mucho menos entro a su despacho sin llamar, y por supuesto, nunca le he plantado cara, pero no puede aceptar esto. Nadie tiene derecho a elegir por mí.

—¿Qué son esos modales, muchachita? — me reprende moviendo su cabeza de lado a lado.

—¿Vas a aceptar esto? — vuelvo a hablar y su rostro cambia.

Baja la vista unos segundos antes de volver a mirarme y no hace falta que me diga la respuesta. Ya la sé. Ha aceptado esto. Su rostro muestra derrota, tristeza y melancolía. Llevamos muchos años en guerra con la manada Dark, entiendo que quieran acabar con esta enemistad, pero no a través de mí. No voy a aceptar que me vendan como si yo fuese una vaca o un caballo.

No. Me niego.

Si mi padre fuese el Alfa, no aceptaría esto, ni siquiera seguiríamos en guerra con otra manada. Sin embargo, el abuelo se niega a darle el puesto. No lo entiendo, ya está viejo, necesita disfrutar de la vida y descansar un poco.

—Corre — murmura Ela y siento como se me eriza la piel.

Doy un paso atrás, luego otro y otro hasta que giro y choco con una persona alta, un pecho duro y unas manos que me sujetan de los brazos. Se trata de Aiden. Su agarre me está haciendo daño y sé que él lo nota cuando levanto la cabeza y lo veo sonriendo de lado. Un nudo se instala en mi garganta al ver esos ojos azules como el hielo. Frío. Eso es él.

—Hola mi bella esposa — dice con burla y me muevo tratando de soltarme de su agarre.

—Aiden — habla su padre con voz dura y noto que su agarre se tensa un poco antes de soltarme —. Buenos días, Flora, siento esto. ¿Quieres sentarte y hablar? Estás un poco pálida.

Noto que es una buena persona, su voz está llena de preocupación y me mira con una pizca de lástima. No necesito lástima de nadie, necesito salir de aquí.

Salgo corriendo sin despedirme de nadie y vuelvo a casa. Mi familia sigue en el salón, intentan hablar conmigo cuando entro, pero subo a mi habitación para sacar una maleta enorme y comenzar a llenarla de ropa.

Sabía que este hermoso día, soleado, alegre y lleno de calor, no iba a traer nada bueno. Joder. Acabo de terminar el instituto y no pienso casarme con ese hombre. Me niego.

—Te ayudo — veo unas manos llenas de tatuajes y sé que es mi hermano, que me ayuda a meter la ropa —. No dejaré que ese imbécil le haga daño a mi hermana.

Noto mis mejillas húmedas a causa de las lágrimas que no han dejado de salir desde que he empezado a hacer la maleta. Quizás para algunos estoy teniendo un comportamiento un poco ilógico, pero no, nadie sabe que ese tal Aiden me va a matar en cuanto tenga la oportunidad. O peor aún, me hará pasar una vida llena de torturas por todo lo que mi abuelo les ha hecho pasar. Es que tampoco quiero casarme, mucho menos con alguien que no conozco y que es enemigo de mi manada.

—Necesito irme de aquí, a algún lugar lejos. No puede encontrarme — hablo como puedo cerrando la maleta y entro al vestidor para meter mi portátil y todo lo necesario en un bolso.

—Escúchame — Einar toma mi brazo y me quita el bolso para meter las cosas, ya que mis manos no dejan de temblar —. Respira y cuenta hasta diez.

Lo hago y sólo me viene el recuerdo de como Aiden me ha mirado. Su mirada solo decía una cosa. Daño. Me hará daño y aún no he vivido. Maldición, sigo siendo virgen y no he disfrutado nada. Sólo me besé un par de veces con alguien de mi clase.

Y Aiden tenía muchas promesas sin decir en su rostro. No puedo caer en sus manos.

—Necesito tu ayuda — le pido a mi hermano y agarra mis cosas para bajar al salón.

Me quedo a mitad de las escaleras cuando veo las tres siluetas en la entrada de mi casa.

—¿Ibas a algún lado, esposa? — pregunta Aiden con voz ronca, haciendo que el miedo se apodere de mí.

Trago saliva mirando a mi hermano. Me ayuda a bajar y me dirijo a la puerta que intenta abrir pero mi abuelo se interpone.

—Hay que hablar — le dice con su voz llena de autoridad y Einar niega con la cabeza tratando de que se quite —. Einar, deja la maleta, suelta a tu hermana y siéntate.

Mi hermano odia que le den órdenes. Es un Alfa como papá y no acata muy bien las órdenes de nadie, ni siquiera las del abuelo.

—¿Vas a dejar que este imbécil se la lleve? — le planta cara y mi abuelo tiene que alzar la cabeza para mirarlo —. Sobre mi cadáver.

—No tengo ningún problema en hacerlo — responde Aiden con simpleza y de brazos cruzados. Su postura grita calma, pero sus ojos están más oscuros que hace un rato.

¿Por qué me fijo en sus ojos?

—La puerta de atrás — me habla papá a través del link.

—Esta es la única forma de acabar con nuestra enemistad — habla el abuelo —. Ellos la tratarán como una más de la familia.

No me puedo creer que sea tan ingenuo. Está hablando de Aiden, el futuro Alfa de la manada enemiga. El que me va a matar. Joder, ni siquiera he vivido una pequeña aventura con nadie.

—No llegará a la mañana siguiente de la boda — sisea mi hermano y mi padre tensa la mandíbula.

¿En qué momento ha pasado todo? Mi abuelo ni siquiera me informó. No quiero casarme con él, quiero encontrar a mi mate dentro de unos años y quizás formar una familia. Pero no ahora.

—No quiero — hablo, sonando como una caprichosa —. No tengo que pagar las cosas de nuestros antepasados, podemos arreglar esto de otra forma. Un tratado de paz.

—No hay otra forma — responde el abuelo con voz dura —. Esta es la única. Te casas con Aiden, tenéis un cachorro y la enemistad se va.

¿Ha dicho cachorros? Espera, creo que voy a desmayarme.

—¿Te has vuelto loco? — grita mamá, aferrándose a mí — Mi hija solo tiene dieciocho años, es una niña.

—Tú tenías dieciséis cuando tuviste a Einar — responde como si nada y papá le planta cara.

—Ten cuidado en cómo le hablas a mi mujer, o te juro que me olvido de que llevo tu sangre.

El abuelo alza las manos y siento la mirada de Aiden, sin embargo, no lo miro. No quiero hacerlo.

—Abuelo — lo llamo y me mira —, no tengo que hacer esto, no me pertenece. Podemos llegar a un acuerdo, acabo de terminar el instituto. Quiero viajar y hacer nuevos amigos. Por favor.

Me mira con lástima, siempre he sido su punto débil. Su pequeña y única nieta. Esto le está costando mucho y entiendo que quiera acabar con todo esto. Alfa Hunter perdió a sus tres hermanos y ha sido un sin parar de peleas entre manadas. Todo empezó con el padre de mi abuelo, que quiso hacerse con las tierras de la manada Dark y el Alfa de aquel entonces, mató a su mujer. Desde ese día todo cambió y la que paga las consecuencias soy yo.

—No hay otra forma — anuncia Aiden con voz dura y lo miro.

El maldito es hermoso, con ojos azules. Tiene que medir al menos 1'98, su cabello no llega a rubio, pero tampoco es castaño. Sus brazos están llenos de tatuajes, y veo que debajo del pantalón corto también tiene. Lleva ropa de deporte. Creo que tiene la edad de mi hermano.

—Eres viejo para mí — digo sin pensar y todos se quedan en silencio.

—¿Enserio, Flora? — gime mi loba con vergüenza — No sé qué hacer contigo.

Mi madre ha dejado de llorar en cuanto me ha escuchado y me mira sin poder creerlo. Me encojo de hombros y la abrazo más fuerte.

—Solo tiene cinco años más que tú — habla el abuelo después de aclararse la garganta —. En dos días se hará la boda. Será aquí y luego te podrás ir a su hogar.

—¡Pero es que no quiero! — le grito y siento como mi cuerpo tiembla. Mi loba quiere tomar el control — No quiero casarme con tu enemigo. ¿Por qué no se casa mi tía Arya? Solo tiene dos años más que él y estoy segura de que ella aceptará.

—Porque mi mujer tiene que ser virgen — responde Aiden y siento como mis mejillas se calientan.

Maldito cavernícola.

Salgo corriendo con mi bolso de mano y me monto en mi auto. No me da tiempo a encenderlo cuando siento que una rueda se pincha. Al mirar por la ventana, veo a Aiden con una navaja en las manos y no hace falta ser muy lista para saber que ha sido él.

—Sal.

—Pimienta — me burlo de él. No voy a salir del auto, me quedaré aquí hasta que se largue de mi manada.

¿Enserio, Flora? No tendría que haberle dado esa respuesta, pero es que cuando estoy nerviosa solo puedo responder tonterías. Es como un mecanismo de defensa.

Mi loba se está riendo y veo como Aiden tensa la mandíbula y sus fosas nasales se abren.

—Te doy tres segundos para que salgas del auto tú sola.

Puedo salir y correr hasta la casa de Malena, mi mejor amiga. Estoy segura de que me ayudará a salir de la manada para que no me case con él. Incluso lucharía con él.

Es que no entiendo cómo mi abuelo me puede vender de esta manera…

—¡¡AAAHHH!! — grito cuando siento que abre la puerta. No, espera, la ha roto.

Me paso al asiento del copiloto y salgo corriendo hasta rodear el auto y entrar en casa. Él no la conoce, puedo usarlo a mi favor.

Paso por al lado de mi familia y veo como el abuelo intenta no reírse por mi comportamiento, pero debe entender que no puedo casarme con ese hombre. Me matará.

—Te pillé — siento un brazo en mi cintura y un pecho duro en mi espalda —. Déjame decirte que esto me enciende, conoces a nuestra especie, mi hermosa Flora.

Su voz... ese susurro bajo me pone la piel de gallina y algo en mi interior cambia. Me retuerzo para salir de su agarre y cuando lo hago, me doy la vuelta, soltando una bofetada que le gira la cara.

Por todos los Dioses. Ahora sí me va a matar.

—No me voy a disculpar. Vete si no quieres otra — le digo y él solo me observa en silencio.

Bueno, al menos he tenido una vida bonita.

—Dos días — sentencia y me entra un escalofrío —. Dos días y serás de mi propiedad.

—No soy un objeto, imbécil — por suerte puedo controlar mi voz y no sale débil, pero esta situación me sobrepasa y siento que voy a llorar en cualquier momento.

Mi familia está detrás, junto al Alfa Hunter, que me mira con una sonrisa orgullosa. ¿Está orgulloso porque golpeé a su hijo?

—En dos días se hará la boda — habla el abuelo con cansancio y me quedo mirando un punto fijo —. Se harán los preparativos y todo saldrá bien. Alfa Hunter dió su palabra y nada malo pasará...

Dejo de escuchar lo que dice, dándome cuenta de que no puedo ganar en esto. Aiden me quiere a mí, y no para tratarme bonito, no. Me quiere torturar, su cara habla por él.

No le voy a dar el gusto, voy a pelear hasta el final. No tiene ni idea de quién soy. No se lo voy a poner fácil.

—Nos vemos en dos días, esposa — me guiña un ojo y le doy la espalda para subir a mi habitación.

Capítulo 2.

Aiden

Llevo dos días pensando en esa maldita cría. Tuvo el valor de darme una bofetada delante de todos. No sabe con quién se casa, voy a hacerla sufrir. Ella pagará por todo lo que su manada hizo. La haré llorar y rogar por su muerte. No me importa la vida de nadie, solo la de mi familia, al menos la poca que me queda.

Mi padre envió una carta al Alfa Edward para que pudieran reunirse y hablar sobre un tratado de paz cuando algo mejor se me ocurrió. Su dulce e inocente nieta en matrimonio, un cachorro y enemistad resuelta. Casi suelto a reír cuando dijo que su tía podría casarse conmigo. No quiero a su tía, la quiero a ella. La haré sufrir y solo espero llegar a tenerla sólo para mí.

Mi padre me ha amenazado de muerte si le llego a tocar un solo cabello a esa niña.

'Ella nos dará la paz que necesitamos'. Es lo único que dijo cuando me hizo conducir hasta la manada Night. Lo único que a mí me dará paz es hacerla sufrir. Su abuelo mató a mis tíos y no se va a quedar así. Y no aguanto a ese imbécil que tiene por hermano.

—¿Le gusta? — pregunta la mujer que tengo de rodillas haciéndome una mamada.

Estoy sentado en el sillón de mi habitación mientras ella sigue haciendo lo suyo. No puedo concentrarme y solo me dejo llevar cuando pienso en esa cosita pequeña de cabello largo y ojos marrones. No debe medir más de 1′60, no es delgada, pero tampoco gorda. Creo que le hace falta comer un poco más. Tendrá que hacerlo para cargar a mi cachorro.

—Sí — respondo, viendo como se traga el semen gustosa.

—Me gusta complacerlo, señor.

Asiento y ella sabe que tiene que irse. Se viste y escucho el sonido de la puerta al cerrarse. Tengo que prepararme para ir a mi boda. En unas horas me casaré con la hermosa Flora.

—Hijo, espero que estés listo. No podemos llegar tarde, esa muchachita no puede estar antes que el novio — escucho la voz risueña de mi madre en el salón cuando salgo de la ducha.

No me importa hacerla esperar. Se va a tener que acostumbrar.

Me voy al vestidor, donde comienzo a prepararme. Cuando tengo el traje puesto, me pongo los gemelos de oro en cada manga y termino con el perfume para salir al salón, donde veo a mi madre con un vestido azul marino largo. Está encantada con la boda, también piensa que esa cría nos va a traer la paz.

—¿Me has robado otra llave? — pregunto con burla cuando llego a su lado y me mira con una enorme sonrisa.

Me mudé a los dieciocho a esta casa para tener mi propio espacio, aunque mi madre siempre viene y siempre será bienvenida.

—Lo siento, cariño. Te las devolveré — responde arreglándome la corbata y dejando un beso en mi frente —. Mi niño se hace grande.

Ruedo los ojos al escucharla. Hace años que dejé de ser un niño y ella sigue sin entenderlo.

Salimos de casa y ella se va con mi padre en su auto, que lo maneja su chófer, mientras yo me monto en mi Range Rover Velar. Me gusta conducir solo y sin que nadie me moleste.

—Ya sabes que tienes que comportarte, no eres un niño — escucho a mi padre a través del link. No me molesto en responder.

Haré todo lo posible por mantener mi papel en público, pero haré sufrir a esa niña. Mis tíos merecen justicia y yo se las daré.

—Es una niña — murmura mi lobo, Furia.

—Hoy dejará de serlo.

Gruñe en desacuerdo y corto el link. Ha estado dos días dándome discursos sobre cómo tratarla, diciendo que ella no tiene nada que ver en esta guerra.

Paso casi una hora y media conduciendo hasta que llego a la manada Night, donde las calles están decoradas y llenas de todos los que viven aquí. Hay niños corriendo por todos lados y la gente sonríe como nunca. No les importa sacrificar a la dulce Flora para tener paz.

Me bajo del auto y mis padres están a mi lado. Veo como bajan mis primos pequeños, mismos que no pudieron despedirse de sus padres, ya que los de esta manada los mataron.

—Pareces un príncipe, pero tienes una cara rara. ¿Has comido limón? — me pregunta la pequeña Gisel, que solo tiene cinco años, y niego con la cabeza mientras la alzo y ella sonríe.

Lleva un vestido de princesa, digno de ella. En su cabello lleva unas flores enredadas y veo que se ha puesto unos pocos de brillos en sus uñas diminutas.

—No, solo hace calor — respondo dejando un beso en su frente.

—Yo también quiero — salta el pequeño Izan, que tiene cuatro años, y lo subo a mis brazos.

Mi familia me sigue y entramos a la casa de mi esposa. Futura esposa. La ceremonia será en su jardín, su casa es enorme y tiene espacio para muchas personas. Su abuelo, el Alfa Edward, está de pie hablando con uno de los ancianos y cuando me ve, se dirige a nosotros. Dejo a los niños en el suelo, que se van con mis padres, y cruzo los brazos.

—Bienvenidos — nos saluda y noto que está un poco nervioso —. Pasen por aquí.

Nos dirige a la zona donde se encuentra el anciano que nos va a unir y mi familia se sienta en el lado derecho. Han venido mis padres, las mujeres de mis tíos y sus hijos, que no dejan de correr por el jardín con otros niños. Me quedo de pie, esperando a mi mujer mientras mi cabeza divaga en una marea de pensamientos.

Mi padre pidió el tratado de paz porque estaba cansado de cargar con el peso de las muertes. Recuerdo cuando mis tíos fallecieron. Se volvió loco, mató a mucha gente hasta que mi madre se interpuso para calmarlo, diciendo que esto no podía seguir así. Tenía miedo de que el siguiente en enterrar fuese yo. Jamás me dejaría matar por algunos de esta manada de mierda.

En el lado izquierdo está la familia de Flora, sus abuelos, su tía, mi suegra y su hermano. Más atrás hay varias personas más que no reconozco, pero ninguna me mira bien. Su abuela no deja de negar con la cabeza haciendo una mueca. Está disgustada por esto. Su hermano está en alerta, listo para atacar si se da la oportunidad.

Salgo de mis pensamientos cuando comienzan a tocar los instrumentos y veo a Flora agarrada al brazo de su padre con la cabeza en alto y un vestido, debo decir muy hermoso. Para nada tradicional o a lo que estamos acostumbrados. Veo que no me mira, su vista pasa a lo que hay detrás de mí, y sonrío al saber que no me quiere ni mirar.

—Daña un solo cabello de mi hija y te mataré — habla mi suegro al llegar a mi lado y le sonrío.

—Tranquilo — le guiño un ojo y me pasa el brazo de su hija.

La noto tensa, apenas me quiere tocar con su brazo. Su cabello está recogido en un elegante moño, tiene una tiara de diamantes y su maquillaje es muy natural. No le hace falta esa mierda para lucir hermosa, aún con la cara de amargada que tiene. Que quiera matarla no significa que vaya a negar lo bonita y hermosa que es.

—Bienvenidos todos a este hermoso día, donde se hará unión entre dos manadas enemigas. Hoy, delante de todos vosotros y en compañía de los Dioses, se hará la unión entre Aiden Wilson, de la manada Dark, y Flora Bennett, de la manada Night — comienza a hablar el anciano —. Será el fin de esta enemistad gracias a ellos, que se unirán hoy en cuerpo y alma para siempre.

Todo lo que dure mi hermosa esposa.

El anciano sigue hablando mientras saca la daga de plata y yo le susurro, sabiendo que me escuchará perfectamente.

—Hermosa elección de vestido. Negro, poco usado en las bodas.

—Una elección excelente diría yo — susurra de vuelta sin mirarme —. Hoy muere mi libertad, le hago luto.

—Elegiste bien — la miro y ella lo hace de reojo —. Quizás también mueras tú.

Me mira con los ojos muy abiertos, llenos de pánico, y sonrío de lado. No la voy a matar, al menos no hoy. Intenta hablar, pero el anciano me entrega la daga de plata para que la coja y haga el procedimiento.

La sujeto con la izquierda para hacer el corte en la derecha y cuando termino, agarro la mano de Flora, que está temblando, y paso la daga por su palma. Quizás con más fuerza de la necesaria, el pecho se me oprime al escuchar su pequeño quejido y al ver sus ojos llenarse de lágrimas. La daga es de plata, por lo tanto, nos hace más daño que una normal. Parpadeo para quitarme la culpa y el anciano me mira un poco mal mientras envuelve nuestras manos en un lazo blanco y llena una copa con nuestra sangre.

Recuerdo que no me importa lo que le pase, ya que al fin al cabo, cobraré mi venganza.

Tomo un sorbo sin dudarlo y se la paso a Flora, que no sube su mirada de mi pecho. Noto como la barbilla le tiembla un poco y el anciano sigue hablando.

—Que los Dioses os guíen y la Diosa Luna os acompañe siempre.

Todo el mundo comienza a aplaudir cuando se ponen en pie. Veo a mis primos corriendo de un lado a otro y también me doy cuenta de que la herida de Flora no cierra.

—Ya veo que no sirves ni para curarte a ti misma — siseo quitando el lazo y les doy la espalda a todos para pasar mi lengua por su palma para que cicatrice antes.

Ella la quita corriendo y levanta su vestido para ir con sus padres y su hermano. También me doy cuenta de que hay otra adolescente, debe ser de su edad y viéndola bien, creo que es su amiga Malena que la abraza y deja besos en su cabeza. No está nada mal, es alta, delgada y con el cabello corto.

—Que niña más hermosa — susurra mi madre sonriendo de lado y la miro de reojo —. Pero creo que le has hecho un poco de daño con la daga — me reprende y veo que mi padre me mira mal.

—Se lo merece, mira como ha venido vestida a su propia boda. Es una maldita niña, no nos tiene respeto — escupe una de mis tías y mi madre la mira mal.

—Esa maldita niña, como tú dices, es mi nuera — habla mi madre con voz firme —. Y no voy a tolerar que hables así de ella. Aquí se acaba la enemistad con esta manada, se acabó.

Mi tía tensa la mandíbula y mi otra tía la aparta con una disculpa para irse a tomar algo.

—Es tu esposa — afirma mi padre —. Trátala y dale el lugar que se merece, será tu futura Luna.

Suelto un suspiro, tratando de no resoplar y hacer que todos me miren. Veo como la pequeña Gisel se acerca a Flora con una sonrisa y se agarran de la mano para ir a comer a las mesas.

Muchos se acercan a ella a felicitarla por el compromiso, a lo que ella solo asiente con una sonrisa tensa.

Paso el resto del día dando vueltas y observándola, viendo como habla con todos y juega con algunos niños. Algunas veces la pillo susurrando cosas con su amiga, pero ella sabe que si planea algo, la atraparé.

—Yo también me casaré con un vestido negro — murmura Gisel muy segura y alzo una ceja.

Se ha sentado a mi lado con un suspiro y la barriga llena. Ya se ha cansado de jugar y dice que necesita recargar energías.

—Solo tienes cinco años, no puedes pensar en eso aún.

Ella frunce sus pequeñas cejas y me mira pensativa.

—Pero lo haré — afirma antes de bajar de la silla para comer algo.

Trato de no suspirar al escucharla. Es una niña, debe pensar en muñecas o cosas de niños, qué sé yo. Pero no en bodas o estas tonterías.

Algunos ancianos se acercan a mi mesa, donde estoy sentado, a darme las bendiciones. Asiento con la cabeza viendo como Flora asiente a algo que le está diciendo su amiga.

A la hora del almuerzo nos sentamos todos. Ella junto a mí y nuestros padres a un lado. Nos sirven la comida y paso mi brazo por el respaldo de su silla, notando como se tensa cuando paso mi dedo por su espalda descubierta.

—Espero que estés teniendo un día maravilloso, esposa.

—Preferiría estar con un vampiro que contigo. Esto va a durar poco, Aiden, no te hagas ilusiones. Sé que quieres hacerme sufrir por lo que mi manada hizo, pero te advierto que no voy a quedarme de brazos cruzados. Me da igual que seas un Alfa, tócame un solo cabello y te voy a matar mientras duermes...

Su madre se aclara la garganta al escucharla y yo sonrío de lado al ver su mirada salvaje. Está ansiosa, nerviosa y es el miedo el que habla por ella.

—Tranquila, estás muy tensa — murmuro, clavando el tenedor en un trozo de carne para llevarlo a su boca —. Me haré cargo de ti esta noche, te quitaré todo el estrés.

Traga saliva antes de abrir la boca y cerrarla sobre el tenedor. Sabe que no puede rechazarme delante de todos, ya que tiene que hacer su papel y yo el mío.

Sus labios rellenos atrapan el trozo de carne y la observo fijamente cuando mastica y traga. Su delicado cuello se mueve y su cuerpo sigue tenso.

—Deja de intentarlo, no te funciona este papel — murmura girando la cara y veo que sus mejillas toman un color rosado.

Veo que mi madre me mira con una sonrisa y se la devuelvo. Está muy equivocada y piensa que hago esto por gusto.

Cuando llega la noche, la mitad de los invitados se han ido y solo quedan los más cercanos.

—Nos vamos — me acerco a ella, pasando un brazo por su cintura, notando como se tensa.

—Estoy hablando con mis padres, puedes irte.

Suelto una risa y la observo.

—Te vienes a mi casa, a mi manada — le hago saber delante de sus padres y su amiga —. Si nos disculpan, mi mujer y yo estamos cansados.

—Eres un cínico. Si ella no quiere irse, no la puedes obligar — exclama su amiga y la miro de arriba a abajo.

—Adiós — respondo, tirando de Flora, que clava los tacones en el suelo.

—Me voy a despedir de ellos y te sigo — susurra sin mirarme y veo como mi madre me mira mal desde la mesa.

La suelto para que haga lo que quiera y me despido de mi familia antes de irme al auto.

—Mucho cuidado, Aiden — advierte mi padre —. Es una niña y nuestra nuera.

—No nos decepciones, cariño — habla mi madre dejando su mano en mi mejilla —. Tendremos paz después de tantos años.

Estoy en mi auto, donde la espero y pasan más de veinte minutos.

Como tarde cinco más, la voy a traer yo mismo. Tres minutos más tarde la veo aparecer con una maleta pequeña. Pulso el botón para que se abra el maletero y ella misma la sube. Se monta en el asiento del copiloto y comienzo a conducir para llegar a mi manada. Su corazón me informa lo que ya sabía, está nerviosa y tiene miedo. Bien, debe tenerlo.

Vamos en silencio, apenas se mueve y tiene las manos juntas sin apartar la vista del frente. Se le ha escapado algún suspiro tembloroso, pero no me he molestado en hablarle.

Cuando llego a la puerta de mi casa y salgo del auto, se toma un momento para cerrar los ojos y soltar un suspiro con la cabeza baja. Me dirijo a la puerta cuando escucho que baja del auto y agarra su maleta. No la espero y dejo la puerta abierta.

—¿Dónde está mi habitación?

Me giro en las escaleras con los brazos cruzados y la veo con la maleta y una falsa seguridad que intenta aparentar. Intento no reírme al ver como le tiemblan un poco las manos.

—La misma que la mía, esposa.

Sonrío al escuchar su corazón más rápido, parece que se le quiere salir, y traga saliva antes de seguirme. Sigue con sus tacones y sube despacio. O lo hace queriendo evitar algo.

Cuando entro, ella me sigue y me voy al baño, donde me desvisto para darme una ducha fría. Termino y me pongo unos calzoncillos negros antes de salir y tumbarme. Aún sigue sentada en la cama cuando abro la puerta, abrazada a su maleta y con la mirada perdida en el suelo. Su expresión me informa de lo triste y mal que se encuentra. Siendo sincero, no me importa. Eso que siente no es nada comparado a lo que siento yo cada vez que recuerdo lo que hizo su manada.

—Date una ducha — le hablo y se sobresalta al escucharme. Se levanta pasando por mi lado para entrar al baño, donde cierra con seguro. Ingenua, si quisiera puedo estrellar la puerta y entrar.

Deja un rastro de su perfume y olfateo el aire. Huele bien.

—Podrías tener un poco de tacto — propone Furia.

—No me importa tenerlo. Su familia no la tuvo con la mía.

—Su familia, Aiden. No ella, solo tienes que mirarla para saber que está aterrada — expresa un poco decepcionado antes de cortar el link.

Me tumbo en la cama revisando mi teléfono mientras escucho la ducha. Pasa un rato y no sale. La voy a dejar cinco minutos más.

—Sal del baño — toco la puerta después de otros cinco minutos.

—Voy — murmura con la voz rota y me doy la vuelta para tumbarme.

A los minutos se abre la puerta y la veo salir con el cabello húmedo, los ojos rojos y con un pijama corto de tirantes en color rosa. Parece una cachorra abandonada por sus padres.

—Recuerda que la enemistad no se acaba hasta que me des un cachorro — le informo tranquilo y ella se mete bajo las sábanas, dándome la espalda sin dejar de temblar —. Buenas noches, esposa.

—Buenas noches — susurra y aguanto la risa mientras dejo que el sueño me envuelva.

Capítulo 3.

Flora

Creo que aún no soy consciente de todo lo que ha pasado, o estoy en shock. Acabo de casarme. Todo ha sido un borrón, no puedo recordar casi nada y ahora me encuentro en su cama, temblando y muerta de miedo. Maldito imbécil, egoísta y animal.

¿Un cachorro? Cómo se le ocurre hablar de cachorros si esto es un matrimonio falso. No pienso traer al mundo un bebé para acabar con una enemistad. Primero me largo de aquí. Mi hijo no será una moneda de cambio.

Siento que se mueve y pasa su brazo por mi cintura. Jodido infierno. Me quedo muy quieta, casi sin respirar, para que no me note. Perfectamente podría subir su mano a mi cuello y torcerlo a un lado para matarme y decir que ha sido un accidente, que me caí por las escaleras o mil cosas más.

—Necesitas descansar un rato — sugiere Ela.

—¿Y quedar indefensa? No, no voy a dejar que me haga algo.

Resopla antes de cortar el link y siento el calor que desprende su cuerpo. Me estoy muriendo de calor y estoy tapada con la sábana. Intento apartarme un poco, pero siento como su agarre se tensa y entonces, entonces escucho su voz ronca en mi oído.

—No vas a ir a ningún lado. Las puertas están cerradas y antes de que pongas un pie en la calle, te habré atrapado. No me hagas demostrarte de lo que soy capaz. No tan pronto.

¿Por qué tiene la voz tan roca? Debe ser por el sueño.

Trago saliva y me quedo muy quieta, sintiendo su brazo en mi barriga. Maldición. Va a notar que me sobra un poquito de carne. No estoy delgada, peso más de lo que debería. Bueno, ahora que lo pienso a él no le tiene que importar. Me da igual lo que piense de mí.

****

Escucho un ruido y me despierto de golpe. Miro la habitación en la que me encuentro, colores oscuros, apenas entra luz por las pesadas cortinas, pero veo que estoy sola, no hay nadie en la cama. Una cama enorme está en el centro, una televisión gigante al frente, tiene dos sillones y creo que una pared es un ventanal completo. También sé que tiene un baño propio y un vestidor.

Mi sospecha se confirma cuando lo veo salir con un pantalón corto de deporte y el pecho desnudo.

—Buenos días, esposa. ¿Te desperté?

No le respondo, notando el tono de burla que emplea en la pregunta, y me levanto para ir al baño. Cuanto menos tiempo esté junto a él, menos daño me hará.

Solo me traje una pequeña maleta con cosas básicas y un cambio de ropa. Tengo que volver para coger más y también ir a por mi auto, que ya está arreglado. Me visto con un top blanco, un vaquero corto y unas sandalias planas. Quiero ir cómoda y no sé cómo voy a ir a mi manada, porque esta no es mía.

—Cuando te hablo, respondes — choco con el pecho desnudo de Aiden y sujeta mi mandíbula —. Me estoy conteniendo para no hacerte todas las cosas que tengo en mente, mi dulce esposa. No me tientes.

Lo empujo fuerte para apartarlo y lo miro sintiendo asco por su toque.

—No te voy a hacer la vida fácil tampoco. Si me das un golpe, te aseguro que te lo voy a devolver, y el doble. Y te recuerdo que me debes un auto.

Resopla dándose la vuelta para salir de la habitación. Agarro mi bolso y miro si tengo todo lo necesario. Teléfono, tarjetas, cargador. No pueden faltar mis documentos si en cualquier momento quiero escapar, los tengo que tener a mano.

Al bajar las escaleras veo que está tomando una taza de café. Por el olor puedo decir que es negro. Como su maldita alma.

—¿Vas a algún lado, esposa? — odio que me llame así. Lo odio a él también.

—No te importa — abro la puerta para salir a la calle y me encuentro a una mujer que está apunto de llamar. Es su madre, Esme.

Una mujer hermosa, de ojos verdes y cabello rubio. Alta, tiene un cuerpo hermoso y sus ojos desprenden mucho amor. De un momento a otro, siento sus brazos envolviendo mi cuerpo para estrujarme con fuerza.

Ayer pasé un buen rato con ella y Alfa Hunter, también con una de sus tías y puedo decir que me han tratado bien, no vi ningún atisbo de rencor o ganas de venganza, como es el caso de Aiden. Me observa con una mirada llena de odio, sus ojos se oscurecen y estoy segura de que ni siquiera se da cuenta. Tengo que escapar antes de que me haga algo.

—Buenos días mi dulce Flora — me da un beso en la frente —. ¿Estás bien? He venido para enseñarte nuestra manada. Es hermosa y la gente está deseando conocerte antes de que os vayáis de luna de miel.

Maldición. Había olvidado que su gente, evidentemente, me iba a querer conocer y por supuesto, no sabía que iba a tener una falsa luna de miel. No creo que pueda pasar un minuto más aquí, pero tampoco puedo rechazar la oferta tan amable de Esme. Me ha tratado bien desde el primer momento y me alegra saber que no es como esas suegras malvadas y resentidas como la de las películas ni los libros.

—Claro — respondo antes de que pueda pensarlo mucho y salgo sin despedirme de Aiden, aunque siento su mirada clavada en la nuca —. Me encantaría conocer la manada de mi encantador esposo.

Me burlo un poco y Esme lo nota. Me da una sonrisa burlona y me guiña un ojo.

Tengo que idear un plan. Mi hermano habló conmigo y me va a ayudar a escapar, solo necesito hacer las cosas bien y con calma. Aiden es malvado y me va a matar en cualquier momento. No puedo irme de viaje con él, es capaz de matarme y dejarme allí diciendo que me escapé de él o cualquier cosa.

Por los Dioses, creo que mi corazón está latiendo muy rápido. Necesito despejar mi mente un rato antes de pensar cómo volver a mi manada.

—Todos están deseando conocerte, pero les he dicho que poco a poco — me da una sonrisa comprensiva y caminamos hasta llegar a una zona de juegos donde se encuentran algunos pequeños.

Ayer apenas me fijé en la manada, pero puedo ver que es grande, hay muchas casas, tiendas y gente por todos lados.

—Espero que me acepten — respondo con una sonrisa tensa y ella asiente.

—Mira, aquí vienen algunos cachorros a pasar el día, es una zona segura y pueden jugar todo lo que quieran — señala y observo a los pequeños que dejan de jugar para mirarme.

Gisel, la prima de Aiden, se acerca. Es una niña hermosa, tiene cinco años, con los ojos azules y el cabello muy rubio. Aunque veo que no tiene el mismo azul que Aiden.

—¿Pensando en Aiden? Creía que estábamos ignorando a nuestro Alfa.

—¿Nuestro Alfa? Estás loca si crees que lo voy a aceptar — gruño a Ela que se ríe y corta el link.

—Ella se llama Flora — la pequeña me presenta y los demás nos observan con curiosidad — y será nuestra próxima Luna, tienen que quererla.

—No es de nuestra manada — suelta un niño sin mirarme y noto que su cuerpo está muy tenso —. Nunca lo será.

No debe tener más de ocho años.

—¿Cómo te llamas? — me acerco y me arrodillo en el suelo para estar a su altura.

—No te importa.

Suelto una risita viendo como sus mejillas se vuelven rojas.

—Anda, si me dices tu nombre, prometo hacer tu tarta favorita. O la comida que más te guste.

Me mira con desconfianza y paso la mañana junto a ellos. Hablo con todos y algunos están encantados conmigo, aunque otros no se me acercan tanto. Me dice que se llama Mateo, tiene ochos años y se me rompe el corazón con lo que me cuenta.

—Tú familia mató a mi papá y mi mamá está muy triste. Desde que se fue no es lo mismo.

Siento un nudo en la garganta y me cuesta tragar. Mi abuelo hizo mucho daño con esta guerra, mi manada también sufrió, pero no tanto como esta.

—Lo siento mucho — susurro pasando una mano por su frente para apartar su cabello y le doy una sonrisa triste cuando me levanto.

Esme, que ha estado todo el rato escuchando, me da una sonrisa y asiente.

Me despido de ellos antes de volver a la casa de Aiden con el corazón roto. Creo que tengo ganas de llorar y me siento muy mal. Sé que no tuve la culpa de nada, ya que no participé en nada, pero las miradas que me han lanzado algunos adultos cuando han pasado por la zona de juegos... Dioses, no creo que sobreviva a esto.

Toco el timbre, esperando que Aiden esté y no tenga que quedarme aquí sentada esperando por él.

—¿Me echabas de menos? — pregunta con burla cuando abre la puerta y asiento para que me deje en paz.

Quiero tumbarme y descansar. Ya pensaré luego como ir a mi manada.

Paso por su lado sin hablar, sintiendo su mirada al subir las escaleras. Me siento en la cama, pensando en cómo ayudar a esos niños. Quiero hacerlos felices, aunque no vaya a quedarme mucho tiempo en esta manada, quiero que se sientan cómodos conmigo y que me perdonen.

—Tú no hiciste nada, no tienen que perdonarte — gruñe Ela.

—No estoy de acuerdo con eso.

La puerta se abre, dándole paso a Aiden que se cruza de brazos mirándome con superioridad y con una ceja alzada.

—¿En qué puedo ayudarte? — le pregunto sin bajar la cabeza. No voy a dejar que me vea triste o con el ánimo por el suelo. Puede usarlo en mi contra y ya le dije que no se lo iba a poner fácil.

—¿Conociste a alguien?

—¿Celoso de que pueda encontrar a mi mate en tu manada, esposo? — me burlo y noto como sus brazos se tensan antes de andar hacia mí.

—Baja y come algo, no has desayunado nada.

—Pobrecito, ¿preocupado por mi salud? — me llevo una mano al pecho y suspiro.

—Me importa una mierda tu salud, pero estás en los huesos y no quiero que piensen que te maté de hambre. Baja y come.

Se me borra la sonrisa cuando me da la espalda, dejando la puerta abierta. ¿En los huesos? Pero si me sobran diez kilos. No puedo creer que se meta con mi físico. Maldita animal.

—No creo que se haya burlado...

—Quiero descansar — corto a Ela y me tumbo en la cama mirando el techo.

No sé en qué momento me quedo dormida, pero abro los ojos cuando siento la presencia de Aiden en la habitación.

Al mirar el reloj me doy cuenta de que he dormido más de cuatro horas y son las cinco de la tarde. Mierda, he perdido casi todo el día durmiendo.

—Come — señala con la cabeza la mesita de noche a mi lado y veo que hay un zumo de naranja y unas tostadas.

—¿Qué clase de veneno le has puesto?

—Por ahora ninguno. Primero necesito un cachorro.

Resoplo negando con la cabeza, aguantado las ganas de darle otra bofetada y dejarle la marca en su asquerosa cara. Nunca me he considerado una persona agresiva y que le guste la violencia, pero es que este cavernícola me saca de quicio.

—¿Qué te hace pensar que te lo daré? — pregunto con odio, necesito salir de aquí — ¿Qué te hace pensar que quiero tus asquerosas manos en mi cuerpo? Eres una persona horrible, una a la que jamás le daré algo tan valioso como mi virginidad o un cachorro de mi sangre. Prefiero dárselo a un pícaro que a ti.

—Flora — susurra Ela al escucharme.

Intento levantarme y fallo en el intento cuando siento su cuerpo sobre el mío. Su mano sujeta mi mentón con mucha fuerza, podría arrancarme la mandíbula, y me mira con mucho, mucho odio y los ojos oscuros. No puedo escapar, estoy tumbada en la cama y lo tengo encima. Dioses, no quiero que me haga nada.

—Te voy a decir solo dos cosas — sisea muy cerca de mi rostro y contengo la respiración cuando su olor me llega, su perfume es fuerte —. Paciencia tengo poca y ganas de matarte muchas, así que no me hagas quedar viudo tan pronto. Pienso disfrutar la luna de miel y no quiero calentarme la cabeza con las tonterías que salen de tu boca.

De acuerdo. Él se lo ha buscado, no me hago responsable de nada.

—Estamos en las mismas, solo que no voy a dejar que disfrutes nada — levanto mi pierna y con mi rodilla le doy a su entrepierna, haciendo que gruña como un animal y caiga de lado en la cama con los ojos cerrados —. No vuelvas a intentar ponerte sobre mí.

Salgo corriendo bajando las escaleras, escuchando como viene detrás. Por todos los Dioses, ¿por qué tengo que aguantar esto?

—Diosa, esto va a ser largo — suspira Ela.

Abro la puerta para salir a la calle cuando escucho que grita mi nombre y no miro atrás. Corro como nunca hasta llegar a la zona de juego, donde estaba esta mañana. La pequeña Gisel está aquí con su hermano y el Alfa Hunter.

Gracias Diosa Luna.

—Alfa — murmuro sin aliento y él me mira divertido.

—Flora, llámame por mi nombre, por favor — ve algo detrás de mí y frunce el ceño —. ¿Aiden?

Mierda. Bueno, delante de su padre no creo que sea capaz de hacerme nada.

Siento su presencia en mi espalda, su mirada me quema la nuca y trago saliva. Me va a matar.

—Nos vamos — tira de mi brazo con tanta fuerza que casi me caigo al suelo.

—¡No! — escucho que grita Gisel y me giro para ver que mira con muy mala cara a su primo — A nosotras las mujeres no nos pueden tratar así, tú tampoco, aunque seas un Alfa.

Sonrío mirando a la niña con orgullo y alzo una ceja cuando miro Aiden.

—Gisel tiene razón — hablo y tiro de mi brazo para que me suelte.

—Tío Hunter, dile que tengo razón — pone sus manos en sus caderas mirando a su tío, que la observa con orgullo.

—Tienes razón, cariño. Nadie puede, ni debe, tratar así a las mujeres.

—Princesa — habla Aiden con voz dulce —, es que llegamos tarde a nuestra luna de miel y tenemos que hacer las maletas. Flora está muy emocionada por ir. Y estoy ansioso por estar con mi hermosa mujer. Un rey debe cuidar a su reina.

Será mentiroso. Me quiere llevar para matarme. ¿Rey? Por favor, él sería el villano.

—Oh — Gisel abre su boca y me mira con los ojos muy abiertos —. Tía Esme dijo que os vais de viaje por vuestra boda. ¿Me vais a traer algo?

Ya la perdí. Su primo le dice unas palabras suaves llenas de amor y la niña se cree el cuento de hadas.

—Claro que sí — le revuelve el cabello y suspiro resignada.

—Mucho cuidado — advierte Hunter mirando a su hijo y demostrando su poder.

—Por supuesto — responde entre dientes y pone su mano en mi espalda baja —. Vamos, esposa.

Me doy cuenta de que hemos salido descalzos y que Aiden solo lleva un pantalón.

De camino a su casa no me suelta y veo a una mujer alta, con muy buenos atributos, sonreírle a Aiden. Él también le devuelve la sonrisa y frunzo el ceño. Oh, no voy a aceptar ser la cornuda de la manada.

—No vayas a... — habla Ela, pero ya es tarde.

Hago como que tropiezo y él me agarra un brazo.

—No me encuentro bien.

—¿No? — pregunta con falsa preocupación y niego con la cabeza — Ven aquí, ya te llevo yo, esposa.

Oh por los Dioses. Me alza en brazos, y por instinto, envuelvo mis piernas en su cintura para no caer. Aunque es imposible, me tiene agarrada por la parte trasera de mis muslos, muy cerca de mis nalgas, pero sonrío satisfecha cuando pasamos de largo a esa mujer y envuelvo mis brazos en su cuello mientras sonrío hacia la desconocida. Esa que miraba mucho a Aiden.

—No nos debe importar — se burla Ela —. Me estás volviendo loca con tantos cambios.

En cuanto llegamos a su casa, me deja en el suelo y me mira muy serio.

—Si querías marcar territorio, te has equivocado con ella.

—No sé de qué hablas — me doy la vuelta para ir a la cocina y tomar un zumo.

De verdad no me encuentro muy bien. No como mucho desde hace dos días y necesito alimentos.

—No me cuentes historias que no soy ningún crío...

—Cierto, eres un fósil prehistórico — lo corto y de repente siento su cuerpo en mi espalda.

—Esa que has visto se llama Ana — pasa su mano por mi barriga y olfatea mi cabello — y es lesbiana. Por lo tanto, no me estaba mirando a mí, al menos no con esa intención.

Me ahogo con el zumo y comienzo a toser como una loca, sintiendo mis mejillas arder por la vergüenza. Por la Diosa, he montado una escena para nada.

¿Y qué hace oliendo mi cabello? ¿Por qué me toca? Se cree que tiene derecho.

Necesito salir de aquí cuanto antes.

Sé que dije que solo subiría un capitulo por semana, pero quiero subir varios para que conozcan un poco los personajes y decidan si continuar la historia o no

Qué te parece lo que has leído por ahora? Déjame saber que opinas!!!

Recuerda que me ayudas mucho si votas los capítulos y compartes con otras personas☐

Por cierto podéis seguirme en mi Instagram; Nereyta01

Capítulo 4.

A iden

La dejo en la cocina y subo a mi habitación para darme una ducha fría y tratar de calmar la frustración que tengo con esa niña. La muy maldita me ha dado un rodillazo en los huevos y he visto las estrellas. Se me está acabando la paciencia con ella y solo me calmo cuando recuerdo que la voy a tener dos semanas para mí solo, en un lugar que no conoce y lejos de aquí.

—Se ha sentido amenazada por Ana — me informa Furia.

—¿Y?

—Solo te informo, a veces creo que el animal eres tú — gruñe antes de cortar el link.

En la ducha veo sus productos y agarro el que dice champú para acercarlo a mi nariz y olerlo. Su cabello huele mejor que el producto. En la cocina he sentido un aroma diferente y he sentido curiosidad por olfatearla, es dulce.

—Tiene una piel suave — murmura Furia y gruño.

—No quiero hablar.

Aún siento la suavidad de su piel en mis manos, la forma en que sus brazos se han envuelto en mi cuello y la he sentido sonreír a Ana. Por los Dioses, es una descarada. Quería marcar territorio ahí mismo. Yo no soy de nadie.

Por la noche saldrá mi avión para irnos a nuestro destino. Mis padres y los suyos se han encargado de todo lo que hacía falta. Ella no sabe a donde vamos y es una ventaja sabiendo que me tiene miedo, aunque debo decir que siento un poco de orgullo por como reacciona algunas veces. No se deja intimidar y siempre mantiene la cabeza en alto.

Esta mañana cuando ha vuelto del paseo con mi madre, la he notado un poco más triste que ayer. Estoy seguro de que alguno de la manada la ha mirado mal o ha escuchado algún susurro sobre ella. Que se acostumbre, no voy a aguantar sus lloriqueos.

Escucho pasos en la habitación y sé que es ella. Salgo del baño con la toalla en mi cintura y la veo tumbada en la cama mirando el techo.

—No has comido — hablo viendo las tostadas y el zumo en la mesita de noche —. ¿Tratas de morir? Si es así házmelo saber para ahorrarme tiempo y hacerlo yo mismo.

—No me encuentro bien — hace una mueca y me da la espalda para abrazar una almohada. Mi almohada.

Resoplo y entro al vestidor para ponerme algo cómodo para el viaje. Al salir noto que tiene la respiración más lenta y se ha quedado dormida, así que me acerco por el otro lado y me siento en el sillón para observarla. Esta noche ha estado inquieta y apenas a dormido, por la tarde ha tomado una siesta, pero no ha comido nada. Ayer tampoco la vi comiendo, solo lo que le di yo, y en cuanto se despierte la haré tragar. No voy a dejar que se muera de hambre sin antes haberla hecho sufrir un poco.

—Estoy en la puerta — escucho la voz de mi padre a través del link.

Que fastidio de hombre. Ni por estar casado me va a dar un minuto de privacidad.

—¿Qué quieres? — pregunto cuando abro la puerta y entra — Mi mujer está dormida.

—¿Tú mujer? No veo que la trates como tal. Aiden, te lo voy a advertir una sola vez — me señala hablando con su voz de Alfa —. La traes mal, veo un solo rasguño o noto que la vuelves a tratar como hace una hora, y te juro que el acuerdo se rompe y hago un tratado de paz.

Tenso la mandíbula al escucharlo. Es mi mujer, no tiene ningún derecho a decidir por ella y no voy a dejar que nadie me la quite sin antes terminar con mi venganza.

—Yo decidiré qué hago con ella...

—No te he educado así — gruñe sin dejarme terminar y escucho unos pasos arriba —. Estás advertido.

Flora baja las escaleras, seguro ha escuchado las voces ya que he dejado la puerta abierta.

—Nos vamos — paso por su lado y la empujo con mi hombro, haciendo que pierda el equilibrio por un segundo a mitad de la escalera.

Si se cae, un problema menos.

—No tengo nada aquí, necesito ir a mi manada.

Me detengo al final de las escaleras para darme la vuelta y observarla de brazos cruzados.

—Flora, esposa mía — le doy una sonrisa y veo a mi padre —. Entiende de una vez que ya no perteneces a ninguna manada, estás casada conmigo.

—Por poco tiempo — murmura por lo bajo.

—Come algo, te servirá para poder aguantar estos días — le indico y camino a mi habitación a por mi maleta.

Sus pequeños pasos me siguen y me cruzo con ella otra vez cuando salgo.

—¿Cuál es tu problema? Si no te gusta el viaje nos quedamos aquí, créeme que tampoco quiero irme contigo...

—¡Cierra la boca! — me planto frente a ella y veo el miedo en sus ojos —. Coge tu puto teléfono y tus cosas. Nos vamos.

Si antes estaba de mal humor, ahora estoy insoportable. No me gustan las órdenes de nadie, no me gusta que vengan a mi casa, no me gusta que esta niña esté aquí en mi lugar. Y menos me gusta que mi padre me haya amenazado con romper el acuerdo.

—No me hables así — su voz se rompe a mitad de la frase —. Entiende que no es fácil para mí tampoco, he tenido que dejar mi manada, mi familia...

—No me cuentes tu vida que no me interesa en absoluto.

La dejo en el pasillo y cuando bajo, veo que mi padre ya no está. Saco las llaves del auto y abro el maletero para meter la maleta. Flora baja con su bolso y se sube en los asientos de atrás.

—No soy chófer de nadie — abro la puerta para que vuelva a bajar y no me mira —. Flora, baja del auto.

—Quiero ir aquí.

—Escúchame bien — sujeto su mandíbula con fuerza y la veo con los ojos llenos de lágrimas —. Me importa una mierda lo que quieras o no. Ahora, sal del puto auto y ponte delante.

—Te estás pasando, Aiden. Suéltala — gruñe mi lobo y lo hago para que no tome el control.

Veo como cierra los ojos, negando con la cabeza antes de salir y ponerse a mi lado.

No dice ni una palabra en el camino hasta llegar al aeródromo familiar, donde nos esperan mis padres y los suyos.

—Baja — le ordeno y sale corriendo a los brazos de su madre.

—Mamá — susurra aferrándose a su cuerpo.

—Mi pequeña Flora — comienza a hablar y veo a su hermano al lado de su padre.

Le doy mi maleta al encargado antes de acercarme a mi madre para dejar un beso en su frente.

—Hijo — me da una pequeña sonrisa, que no le llega a los ojos —, cuidala y hazla sentir bien. No es fácil dejar a tu familia, tu manada y todo lo que conoces.

—Puedes estar tranquila.

Veo como ahora está abrazada a su hermano, que le susurra cosas y le pregunta por su amiga. Su madre le entrega dos maletas al personal para que las suban al avión.

Flora se separa de ellos cuando la azafata nos avisa que el avión está listo para su vuelo y ella dice que les enviará fotos de todo.

—¿Se les ofrece algo? — nos pregunta la azafata cuando nos sentamos y niego.

—¿Tiene algo para comer? Lo que sea.

La observo atento y la mujer le dice que le traerá un plato de pollo a la plancha con varias cosas más.

Después de devorar el plato, se tumba en el sillón. No me ha mirado ni una sola vez y me da la espalda para mirar por la ventana.

Me sirvo más de cinco copas mientras la observo y noto que poco a poco se queda dormida.

—Señor, ¿le doy una manta para su esposa? — me pregunta la azafata y niego con la cabeza.

Me levanto para tomarla en brazos y llevarla a la habitación. No tengo ganas de escuchar sus quejas cuando se levante y le duela el cuello por dormir mal. No quiero escucharla. La dejo tumbada y la tapo. Serán unas horas largas hasta que el avión aterrice.

Me tumbo a su lado para poder dormir y al rato siento que se mueve. Está más cerca y abro los ojos para ver que quiere abrazar algo. Le doy una almohada y escucho como suspira aliviada. Me he fijado en que hace eso cuando duerme, debe ser una manía o algo de ella.

****

—¿No puede decirme a dónde vamos?

No sé en qué momento me he dormido, pero me levanto de la cama cuando escucho la voz de Flora.

—No, no te va a decir nada — le hago saber cuando salgo de la habitación y la veo sentada comiendo unas galletas.

Me mira con asco mientras niega con la cabeza y se pone a mirar por la ventana.

—Señor, ¿se le ofrece algo?

—Comida y un buen vino — respondo y la azafata asiente antes de darse la vuelta.

Me siento frente a Flora, que observa el cielo o su teléfono. Es hermosa, no puedo negarlo, pero tampoco puedo olvidar todo lo que su familia nos ha causado.

El piloto nos informa que ya vamos a aterrizar.

—¿Dónde estamos? — pregunta y la ignoro.

Media hora después estamos fuera del avión, en un auto, de camino al hotel donde nos quedaremos. Sus padres le dijeron a los míos que ella siempre ha querido ir a Fiyi, un archipiélago que está formado por muchas más islas y se encuentra al sur del océano pacífico. Un lugar tranquilo donde podré desconectar unas semanas y no tener problemas con nadie.

La observo y veo que tiene la boca abierta, viendo la isla con asombro. Los ojos le brillan y ya debe saber donde está. Noto su emoción desde aquí.

—Es la isla Viti Levu — me sonríe y por un momento me pierdo en sus labios, dejo de escucharla y solo asiento.

—Ajá.

—Ni siquiera me has escuchado — murmura haciendo una mueca y gira la cabeza para ver el paisaje.

Llegamos al hotel, donde un hombre nos recibe y nos abre la puerta. El botones se encarga del equipaje y los lleva a nuestra habitación. En recepción me entregan la llave y unos cuantos papeles que Flora toma.

—Muchas gracias — le sonríe al recepcionista y él le devuelve la sonrisa.

Llegamos a la suite, que tiene unas vistas impresionantes, y en la cama hay dos cisnes formados con toallas, pétalos de rosas alrededor de ellos, una botella de champán y unas fresas con chocolate en una bandeja.

Qué ridiculez.

Me siento en la cama con el teléfono en la mano para darle un último vistazo. Voy a olvidarme de él durante el viaje.

—Es hermoso — susurra con la cara pegada al cristal y casi sonrío al verla.

Me fijo en su cuerpo y en el vestido corto de tirantes que lleva, ya que en el avión se ha cambiado. El color azul le queda muy bien.

—Tus padres eligieron el lugar.

—Lo sé — responde y se da la vuelta para mirarme —. ¿Comemos y vamos a dar un paseo? Este lugar hay que aprovecharlo.

¿Se ha olvidado de que quiero matarla? Parece que sí.

Bajamos al restaurante y nos sientan en una mesa para dos con vistas hacia la playa. Flora se pide un combinado de mariscos y yo un plato de bistecca alla fiorentina con patatas asadas y verduras.

—No te voy a dar — le digo cuando se termina su plato y se queda mirando el mío.

—Tampoco te iba a pedir — resopla con burla y llama al camarero —. ¿Podría traerme el mismo plato que tiene mi esposo? Gracias.

Mastico lentamente la verduras cuando la escucho llamarme así como si nada y la observo atento.

No hablo en lo que terminamos de comer y sigo pensando en el apelativo que ha usado. Lo ha soltado como si nada.

—Me voy a la piscina — habla cuando sale del baño de nuestra suite y paso saliva al verla con un bikini verde y una toalla en la mano —. Nos vemos.

Maldita cría. Le doy la espalda y termino el vaso de whisky que tengo en la mano, tratando de bajar la sensación de ardor al verla así.

Me tumbo en la cama para descansar un rato de su presencia, pero lo único que veo cuando cierro los ojos, es el cuerpo de Flora. Tiene curvas, unos pechos generosos y le sobresale un poco la barriga.

—Imagina cómo se vería con nuestro cachorro — susurra Furia y gruño —. Porque por eso te has casado con ella, para tener nuestro cachorro.

No le respondo y sigo con los ojos cerrados.

—Ahora mismo la estarán mirando todos.

Jodido infierno. No puedo dejar que los demás la observen, ella me pertenece y no puede ni pensar en que puede encontrar ayuda en alguien para escapar de aquí.

Me pongo un bañador y bajo con una toalla a la zona de la piscina, que está llena de gente. Veo parejas jóvenes, ancianos, algunos niños, personal del hotel, pero no veo a Flora. Espero que no haya hecho ninguna tontería o juro que voy a...

—Cállate y observa la piscina — gruñe mi lobo con ansias y dirijo mi vista al agua.

La veo salir, las gotas se deslizan por su cuerpo y sus piernas. Lleva una trenza en el cabello y me acerco con pasos firmes a ella cuando se deja caer en la tumbona bajo el sol. Muchos la observan con hambre y trato de pensar en otra cosa para no partirles el cuello a estos estúpidos humanos. No he olido a ningún lobo aquí, ellos saben cuando una mujer está con otro o no.

—No necesito compañía, mucho menos la tuya — murmura cuando llego a su lado y se pone las gafas de sol que son más grandes que su cara.

Es una ridícula.

—Lástima que no me importe tu opinión — sujeto su brazo y la levanto para sentarme detrás de ella con las piernas abiertas.

—Bien, hay que dejarles claro que ella es nuestra — ronronea Furia y sonrío con descaro cuando los que la observaban, dejan de hacerlo.

—¿Qué se supone que haces? Hay una tumbona justo al lado. Esta es la mía — habla y veo que hay un bote de crema junto a sus cosas.

Está tensa y paso mis manos por sus brazos para que se relaje. Para que sepa que no voy a hacerle nada, por ahora.

—Voy a quedarme aquí, justo al lado de mi esposa — le susurro y veo como su piel se eriza —. Tengo que hacerme cargo de ti, no puedo dejar que te quemes por el sol. El único daño que recibirás será el mío, no el de nadie más. Ni siquiera del sol.

Llevo mis manos a su espalda para esparcir la crema y poco a poco se relaja. Tanto, que se deja caer en mi pecho y sigo con la crema en su barriga, brazos y por los bordes del bikini, sin llegar a tocar nada.

—Túmbate — susurro y se queja dándose la vuelta para darme la espalda.

Me siento en el filo de la tumbona y paso mis manos llenas de cremas por sus piernas. Comienzo por sus tobillos y cuando llego un poco más arriba de las rodillas, noto como se tensa un poco y sigo con lo mío.

—Creo que es suficiente — jadea y sonrío.

—Solo me estoy ocupando de ti. Relájate, puedo pensar en darte estas dos semanas para que disfrutes de estas vacaciones, ya que serán las únicas.

—Muy generoso por tu parte — sisea por lo bajo y no le respondo.

Llego a sus nalgas y solo paso mis dedos por encima para llegar a su espalda baja. No la voy a tocar de más, y no aquí.

Escucho como se aclara la garganta cuando termino y me mira por encima del hombro.

—¿Quieres que te ayude?

—¿Con qué? — pregunto con burla y veo como se pone roja y frunce las cejas.

—¿Quieres que te ponga crema o no?

Me tumbo boca abajo, sintiendo como ella viene y se sienta en mi culo. Reprimo el suspiro que amenaza con salir cuando sus manos esparcen la crema por mi espalda, y no quiero admitirlo, pero se siente bien. Estar aquí, eso se siente bien.

—Listo — dice cuando se aparta y se tumba a mi lado.

Pasamos la tarde en la piscina y cuando llega la noche, subimos a la suite. Ella se queda hablando por teléfono con sus padres mientras me doy una ducha.

—Ponte un vestido, iremos a cenar — hablo cuando pasa por mi lado y no responde.

Dioses, se merece una buena zurra por inmadura. Le advertí que me tiene que responder.

Al rato sale con un vestido corto rojo que tiene los hombros caídos. Labios del mismo color y cabello suelto.

—Estoy lista.

La miro de arriba a abajo y asiento. Los del hotel saben que estamos de luna de miel y se piensan que estamos enamorados y que somos una pareja que se aman. Están muy equivocados. Lo único que amo es la idea de poder matarla.

—Buenas noches — nos saluda un chico —. Mi nombre es Paul y os atenderé durante la cena. Os llevo.

Nos guía hasta la mesa que nos han preparado y me dan ganas de rodar los ojos cuando veo todo lo que han puesto. Nos han preparado una cena a pie de playa, en una mesa amplia con velas y pétalos de rosas alrededor de ella. Por todos los Dioses...

—Espero que sea de su agrado.

—Lo es. Muchas gracias, Paul.

El chico asiente y destapa los primeros platos para luego alejarse y darnos privacidad.

—No busques que te ayuden a escapar porque no lo vas a lograr — le hago saber cuando empezamos a cenar.

—No me hace falta nadie para hacerlo.

—Solo te advierto, querida esposa.

Sigue comiendo furiosa y sonrío. No hablamos nada y cuando terminamos, ella se despide del chico. No me da mucha confianza.

—Tampoco a mí — murmura Furia.

Giro la cabeza un poco para observarlo, y cuando me ve asiente con la cabeza. Paso mi brazo por la cintura de Flora y dejo un beso en su cabeza.

—¿Qué haces? — pregunta con voz chillona.

—Tranquila, fiera, solo hay que aparentar o van a sospechar que te tengo secuestrada.

—Casi lo mismo — me aparta y anda con pasos rápidos hasta llegar al ascensor.

Es una inmadura.

—Eres un estúpido narcisista — escucho una voz y sonrío.

—Buenas noches, loba. Ya veo que Flora tiene tu misma actitud — saludo a la loba de mi esposa y ella gruñe.

—Me llamo Ela, no loba.

—Eres una, siéntete orgullosa de ello.

Flora me observa con el ceño fruncido y le guiño un ojo antes de pulsar el botón que nos lleva a nuestra suite.

Una vez dentro, ella se cambia el vestido por un camisón para dormir. Negro y con encaje. Joder.

Apaga las luces y solo la luz de mi mesita de noche queda encendida, puedo verla perfectamente y me da la espalda para taparse con la sábana blanca.

—Recuerda que me tienes que dar un cachorro — le suelto como si nada y enciendo la televisión para ver algo. No tengo sueño.

Por un momento creo que se ha quedado dormida, pero de repente se da la vuelta con la almohada en la mano y me la estampa en la cara con fuerza.

—¡Eres un imbécil si crees que te voy a dar algo tan valioso como un hijo! — me grita como una loca y tenso la mandíbula mientras la miro — Eres un demente. No me voy a acostar contigo, Aiden. Te advertí y te dije que antes de darte mi primera vez, se la prefiero dar a un cualquiera o a un pícaro.

La ira está tomando mi cuerpo y en cualquier momento voy a explotar. Esta ridícula piensa que puede gritarme como si nada y quedarse tan tranquila. No puedo matarla aún.

—Duérmete — le ordeno y suelta una risa seca.

—Te puedes ir a la mierda de mi parte...

La corto cuando me levanto sujetando su mandíbula con fuerza y la tumbo en la cama. Su mirada no flaquea y me mira con el mismo odio que le tengo yo a ella y a toda su maldita familia. La tengo debajo de mí y paseo la vista por su cuerpo, me detengo un momento cuando observo que el camisón se le ha subido y me deja ver un poco de su ropa interior. Bragas blancas de encaje. Gruño haciendo más fuerza en su mandíbula.

No puedo negar que desde que la vi he estado pensando en ella y en su cuerpo.

—Esposa — susurro muy cerca de su boca y su mirada arde —, no eres nadie para gritarme. Tampoco para decirme qué hacer o no, y sabes de sobra que la enemistad se acaba cuando me des ese cachorro. Más te vale que lo asimiles ahora y te vayas a dormir.

Me clava las uñas en la muñeca, pero la muy orgullosa no pide que la suelte.

—Eres un ser despreciable — sisea con odio y sonrío —. Mejor hazte tú a la idea de que nunca me tocarás.

La suelto y veo como mis dedos se han quedado marcados en su cara. Se da la vuelta para darme la espalda y se tapa con la sábana.

—Puedes estar tranquila, no me interesa tu cuerpo. No eres mi tipo.

Deja de respirar un segundo y al otro suelta el aire.

—Buenas noches — su voz sale plana, sin emoción ninguna.

No le respondo y apago la televisión. Ya me ha quitado las ganas de ver algo. Esta maldita me quita las ganas de todo. Tengo que deshacerme de ella lo antes posible.

Capítulo 5.

A iden

Despierto al notar que Flora no está en la cama. Juro por los Dioses que como se haya atrevido a escapar, lo va a lamentar. Ya me tiene harto la malcriada esta. Solo llevamos aquí cinco días y sigue con su cara de amargada, apenas habla y solo finge cuando hay personas alrededor.

Me levanto de la cama después de ver que el reloj marca las cuatro de la madrugada, pero me detengo al ver la puerta del baño abierta y la luz encendida. Escucho arcadas y me asomo para ver qué le pasa. Está vomitando, arrodillada en el suelo.

—¿Qué haces?

—Oh esposo, no te preocupes — responde con ironía cuando se levanta y tira de la cadena.

Observo como se lava la boca y me doy cuenta que desde ayer tiene la piel más blanca de lo normal y que apenas ha comido.

—Si me vas a estropear las vacaciones dilo ya para ir haciendo las maletas — le hago saber dándome la vuelta para volver a la cama.

—Sigue así, conseguirás mucho — habla Furia y lo ignoro.

Flora vuelve a la cama y se tumba boca arriba con una mano en el pecho. Noto que le cuesta respirar y me levanto para ir al balcón, donde abro las puertas para fumarme un cigarro.

No sabe cuidarse ni a sí misma. Quizás tendría que haberle hecho caso y casarme con su tía. Podría estar disfrutando más.

—¿Puedes cerrar la puerta? — escucho su voz débil y me quedo mirándola — Por favor.

Termino con el cigarro y cierro las puertas con fuerza para tumbarme en la cama y poder dormir tranquilo.

Se relaja y a los minutos se queda dormida. Escucho como le cuesta respirar. No creo que tenga asma y tampoco ha estado haciendo ejercicio ni nada.

Abro de nuevo los ojos cuando noto que se mueve buscando algo para abrazar, como hace todas las noches, y esta vez no le doy una almohada, dejo que me pase el brazo por mi cuerpo. Gimotea cuando me siente y deja su mano en el centro de mi pecho. La miro fijamente y me pierdo en sus labios un poco abiertos, sus pestañas largas y negras, su nariz pequeña, sus pómulos y sus cejas. Es muy hermosa.

Su mano está helada y no quiero que se muera sin antes haberme pagado todo lo que su familia nos ha causado. La tapo con una sábana y dejo mi mano sobre la suya.

****

Me levanto al escuchar unos toques en la puerta y la abro para ver al chico que siempre nos trae la comida. Paul.

—Buenos días, señor Wilson, aquí le traigo el desayuno para usted y su esposa — empuja su carrito lleno de comida y lo acomoda todo en la sala —. Espero que disfruten.

Asiento y se larga. Me tomo el café y veo el zumo de naranja que siempre se toma Flora. Quizás las vitaminas le vengan bien.

Escucho como se levanta corriendo para ir al baño y la escucho vomitar.

—Tómate el zumo, te vendrá bien — le hago saber mientras me apoyo en la puerta y la veo lavándose los dientes.

—Creo que hoy me quedaré en la cama, no tengo ganas de salir — murmura y la veo cansada. Tiene ojeras y está más pálida que está madrugada.

La dejo sola y vuelvo a la sala para desayunar. El teléfono sigue apagado, ya que no quiero que me moleste nadie ni saber de nada. La única que se comunica con alguien es Flora, que también habla mucho con mi madre y le envía fotos de todo lo que hace. No quiero que mi madre se encariñe con ella, ya que pronto se va a ir de mi lado.

La veo venir con un pijama corto rosa y toma el zumo despacio mientras la observo sentado en el sillón y los brazos abiertos a los lados. Se ve mal y hay algo que no me cuadra.

—Ponte el bikini, iremos a pasear.

—Aiden, quizás mañana, hoy no me encuentro bien.

—Te va bien salir y tomar un poco de sol — respondo mientras me levanto y paso por su lado —. No tardes. Sabes que la naturaleza nos sienta bien.

La escucho suspirar y me visto para esperarla abajo.

A los minutos la veo con un bikini azul y una pequeña bolsa donde supongo que lleva sus cosas. Comienzo a caminar sin decir palabra alguna, ella me sigue y a la media hora la escucho jadear.

—Necesito un momento — giro la cabeza al escucharla y la veo doblada con una mano en el pecho.

—No tengo todo el día.

—Joder, Aiden. Deja de pensar en tu puta venganza y entiende que no me encuentro bien, si querías venir a explorar como un lobo podrías haber venido tú solo — comienza a elevar la voz y a frotarse el pecho —. Te dije que no me encontraba bien y que quería quedarme en la cama.

—No seas cabrón, no se ve bien — me reclama Furia y tenso la mandíbula.

Me cruzo de brazos esperando a que vuelva a caminar y poder seguir con el camino. Es bueno que sepa que quiero vengarme y que no lo voy a dejar pasar solo por ser mi esposa. Eso no significa nada para mí, solo me da el derecho a hacer todo lo que quiero.

A la hora llegamos a una cascada con aguas cristalinas y me siento en una piedra. Flora hace lo mismo, sacando una botella de agua que se toma. Sigue respirando mal y se mete bajo la cascada para refrescarse. El sudor le bajaba por la frente y el cuello. No es normal que siendo una loba se ponga así solo por una caminata.

Nos quedamos unas buenas horas en el lugar, sin hablar, sin mirarnos. Solo disfrutando del silencio y la naturaleza. Su respiración se ha calmado y está un poco mejor, aunque el color de su piel sigue igual.

—Suficiente, volvamos — hablo poniéndome en pie y ella me sigue.

A mitad de camino escucho un ruido sordo y me doy la vuelta.

—No puedo... — susurra y se detiene cuando la arcada la hace vomitar de rodillas.

No me está gustando nada esta situación. No quiero se me muera aquí y piensen que he aprovechado la situación. No la hice sufrir aún.

—Vamos — la ayudo a ponerse en pie y se enjuaga la boca con el agua que le queda.

El cuerpo le tiembla y las rodillas le ceden, haciendo que vuelva a caer al suelo.

—Quiero irme a casa — susurra con lágrimas en los ojos y frunzo el ceño —. Por favor, llévame a casa.

La alzo, dejando su cabeza en mi pecho y corro hacia la suite, donde enciendo mi teléfono mientras preparo las maletas y le pongo un vestido.

Le toco la frente y está ardiendo en fiebre. Maldita sea.

—Hijo...

—¡Prepara todo y llama para que tengan listo el avión, volvemos a casa! — grito cuando toma la llamada y se queda en silencio — ¡Ya!

Cuelga y termino de coger todo lo importante, la ropa no me importa y en recepción pido mi auto. Mi padre ya debe haberse hecho cargo porque me informan que todo lo devolverán cuanto antes y solo puedo asentir sin dejar de mirar a Flora. Su respiración está peor y su corazón late como loco.

El chico, Paul, llega con mi auto y asiente con una sonrisa.

El avión sigue aquí junto al piloto y las personas que se encargan de él. Me ayudan a subir todo y le ordeno a Daniel, el piloto, que encienda los motores y nos saque de aquí cuanto antes.

Dejo a Flora en la cama y voy al baño, donde mojo una toalla para ponerla en su frente y tratar de bajarle la fiebre.

—No — aparta la cara cuando la toalla fría le toca la frente —, tengo frío. Quiero a ir casa, por favor.

—Tienes fiebre, déjate de tonterías y no te quites la toalla — me altera que nunca me haga caso.

Solloza con los ojos cerrados y llamo a mi madre.

—Hijo, sus padres vienen en camino. ¿Qué ha pasado?

—No lo sé, estamos en el avión. Flora de un momento a otro se ha puesto mal, esta madrugada ha vomitado mucho y tiene fiebre. Está ardiendo, prepara a los médicos.

—Cariño...

—No, mamá — la corto, sabiendo lo que quiere preguntar —. No le hecho nada. Hemos estado bien, todo lo bien que está situación nos permite. No la he tocado tampoco.

Ella suspira aliviada y tenso la mandíbula al observar como Flora se intenta quitar la toalla, sin embargo, está tan débil que ni siquiera puede levantar el brazo.

—¿Ha comido algo raro? Puede que haya cogido un virus.

—Todo lo que ella ha comido, también lo he comido yo. No creo que sea un virus, he estado siempre a su lado y no somos simples humanos, mamá.

Sigo hablando con ella y me da algunos consejos para intentar bajarle la fiebre que no se va. Está sudando mucho, susurra cosas y me está volviendo loco.

Salgo de la habitación para ir a la cabina del piloto, abriendo la puerta con tanta fuerza que el pomo se queda incrustado en la pared.

—Dale a fondo que necesito llegar a la manada, me importa una mierda los putos radares o la mierda que me pueda causar el puto avión.

—Así será, señor.

Vuelvo a la habitación y Flora está llorando. Se ha quitado la toalla y la alzo en brazos para llevarla al baño.

Abro el grifo de la ducha y me meto con ella bajo el agua fría. Se retuerce queriendo salir, pero la tengo envuelta en mis brazos con un agarre fuerte. El agua está helada.

—No, por favor — susurra intentado escapar de mis brazos —. Tengo frío. No te he hecho nada.

Trago el mal sabor de boca que tengo y tenso la mandíbula.

—Es tu culpa — escucho la voz débil de Ela —. Te dijo que quería quedarse en la habitación, pero siempre hay que hacer lo que tu digas.

—La naturaleza nos hace bien y lo sabes. ¿Qué coño habéis comido para que estéis así?

—Lo mismo que tú — responde y noto como su cuerpo pierde fuerza.

Se ha desmayado. Maldita sea. La saco de la ducha y la fiebre sigue sin bajar, como siga así...

—Cámbiale la ropa y déjala en la cama — habla Furia y hago todo en modo automático.

La desvisto para ponerle otro vestido seco, solo encuentro sus bragas y se lo pongo sin sujetador. No puedo perder el tiempo buscando tonterías. Ni siquiera sé lo que hago.

Llamo a mi madre para informarle que no le baja la fiebre, la ducha no ha valido para nada y aún quedan unas horas para llegar.

Las horas pasan mientras intento mantener con vida a mi esposa. La azafata me ha estado ayudando. La fiebre no baja y se ha desmayado tres veces más. En los momentos que ha estado despierta le he estado dando agua y medicamentos. Los pocos que tenía aquí.

Son las tres de la madrugada cuando llegamos al aeródromo y veo a mis padres junto a los suyos esperando. Su madre está llorando y su hermano está inquieto.

—¡Mi niña! — su madre viene a mi lado cuando la ve en mis brazos.

Flora abre un poco los ojos, pero no reconoce a nadie. El dolor la tiene mal.

—Vamos a casa — mi padre abre la puerta del auto y conduce rápido hasta que llegamos a casa, donde se encuentran varios médicos y la llevo a mi antigua habitación.

—Necesito que todo el mundo salga, debo revisar a mi paciente — habla la doctora de la manada con voz firme.

—Es mi hija, no voy a dejarla sola — su madre no suelta su mano y la doctora asiente.

Nos sacan a todos y bajamos al salón, donde de un momento a otro siento un dolor punzante en la cara y caigo al suelo con el hermano de Flora encima.

—¡Esto es culpa tuya! — me grita y le doblo la muñeca cuando intenta darme otro puñetazo.

—No le hice nada, maldito imbécil — siseo dándole un cabezazo.

—¡Basta! — grita su padre agarrando a su hijo — Tu hermana está mal y te dedicas a golpear. Esperemos los resultados — habla y me mira — y si le has hecho algún daño a mi hija, entiende de una vez que me la llevo ahora mismo.

Comienzo a ver rojo y me planto en su cara, sintiendo una rabia que nunca antes había experimentado.

—Entiende tú, que Flora me pertenece, es mi esposa y no va a ir a ningún lado — no bajamos la mirada y mi padre se interpone —. Si le hubiese hecho algo, lo más mínimo, ya estaría en un cajón de madera.

—¡Aiden! — grita mi madre y todo el mundo calla.

Cuando la miro, veo que tiene los ojos rojos.

—Está situación se está saliendo de control — habla mi padre con calma —. Puede que se haya contagiado con algún virus, pero no le pasará nada. Flora es joven y es fuerte.

—Aiden — me llama mi madre —, cuéntanos todo lo que habéis hecho en la isla, no te saltes ningún detalle.

Antes de empezar a hablar, baja un doctor para escuchar y evaluar la situación. Les cuento todo lo que nos ha dado tiempo a hacer en estos cinco días y no hay mucho que contar, ya que solo hemos estado en la isla, en la piscina y en la habitación. Algunas cenas en la playa y la ruta hacia la cascada donde la he tenido que tomar en brazos.

—Te dijo que no quería salir y la obligaste — me acusa el hermano y el doctor se va para hablar con los demás.

Ignoro a Einar y me sirvo un vaso de whisky. No traen noticias de Flora y sigo pensando qué ha podido pasar en la maldita isla.

Mi teléfono suena y veo una llamada de un número desconocido.

—¿Quién es?

—¿Cómo está tu esposa? — no puedo distinguir la voz, ya que está distorsionada.

—¿Quién coño eres?

—Oh, querido. No creo que le queden muchas horas, suficiente ha sido el veneno que se le ha estado poniendo en su zumo todos los días. Eres débil, Aiden. Mi más sentido pésame.

Cuelgan la llamada y me congelo al entender que Flora no tiene ningún virus. Corro escaleras arriba y abro la puerta para ver a su madre llorando, los médicos niegan con la cabeza y observo a mi esposa tumbada en la cama.

—Ha sido envenenada, tenéis que saber qué tiene o todos vais a morir — hablo con voz tranquila —. Todos. Ella tiene que vivir.

Los doctores se ponen en marcha y comienzan a hacerle pruebas de sangre. La doctora me informa que lo mejor es llevarla a su clínica y asiento. A la media hora, Flora está en una habitación llena de cables, monitores y médicos.

—Necesito hacer algo — le informo a mi padre antes de irme. Lo escucho llamarme, pero sigo de largo.

Me monto en el auto y conduzco hasta la casa de Zeke, el mejor hacker, y uno de los mejores hombres que tiene mi padre.

—Hombre, ¿qué son estas horas de llamar? — se queja cuando casi tumbo la puerta.

—Localiza este número — entro a su casa, le entrego mi teléfono y lo agarra de inmediato —. Tienes media hora, Zeke.

No responde y lo sigo hasta llegar a su sótano, que está lleno de ordenadores, cables, pantallas y mil cosas más.

—Tenemos que matarlo en cuanto sepamos quién es — mi lobo gruñe y nunca he estado más de acuerdo con él que ahora.

—No lo dudes.

Mi teléfono suena con varias llamadas de mi madre y niego con la cabeza cuando Zeke me mira. Necesito saber quién ha sido, y lo necesito ahora.

Conecta un cable a mi teléfono y comienza a tocar varias teclas, se mete en varios programas y luego de unos minutos, un punto rojo aparece en la pantalla, con el mapa del mundo en negro detrás. El punto comienza a moverse y tarda mucho.

—Más rápido.

—Aiden, estoy haciendo todo lo que puedo, unos minutos. Tranquilo.

Estoy inquieto, los minutos no pasan y siento que voy a perder el control. La rabia que tengo me va a hacer perder la cabeza. Se han atrevido a tocar algo que es mío. Mío de mi propiedad y se creen con el derecho de hacerla sufrir. Niego con la cabeza y cierro los ojos, tratando de respirar.

—¡Lo tengo! — exclama Zeke con entusiasmo y frunzo el ceño cuando el punto está justo en mi manada — Es la casa de...

Se queda callado y me mira con duda. El punto rojo aparece en la casa de mi tía Claudia.

Es imposible.

—Vuelve a buscar.

—Aiden...

—¡Que vuelvas a buscar! — le grito y vuelve a pulsar. El punto comienza la búsqueda de nuevo y para mi sorpresa, se vuelve a poner donde estaba.

No. Me. Jodas. Está muerta.

—Esto no se equivoca y lo sabes.

—Mañana tendrás tu pago — le hago saber cuando tomo mi teléfono y llamo a mi padre cuando salgo de su casa.

—Tienes que venir — dice en cuanto toma la llamada.

—A casa de tu cuñada Claudia — intenta decir algo y lo corto con un grito —. ¡Ya!

Conduzco hasta la casa de la maldita traidora y veo algunas luces encendidas. Sabía que iba a tener problemas con ella. Fue la única que se opuso cuando mi padre les dió la noticia de mi boda. Debí darme cuenta de que haría algo cuando no le quitaba la mirada a Flora en la boda.

Mi padre llega a los minutos y se baja del auto con prisas.

—¿Qué pasa?

—Zeke me ha dado la ubicación de la persona que ha llamado y me ha dado el pésame por lo de mi esposa.

—¿Estás seguro?

—Sabes que nunca falla.

Su cuerpo se tensa y camina hasta la puerta. Toca el timbre un par de veces y Claudia abre la puerta con una sonrisa tonta. Está borracha.

—Cuñado — dice con hipo y la sonrisa se le borra cuando me ve detrás —. Aiden.

Aparto a mi padre y la tomo del cuello para golpear su espalda contra la pared. Por el rabillo del ojo veo a un hombre sentado en el sofá. El chico del hotel, Paul.

—Mierda — susurra cuando me ve y trata de correr, pero mi padre lo sujeta del brazo. Se lo dobla tanto que se lo parte y grita como un loco.

—Claudia — murmuro con voz tranquila —, ¿qué te ha hecho mi esposa?

Boquea intentado tomar aire y hago más fuerza, haciendo que su rostro se vuelva rojo.

—Por favor — jadea con burla cuando la suelto un poco —. Mató a mi hombre.

Suelto una risa seca y mi padre gruñe con la mención de su hermano.

—Ella no lo hizo — sisea mi padre —. La enemistad se terminaba con la boda y vienes tú a estropear las cosas.

—Ella debe pagar, es la niña mimada del Alfa — responde con una sonrisa y tenso el agarre en su cuello —. No va a vivir.

Comienza a reír como loca y estrello su cabeza contra la pared.

—¿Qué le diste? — grito y ella parpadea por el aturdimiento del golpe — Más vale que hables ahora, Claudia, o te juro que lo lamentarás el resto de tu vida.

Niega con la cabeza y me escupe en la cara.

—Soy la única que le hará justicia a la manada, esa niña iba a ser tu perdición — susurra.

—Claudia — llama mi padre y sonrío. Nadie puede negarse a la voz del Alfa —, habla y dí lo que le diste a Flora.

Ella llora, negando con la cabeza, tratando de aguantar las palabras, pero no puede.

—Tetrodotoxina — jadea y veo como sus ojos se ponen blancos cuando no la suelto.

Hija de puta. Me la ha envenenado.

—Aiden — me llama mi padre y alzo la vista para ver a Claudia muerta —, yo me encargo de él. Tienes que ir con Flora, ella...

—Ella no va a morir — respondo con firmeza y salgo para ir a la clínica.

Llego en menos de diez minutos y salgo corriendo para informarle a la doctora lo que tiene y ella asiente.

—Lo sabemos, hicimos pruebas. Su estado es delicado, tiene puesto el oxígeno, ya que sus pulmones no toman el aire que necesita. Está mal, pero ahora mismo se encuentra estable.

—¿Va a morir?

Ella suspira antes de hablar y siento mi cuerpo en tensión. La rabia me hace ver rojo.

—Aiden, este veneno no es cualquier cosa que podamos tomar a la ligera, habéis llegado a tiempo. Flora está estable, pero no sabemos cómo va a despertar — habla y la escucho atentamente —. Esta toxina es extremadamente tóxica y letal, actúa bloqueando los canales de sodio dependientes de voltaje en las células nerviosas y musculares, lo que hace que tenga una parálisis muscular y una muerte por insuficiencia respiratoria.

—¿Está bien?

Suspira dándome una sonrisa corta. Me conoce desde niño y sabe que me gustan las cosas claras.

—No sabemos cómo va a despertar, como ya te dije, la toxina puede hacer que tenga una parálisis muscular. Ahora mismo está estable, pero te puedo asegurar que un humano ya estaría muerto.

Capítulo 6.

Aiden

Han pasado dos días desde que dejé a Flora en la clínica. Mi madre me ha estado informando sobre su estado, no despierta y no sé cómo sentirme con eso. Hay algo que me molesta, una inquietud que no deja mi cuerpo.

Sus padres, su hermano y su amiga han venido desde su manada y se están quedando con ella. En cuanto la doctora me informó de la situación, salí de la clínica y vine a hacer una visita.

—Quizás si vienes a visitarla y nota tu presencia...

—En cuanto termine con esto voy a visitarla — respondo la llamada de mi madre y refunfuña antes de colgar.

No le gusta, y no aprueba, que no esté a su lado. Dice que tiene que sentirme y saber que he estado ahí para ella. No me importa mucho si soy sincero.

—¿No? — pregunta Furia y me tenso — Entonces no entiendo qué haces aquí.

Llevo dos días golpeando al hijo de puta de Paul. Es el humano de mierda que se atrevió a reírse en mi cara y envenenar a mi esposa. No me gustó cuando lo vi por primera vez en la isla y ahora entiendo el por qué. Él no fue quien pensó todo, fue Claudia y necesito saber todos los detalles.

Le doy un puñetazo en la nariz y escucho el crujido que me hace saber que se la he roto. Bien, va a desear no estar vivo.

—Por favor... — suplica con los ojos hinchados y la cara irreconocible — te lo suplico.

—Dime todo, nombres de los que te han ayudado, por qué y cómo habéis actuado.

Mi voz sale tranquila mientras lo observo negar con la cabeza. Debo reconocer que está aguantando bastante bien. Lo golpeo hasta llevarlo al límite y me detengo, para volver a empezar cuando se recupera. Está de rodillas en el suelo, igual que estuvo Flora vomitando en nuestra luna de miel, con los brazos por encima de su cabeza al tenerlos atados con una cadena de plata. Una lástima que a los humanos no le hagan daño.

Sujeto su cuello con mi mano y hago presión, haciendo que sus ojos se abran un poco.

—Señor — jadea escupiendo sangre —, se lo ruego.

—Sólo tienes que decirme todo lo que sabes y te dejaré ir.

Niega con la cabeza antes de soltar un suspiro tembloroso y baja la cabeza. Sonrío al saber que va a decirme todo. Las personas tienen un límite, quien diga que no, miente.

—Conocí a Claudia hace unos años en el centro de la ciudad, éramos pareja y hace unas semanas me habló sobre su plan, me dijo que tenía que hacerle un favor y lo hice — tose escupiendo sangre, le queda poco —. Por favor.

No me sorprende que Claudia tuviese pareja, todo el mundo tiene derecho a vivir y rehacer su vida, lo que sí me sorprende es que todo este tiempo haya estado llorando la muerte de mi tío. Quien se supone que era su mate, y cuando se muere tu pareja destinada no lo superas ni en uno ni cinco años.

No puedo decir que todas las mujeres son iguales, porque no lo son. Mis otras tías aún no superan la muerte de mis tíos, siento que Claudia no lo quiso tanto como decía. O solo manipuló a Paul para que hiciera el trabajo sucio.

—¿Quién te ayudó?

—Nadie, ella solo me dió lo que necesitaba, la dirección y fecha. Se encargó del avión y de mi puesto de trabajo en el hotel — solloza bajando la cabeza —. Ella me habló de ustedes.

Frunzo el ceño al escucharlo y apoyo mi hombro en la pared con las piernas cruzadas.

—¿Qué te dijo exactamente?

—Lo que sois, no diré nada — jadea tomando aire. Estoy seguro que tiene un par de costillas rotas.

—¡Mátalo! — ruge Furia.

Lleva días inquieto, queriendo tomar el control para matar de una vez al humano, pero debe entender que no tendrá poder sobre mí y que Paul va a sufrir antes de morir.

—Sé que no dirás nada, ya que no saldrás de aquí, Paul. Jugaste en el lado equivocado, nadie se mete con lo mío y sale ileso — le hago saber y suelta a llorar.

No es extraño que algún humano sepa de nosotros, algunos lobos han encontrado a su destinado en un humano. También pueden encontrar su mate en algún vampiro, aunque rara vez sucede eso.

Claudia sabía que nos íbamos de luna de miel y supo nuestro destino, así pudo hacer su jugada y mandar a Paul hasta la isla. Es increíble que haya pensado que podía traicionarme y salir victoriosa. Ahora me arrepiento de mi ataque de ira, no debí matarla tan rápido y fácil.

—Bien hecho, Paul. Te has ganado unos días de vida — palmeo su cara y salgo de las mazmorras escuchando sus gritos y maldiciones.

Subo las escaleras tranquilo, pensando en Flora. Hay algo que me molesta, algo que me tiene inquieto sin saber qué hacer ahora.

—Aiden — me saluda uno de los hombres que vigilan.

—Javier — asiento con la cabeza —, no quiero que muera aún, que lo curen y le den agua.

Él solo asiente antes de irse. No voy a darle una muerte fácil, va a durar todo lo que Flora esté en la clínica.

Camino hasta casa, necesitando una ducha para poder quitarme la sangre y relajar mi cuerpo. Reconozco el aroma de Flora cuando entro, su perfume flota en el aire. Es increíble que solo haya estado en mi casa un día y su olor haya quedado aquí...

—¿Dónde estás? — mi padre interrumpe mis pensamientos y gruño.

—En mi casa — le respondo a través del link.

—Tienes que estar aquí, Aiden — gruñe y corto el link.

No tengo ganas de escuchar a nadie. Necesito un puto segundo para calmarme.

Después de una larga ducha fría, me dirijo a mi auto para ir a la clínica. Tengo que dar la cara y estar con Flora un rato. No podía aparecer lleno de sangre, estoy seguro que su madre hará lo posible por llevársela, cosa que no va a suceder, ya que Flora me pertenece.

—¿Ahora sí? Te recuerdo que apenas le hacías caso y le hablabas mal — me reclama mi lobo y suelto un suspiro.

—¿Por qué tanto interés en Flora? Eras el primero que decía que no quería pareja — respondo y corta el link.

En la habitación veo que están todos en la pequeña sala, sentados y hablando. Pago lo suficiente como para que mi esposa tenga al menos una habitación propia y cómoda. Necesita su espacio y así su familia puede estar aquí sin problemas durante el día. La única que se queda a dormir es su madre y la mía.

—Hijo — me sonríe mi madre dejando un beso en mi frente.

—A buenas horas aparece — murmura su amiga y la miro.

No hay que ser muy listo para saber que se lanzaría a mi cuello si hago un movimiento en falso. Flora es muy querida por todos y ella es su mejor amiga, una hermana. Y ciertamente me agrada la idea de saber que harían lo que sea por ella.

—Fuera todo el mundo. Mi esposa necesita descansar.

—¿Ahora te importa? — su hermano habla y siento su rabia — Mi hermana está bien, no te has preocupado por ella en estos días. No le haces falta, tiene a su familia aquí.

—No lo voy a volver a repetir, fuera todo el mundo — hablo claro y fuerte, viendo como su amiga me mira con odio y le sonrío.

Mi padre intenta calmar la situación y van saliendo poco a poco, menos su madre.

—Solo recuerda que ella no te hizo nada — habla sin dejar de mirar a su hija —, ella es inocente. Ni siquiera participó en nada. Si quieres venganza puedes tomarla conmigo. Espero que puedas dejarla ir cuando despierte, porque te aseguro que lo hará.

—Tú hija es mi esposa y no la voy a dejar ir. Espero que lo sepan y lo asimilen de una vez.

Me mira con desdén y luego le da besos a su hija en la frente mientras susurra cosas.

Una vez que estoy solo, me siento en el sillón frente a su cama y me quedo observándola. No puedo negar lo hermosa e inocente que se ve, es una niña de dieciocho años que apenas ha comenzado a vivir. Acaba de terminar la secundaria y quería pasar un verano viajando por el mundo.

Niego con la cabeza, tragando el nudo que se forma en mi garganta al verla así.

—Y por tu culpa está así — me reclama Furia y cierro los ojos —. No le pusiste la atención que se merece y mira como acabó.

—No soy su niñero.

—Eres su marido — gruñe.

Sus latidos y el sonido de las máquinas es lo único que se escucha en la habitación. Su respiración es lenta y constante, aún sigue muy pálida, incluso tiene ojeras. Se ve indefensa y eso hace que el corazón me empiece a latir fuerte.

¿Cómo no me di cuenta antes?

—Porque estabas más atento en tu venganza que en ella, maldito imbécil. Piensa en las palabras de su madre, ella no hizo nada.

—Furia, si no cierras el hocico, te juro que no vas a ver la luz del día en mucho tiempo — gruño y corto el link.

Paso todo el día junto a ella y cuando llega la noche me levanto del sillón y abro la puerta. Su madre está sentada justo al lado y se levanta cuando me ve.

—¿Ha despertado? — pregunta esperanzada.

—No, pero sé que quieres dormir a su lado — hablo mientras me siento en su lugar y ella me sonríe.

—Gracias — responde con una sonrisa.

No veo venir el beso que deja en mi cabeza como si fuera un niño de cinco años y chasqueo la lengua con disgusto, haciendo reír a mi madre.

—Podrías quedarte hoy, me iré con tu padre para que puedas estar con ella — me hace saber y asiento antes de apoyar la cabeza en la pared para cerrar los ojos.

Pasa un rato hasta que el olor a comida llega a mi nariz y abro los ojos para ver al padre de Flora con el brazo estirado hacia mí con un bocadillo en la mano.

—Tienes que comer.

Lo agarro y le quito el envoltorio. Llevo días sin comer por estar torturando a Paul. Ese desgraciado...

Su padre, su hermano y su amiga siguen aquí, sentados en los sillones del pasillo. Sé que están durmiendo en mi casa, pero se pasan aquí la mayor parte del día. Sólo van a cambiarse y a darse una ducha.

—Ella es fuerte, va a despertar — le susurra Malena al hermano de su amiga y me fijo en ellos con los ojos entrecerrados.

Están muy juntos. Puede que sean parejas y ni siquiera me he tomado el tiempo de conocer a la familia de mi esposa.

—¿Cómo te vas a tomar el tiempo? — murmura Furia — Estás más pendiente en tu venganza. Te advierto, te vas a arrepentir.

Ya, bueno, mi venganza...

Capítulo 7.

A iden

Cinco días más se suman a la lista y Flora sigue sin despertar. Lleva una semana sin dar respuesta. Su piel sigue pálida, tiene los labios casi azules y está perdiendo peso. No puede seguir así. Por suerte ya no tiene fiebre como hace un día y está bien, aunque sigue con el oxígeno.

El humano sigue en las mazmorras, se están haciendo cargo de él. Saben que no pueden matarlo, ya que de eso me encargaré yo.

—Tenemos que matarlo.

—Lo haremos cuando Flora despierte. Tiene que sufrir — respondo a mi lobo y gruñe.

Cada día me cuesta más poder controlar su temperamento, quiere salir y tomar el control. Está ansioso y quiere venganza, y lo entiendo porque yo también quiero lo mismo.

¿Cómo pueden creer que van a tocar a mi esposa y salir victoriosos? Si alguien quiere hacer daño a Flora, seré yo. Nadie más.

—Atrévete — dice Furia con calma y alzo una ceja.

Pienso en responderle, pero entra la doctora con un enfermero mientras yo estoy en el sillón a su lado. Su padre se ha llevado a su mujer para que descanse y coma un poco. También ha perdido peso, como la hija.

—Buenos días, Aiden — asiento con la cabeza y vuelve a hablar —. Tenemos que hacerle unos masajes en las piernas, debemos hacer que todo circule. Como ya te dije, el veneno pudo actuar rápido, puede que su movilidad se vea reducida. Marc se encargará de ella.

—Nadie la va a tocar — gruñe mi lobo y estoy de acuerdo en eso.

—Marc no va a tocar a mi esposa — respondo y la escucho suspirar.

Que me castiguen los Dioses si dejo que algún otro hombre la toque. Sobre todo en su estado vulnerable.

—Aiden, hay que hacerlo, no puede estar tumbada sin hacer nada, hay que ayudarla. Cuando despierte le va a costar y no sabemos cómo ha actuado el veneno, tampoco sabemos el tiempo que tardará en despertar.

Me levanto sintiendo rabia de solo escucharla. Nadie la va a tocar.

—Entonces dime cómo hacerlo. Nadie le va a poner un dedo encima.

El hombre se va cuando ella asiente y me da una sonrisa mientras saca un bote de crema.

—Te ayudará a darle los masajes, también hace efecto calor, hará que sus músculos se relajen. Tienes que ir con cuidado y no apretar demasiado o podrías hacerle daño.

Me explica cómo tengo que hacerlo y ella levanta un poco su camisón para decirme hasta donde tengo que llegar. El camisón queda justo para que no se le vea nada y tomo un poco de crema para esparcirla en sus piernas. Comienzo desde los tobillos hasta sus rodillas y levanto su pierna para hacer presión en los gemelos.

—Tiene una piel muy suave — ronronea Furia y trago saliva.

Su pierna no pesa nada y en cuanto despierte la haré tragar todas las comidas. No voy a dejar que las rechace como hizo en la isla. Esta maldita cría...

Hago presión, notando cada músculo y como estos se relajan.

—Bien — habla cuando termino —, ahora sube a los muslos y presiona con menos fuerza. Esto tienes que hacerlo todos los días, dos veces, puede ser por la mañana y luego por la noche.

Respiro y hago presión en su muslo, notando su piel suave y lisa. La crema tiene mis manos calientes, pero su piel sigue fría.

—Está helada — miro a la doctora —, no es normal.

Presiono mis pulgares, dejando un rastro de crema, notando como su músculo se relaja.

—Lo es. Hasta que no despierte, su cuerpo no va a volver a ser el mismo — me mira y sé que quiere decirme algo más —. Aiden, no sabemos como va a despertar. Puede que su vida cambie...

—Silencio — presiono más fuerte mis manos en la otra pierna y hago los mismos movimientos —. Ya te puedes ir.

No necesito escuchar tonterías sobre mi esposa. Es una loba, no es cualquier ser débil y no le va a pasar nada. Solo está así porque la maldita no ha llevado una alimentación sana y ahora que su cuerpo está recibiendo los nutrientes necesarios, está aprovechando para descansar.

Suspira y antes de irse me informa que por la noche vendrá a revisar los masajes, ya que si los hago mal le puedo hacer daño.

Voy al baño para lavarme las manos y me observo en el espejo.

—No quieres vengarte con ella — susurra Furia y tenso la mandíbula —. Vamos, Aiden, sabes de sobra que si hubieses querido hacerle daño, ya estaría muerta.

—No tengo tiempo para escuchar tonterías.

Vuelvo a la habitación, la tapo con la sábana y me siento en el sillón justo a tiempo para ver la puerta abrirse y ver como entra mi madre.

—Hola, cariño — deja un beso en mi cabeza y mira a Flora —. Hola, hermosa.

Deja otro beso en su frente antes de sentarse a mi lado y suspirar. Nos quedamos en silencio durante un rato hasta que vuelven a abrir la puerta y veo a su familia.

—Buenos días — saluda su madre y detrás de ella veo a sus abuelos.

Puedo tolerar a todos, pero no a Edward. Vendió a su nieta como si no valiese nada.

—¿Te estás escuchando? — murmura Furia con confusión — Fuiste tú quien planeó todo y quien propuso casarse con ella. Aunque debo decir que eso ha sido lo más inteligente que has hecho en tu miserable vida.

—Nadie ha pedido tu opinión — respondo antes de cortar el link.

Me levanto para salir y dejarles espacio. Ellos también son su familia y tienen derecho a estar con ella, aunque no me sienta bien con eso y no quiera salir de la habitación.

—Hombre, por fin te veo — giro la cabeza y sonrío al ver a mi mejor amigo. Óscar Byrne, será mi Beta.

—Hacía tiempo que no te veía — le doy un abrazo y nos sentamos en los sillones del pasillo.

No vino a la boda porque estaba en Rusia visitando a su familia y no lo iba a hacer venir para solo un momento.

—Me he enterado de todo — me da un apretón en el hombro y asiento —. Es increíble que tu tía haya podido hacer eso. ¿Cómo está tu esposa?

—No despierta — respondo soltando un suspiro y cierro los ojos —. Estábamos en la isla y se encontraba mal. No dejaba de vomitar, tenía mal color y apenas se mantenía en pie, pensé que ir a dar un paseo y que conectara con la naturaleza le haría bien.

—No es tu culpa, Aiden...

—No — lo corto —. No es mi culpa, pero por eso empeoró.

—Yo no diría eso — abro los ojos y lo miro —. Gracias a que la llevaste de paseo pudiste darte cuenta de que algo iba mal y actuaste correctamente. Dentro de lo malo, hay algo bueno. Estoy seguro de que pronto despertará.

Ni siquiera voy a pensar en qué habría ocurrido si no salíamos ese día de la habitación.

Apoyo la cabeza en la pared y pienso todo lo que ha pasado en estos días, lo que su madre me dijo y lo que Óscar acaba de decir. Por eso quiero que sea mi Beta. Toda su familia ha sido siempre unida a la mía, su padre es Beta del mío, su padre fue el de mi abuelo y así ha sido durante mucho tiempo.

—Gracias por venir — le digo con sinceridad. Ha venido días antes de su viaje para estar aquí y ayudar en lo que pueda.

—Sabes que siempre estaré para ti, cabrón. Eres mi hermano — sonríe y se queda un rato hablando hasta que tiene que irse.

Por la noche vuelvo a entrar cuando se han ido todos menos su madre y la mía.

—Nos quedaremos aquí — me informa y asiento.

—Tengo que darle unos masajes — le digo a su madre y me mira atenta mientras destapo a Flora y subo un poco su camisón.

—Detente — gruñe y la miro con una ceja alzada.

Mi madre se tensa y noto el momento exacto en el que el ambiente se vuelve tenso y pesado.

—No le haré nada — hablo con calma, entiendo que es su hija y que para ella sigue siendo su bebé —, estarás presente. La doctora también vendrá para verificar que el masaje esté bien.

Dejo un momento de lado la rabia que me atraviesa por el simple hecho de que ella piense que podría tocar a su hija en su estado, sin embargo, respiro y pienso que es normal que su madre esté a la defensiva. Su hija está vulnerable y ella la protege.

Su cuerpo se tensa un momento, bajando la cabeza, y cuando vuelve a mirarme veo que sus ojos están llenos de lágrimas.

—Lo siento — susurra y siento un nudo en mi garganta —, es que...

—Está bien — mi madre se acerca a darle un abrazo —. Tu pequeña está en buenas manos. Aiden la cuida mucho, verás que pronto va a despertar y podremos tener un día todas juntas. Saldremos con nuestras lobas o pasaremos el día de compras.

—Yo también quiero pasar un día con ella — murmura Furia ansioso y no le respondo.

—Puedes darle tú el masaje — le digo y ella asiente apretando la mano de Flora.

Suelto un suspiro cuando me dejo caer en el sillón y observo como la doctora le da instrucciones. Lo hace con cuidado y me relajo un poco. Ella y mi madre se han estado haciendo cargo de bañar a Flora, peinarla y todo.

Flora tiene que despertar pronto o me volveré loco.

Capítulo 8.

Aiden

Han pasado dos semanas desde que Flora está en la clínica. Todos en la manada ya saben que maté a Claudia por traición. Unos se alegran del estado de mi esposa y otros rezan a los Dioses por ella. Gisel no deja de pregunta por su prima nueva, así la llama ella, y le digo que todo va bien. No veo necesario darle detalles a una niña ni darle preocupaciones.

Mis otras tías ni siquiera acudieron al pequeño funeral que los ancianos le hicieron a Claudia. Vinieron a visitar a Flora en cuanto se enteraron de lo ocurrido y me hicieron saber que si necesitaba algo, ellas estarían aquí.

Flora no ha despertado, solo tuvo un pequeño temblor en la mano y no ha vuelto a suceder. Aún no sabemos el daño que la toxina le ha podido causar a su cuerpo.

Se escucha un golpe en la puerta y mi tía Agatha, la madre de Gisel, entra con la niña en brazos.

—Buenos días, Gisel no dejaba de preguntar por ella y quería venir para ver a su prima.

—Ven aquí — la llamo y viene corriendo para abrazarme —. ¿Por qué lloras, princesa?

Mi prima es una niña muy sentimental y le toma cariño a todo el mundo en menos de un día. Desde que vió a Flora en la boda, la agarro de la mano y pasaron gran parte del día juntas, charlando y comiendo.

—Ella está mal, nos necesita — solloza en mi hombro y dejo un beso en su cabeza —. Tía Claudia se portó muy mal y le hizo daño a tu reina.

Tomo aire y la abrazo más fuerte. Todos se van, dejándome a solas con ella y Flora. Gisel siempre ha sido una niña muy inteligente y no se le pueden ocultar las cosas porque siempre busca las formas de saberlo todo, así que no me extraña que sepa quien fue la causante de esto.

—Lo fue, pero ya no va a dañar a nadie más — le hago saber y ella asiente.

—Quiero abrazarla.

—No puedes, está mal — señalo con la cabeza y ella hace un puchero —. Tiene muchos aparatos y no se pueden tocar.

—Mami dice que mis abrazos son mágicos y que le ayudan, puedo curarla — habla llorando y suelto un suspiro.

Estoy cansado y no quiero, ni tengo fuerzas para discutir con ella. La llevo al lado de Flora y con mucho cuidado la dejo a su lado. Gisel le da un beso en la mejilla y la abraza mientras canta susurrando.

A los minutos se queda dormida y las observo.

—Vete a descansar — susurra mi madre y estoy tan absorto mirando su cara que ni siquiera me había dado cuenta de que habían vuelto a entrar —. Me quedaré con ella y te avisaré de cualquier cosa. Te necesita fuerte.

Me levanto del sillón y antes de llegar a la puerta, observo a Flora, conectada a todo lo que hay en la maldita clínica. Hace días que no veo sus ojos, esos ojos llenos de vida que tanto brillaban cuando veía algo que le gustaba. Hace días que no escucho su voz, la que soltaba comentarios llenos de veneno hacia mi persona y que solo me hacían reír.

Maldita sea. Me la intentaron matar.

Me acerco a ella muy despacio para oler su cabello y cierro los ojos al no notar el aroma de la vez pasada. Me gustó tanto, que todas las noches en la isla me acercaba a ella un poco para oler su cabello, y ahora no hay nada. Necesita sus productos.

Salgo de la habitación y veo a su familia con mi padre, hablando de algo, y paso de largo para irme a casa.

—Tenemos que matarlo — me recuerda Furia.

—Aún no. Sufrirá lo mismo que Flora — respondo y gruñe en desacuerdo.

Al llegar a casa noto que el aroma de Flora ya no flota en el aire. Subo a la habitación y me doy una ducha rápida, viendo los productos que no se llevó, y cuando salgo los meto en una bolsa para llevarlos a la clínica. Su madre es la que se encarga de ella, ya que no quiere que la toque ni que la vea sin ropa. Ya la he visto desnuda, aunque no recuerdo nada de ese día en el avión. Jamás en mi vida sentí tanta impotencia y miedo a la vez.

Las maletas de la isla ya están aquí. Mi madre se encargó de todo lo necesario.

Me siento en la cama, con la toalla envuelta en mi cintura, y me dejo caer en ella mirando el techo. Ese mal nacido no sabe lo que le espera. Mis hombres han estado dándole golpes todos los días, es un simple humano y ya le queda poco.

¿Cómo se atreven a tocarle un pelo a mi esposa? Ni siquiera estoy seguro en si yo quería hacerle daño.

—Sabes la respuesta.

—Ahora mismo no sé nada, Furia. Lo que sí tengo claro es que no podemos dejar que vuelva a pasar una mierda así — gruñe cuando me escucha y cierro el link.

Necesito dormir unos minutos. No he dormido casi nada desde que llegamos aquí y mi cuerpo no aguanta más. Es temprano y puedo dormir unas horas antes de que anochezca. Estoy tranquilo sabiendo que mi madre y la suya están con ella y que no la van a dejar sola.

También tengo que hacerme cargo de las empresas. Aunque lo dejaré para dentro de unos días.

****

Despierto por el sonido de una llamada y veo que es mi madre. Mierda, he dormido todo el día.

—Mamá — hablo con la voz ronca por el sueño.

—¡Ha despertado! — escucho que se aleja soltando una risita para luego susurrar — Ha preguntado por ti. Tendremos que darle las gracias a Gisel, ha sido ella con su magia.

Cierro los ojos y reprimo la sonrisa mientras me levanto y me quito la toalla.

—Voy en camino — le aviso antes de colgar.

Salgo del vestidor con ropa de deporte y la bolsa con sus productos. No tardo en llegar a la clínica y entro a la habitación de mi esposa para ver que todos están aquí. Ella tiene una sonrisa cansada y hay varios regalos para ella. Su piel ha recuperado un poco de color.

Alzo la bolsa para dejarla en una mesa cuando de repente me llega un olor diferente. Un aroma exquisito y único. Un aroma que me vuelve loco.

Jazmín y una mezcla de frutas.

—¡Mate! — aulla Furia y giro la cabeza para mirar a Flora.

—Mate — susurra ella y parece que escucho a un ángel al oír su voz después de dos semanas.

—¿Qué? — jadea mi madre y todas las personas desaparecen de mi vista, solo veo a Flora que me mira con los ojos muy abiertos.

Me acerco a ella a paso lento, persiguiendo ese aroma exquisito, y la observo.

—Eres tú, mi Luna.

—¿Cómo... — susurra sin poder creerlo — No es posible. Me odias.

Trago saliva al ver el dolor en sus preciosos ojos y escucho como todos comienzan a salir de la habitación.

—Los Dioses haciendo lo suyo — se burla Furia —. Castigo divino le llaman algunos. Te dije que te ibas a arrepentir, estúpido.

—¿Sabías?

—Desde el primer momento en que la vimos.

—Y no me lo dijiste. Te juro que esta me las vas a pagar, maldito perro — cierro las manos en puños y trato de calmar la rabia que me atraviesa el pecho.

—También lo sabía — murmura Ela y gruño —. Mi lobito y yo decidimos que lo mejor era ocultar nuestro olor.

—Claro, porque según tú, era la mejor decisión.

—Aiden — me llama Flora mirándome preocupada —, ¿estás bien?

Resoplo mirando los cables a los que está conectada. Debería estar preocupada por ella misma.

—¿Tú estás bien? — sujeto su mano y asiente un poco tensa — Entonces yo también. Escucha...

—Furia y Ela me han dicho todo. Estoy... — carraspea y la noto nerviosa — estoy un poco confundida, no sé cómo vamos a vivir a partir de ahora, pero te agradezco por salvarme. Pregunté por ti cuando desperté al no verte aquí, necesitaba hablar contigo.

—¿A qué te refieres?

—Me voy con mi familia. Ya estaba decidido...

—Ella no puede irse, la necesitamos — susurra Furia.

No le respondo y salgo vuelto un animal a la sala de espera donde se encuentran todos con varios doctores.

—Aiden — me llama mi padre y lo ignoro. Solo busco a una persona.

—¿Qué te hace pensar que te vas a llevar a mi mujer? — encaro a mi suegro que no baja la mirada.

Los dos somos Alfas y no bajamos la cabeza ante nadie. Y me da igual si tengo que enfrentarme a él, a su hijo o a quien sea. No se la van a llevar. No después de pensar en que podía perderla en estas dos semanas que ha estado inconsciente.

—Aiden, vuelve a la habitación con nuestra Luna. Necesito olerla — habla Furia ansioso y no le hago caso.

—Mi hija ya ha sufrido bastante por tu culpa — responde tranquilo y preparo los puños —. Ella quiere irse.

—¡Es mi Luna y mi mujer! — respondo y su hijo me empuja.

—No le hables así a mi padre o te juro que el próximo paciente aquí serás tú — me señala y le doy un puñetazo.

Lo tiro al suelo, donde me devuelve el golpe. Escucho los gritos de los demás y solo me concentro en acabar con la amenaza. Nadie va a llevársela, me da igual lo que piensen o quieran. Estoy harto y llevo unas semanas de mierda, y ahora que despierta...

—Aiden — escucho su voz y giro la cabeza para mirarla con los ojos llenos de lágrimas —, es mi hermano, no un enemigo.

Mierda. No debe estar en pie y sin el oxígeno, debe descansar. Aún está débil.

—No la mereces, eres un puto animal — protesta su amiga.

—Vamos a hablar — sujeto su brazo y se aparta de mi agarre —. No me hagas eso, Flora. Como dice tu amiga, soy un puto animal y no sé cómo como controlar lo que estoy sintiendo ahora mismo.

Es cierto lo que digo, no sé reaccionar a estos sentimientos, nunca los he tenido. No cuando llevo meses con otras ideas y ahora lo único que quiero es meterla en nuestra casa para que nadie me la toque. Es mía. Mía para proteger, amar y cuidar.

Se acerca a su hermano que le dice que está todo bien y vuelve a mí con pasos lentos. Está débil y necesita ayuda, así que la alzo en brazos y ella agarra el porta suero. Cierro la puerta y la dejo en la cama con cuidado.

—Flora — cierro los ojos y respiro varias veces —, lo que estoy sintiendo no sé cómo lo voy a controlar.

¿Por qué no lo noté antes? He estado haciéndola sentir mal por mi estupidez. Maldición, y ahora se quiere ir con su familia. Me quiere dejar.

—No, no puede irse. La necesitamos — Furia se vuelve loco, pero no puedo concentrarme en él ahora.

—Aiden — me llama y niego con la cabeza —, habla conmigo.

Incluso empeoró por mi culpa en la isla cuando la obligué a ir de paseo cuando me dijo que quería quedarse en la habitación. En la boda le hice un corte muy profundo en la mano por mi maldita estupidez. Le hice daño cuando se supone que la debo proteger. La alejé de su familia, de su amiga y de su vida. Soy un puto animal. Mi venganza nunca tuvo que ser con ella. No con ella que solo quería vivir una vida tranquila y que no tenía nada que ver con lo que hizo su abuelo.

—Lo de la isla no fue culpa tuya — me habla Ela con voz suave —. Gracias a ti llegamos a tiempo.

—Puedes irte — gruño entre dientes, aguantando las ganas de tomarla en brazos y llevarla a casa para que nadie me la quite.

Le voy a dar un tiempo. Si ella quiere espacio, se lo voy a dar, al fin y al cabo es mi mate, mi Luna. Estamos unidos de por vida y no pienso alejarla de mi lado. No estoy dispuesto a perderla. Es mi esposa, mi mujer. Puedo esperarla.

Se queda en silencio mirándome y de un momento a otro me golpea el brazo con un ramo de rosas que tenía en la mesita.

—¿Me estás rechazando? — grita con los ojos llorosos — Eres un imbécil. Para qué montas ese espectáculo si ibas a rechazarme.

Comienza a perder fuerzas y le cuesta respirar.

—Flora, necesito que te calmes — entra la doctora que le pide que se tumbe para conectarle el oxígeno y niega —. Puedes seguir hablando con esto, tranquila.

Me da una advertencia cuando se lo pone y sale para dejarnos solos.

—No te estoy rechazando — le explico —. Te estoy dando la oportunidad de irte. De pensar y estar con tu familia unos días.

Cierra los ojos y hace respiraciones para calmarse. También hay que decir que es una jodida loca y desquiciada.

—El único loco que hay aquí eres tú — responde con enfado y oculto la sonrisa. Furia es un bocazas.

—Hemos empezado con mal pie.

—Ajá. No confío en ti, me mirabas con odio — habla sin mirarme.

Es cierto lo que dice. Sus latidos me hacen saber que está nerviosa, por eso salgo de la habitación, cierro la puerta y respiro un par de veces antes de tocar.

—Adelante — responde ella confundida.

—Buenas noches, Flora — entro y me mira como si estuviera loco —. Me llamo Aiden, y como ya sabes, somos mates. Eres mi Luna. Oh, se me olvidó decirte que estamos casados.

Se muerde el labio para ocultar la sonrisa y niega con la cabeza.

—Aiden — murmura pensativa —, ¿no serás ese Aiden que me odia y quiere vengarse a traves de mí?

Por un momento solo la observo y no dudo ni un solo segundo. Mi venganza no vale nada, ella lo es todo. Ella está primero que nada. Estas dos semanas sin hablar con ella... han sido duras y por un momento pensé que la perdería y que no volvería a escuchar sus comentarios sarcásticos. Pensé que jamás volvería a ver las muecas que hace cuando duerme o está concentrada viendo algo. O el fuego en sus ojos cuando me reta sin bajar la cabeza, aún sabiendo que soy un Alfa y que puedo hacerla obedecer con mi voz. Mi mujer es una cosita valiente y terca.

—Creo que hablas de otro, te advierto que soy muy celoso y no quiero nombres de otros en tu boca, a no ser que sea el de nuestro cachorro.

Niega con la cabeza sin poder ocultar la sonrisa.

—¿Estamos en paz?

—Estamos en paz, mi querida esposa — me acerco a ella para dejar un beso en su frente —. ¿Has cenado?

—No, en un rato me traen la comida.

—Lo siento — susurro haciendo que ella me mire —. No hice caso a mi instinto y solo te hice sufrir.

—Realmente no me hiciste nada, nada que no pueda arreglarse, claro. Sí me hablaste y me trataste mal, podemos arreglar eso. Hay normas que quiero que escuches — comienza a hablar y la observo atento —. No me gusta que me griten, tampoco las órdenes y no quiero que me sujetes la mandíbula de nuevo. No soy un trozo de carne.

—Lo siento por eso, me dejé llevar, pero te prometo que no volverá a pasar. Te lo juro por los Dioses.

No le miento. Jamás he tocado a una mujer en ese aspecto. Claudia es un caso diferente, lo volvería a hacer mil veces y no me voy a arrepentir.

—¿Qué pasa si un día te enfadas conmigo y lo vuelves a hacer? — pregunta con desconfianza.

La entiendo, es normal que piense así. He sido un cabrón y ahora tengo que arreglarlo. Desde que la vi le he estado diciendo que cobraré mi venganza con ella, que la haría sufrir y mil cosas más. Por la Diosa, dije que iba matarla.

Llevo mi mano a mi bolsillo, donde llevo una daga pequeña de plata, y se la pongo en sus manos. Me mira confundida y le guiño un ojo, haciendo que se sonroje un poco. Adorable.

—¿Adorable? — se ríe Furia y gruño cortando el link. No va a estropear el momento.

—Tienes el derecho a matarme si algún día te hago daño — me acerco y beso su frente, notando que está recuperando su calor —. No lo dudes un segundo. Si alguien te hace daño, sea quien sea, le clavas esta daga en el corazón.

Envuelvo su mano con la mía y me pongo la daga en el pecho.

—Yo...

—Justo ahí. Guárdala y confía en que nunca tendrás que usarla conmigo.

Asiente y voy al baño, donde veo que el imbécil de mi cuñado ha dejado el sello de su anillo en mi barbilla.

Salgo cuando escucho voces y veo que han vuelto a entrar.

—Bueno... — habla mi suegra y le sonrío — supongo que ahora sí somos familia.

—Sigo sin confiar — declara su amiga.

—Te apoyo — responde mi cuñado.

Los entiendo, pero esto lo vamos a arreglar Flora y yo. Nadie va a meterse en nuestra relación.

—Estamos en paz — les hago saber.

No tengo intención de hacerle daño a Flora, creo que en realidad nunca se lo quise hacer. Más bien pensaba, pero nunca lo llegaba a completar. Debo darle las gracias a Furia por no dejarme sucumbir a mis impulsos.

—Jamás te habría dejado que le tocaras un solo cabello, humano.

—No me hables, no vas a salir en un buen tiempo por mentiroso — le gruño y se ríe.

No le voy a perdonar tan fácil que me haya ocultado una cosa como esta. Mi mate no es una tontería y Flora menos. Tuve la leve sospecha cuando me llegó el olor de su cabello ese día en la cocina, pero nunca le presté atención a ese detalle.

Vamos a tener que trabajar en la confianza. Sé que Flora no me lo va a poner fácil y que no va a caer rendida por mí solo por ser mi mate. Necesita tiempo y le daré el que necesite. Seré paciente y la trataré como se merece.

Hola mis lobeznos, como están?? Solo quería decir unas cositas para que sepáis.

1) No sé cuántos capítulos tendrá la historia, pero serán pocos. (Creo)

2) Ahora que Aiden y Flora se han dado cuenta de que son mates, no quiere decir que todo va a ser de color rosa (tampoco será negro). Habrá situaciones en las que Flora le cueste confiar en Aiden, y en las que Aiden se acuerde de sus tíos (los que quería honrar con la venganza)

3) Tendrá final feliz.

4) Será un romance lento, se irán conociendo poco a poco.

5) Recuerda que si a partir de aquí te dejó de gustar la historia, puedes abandonarla cuando quieras, no tienes la obligación de seguir si una lectura no te llena

6) Y por último, pido una disculpa si hay faltas de ortografía☐

Los amo mucho y gracias por todo el apoyo que estoy recibiendo. También pueden seguirme en Instagram, donde estaré subiendo cositas; Nereyta01

Capítulo 9.

Flora

—Gracias a los Dioses que despertaste — me dice Esme y sonrío.

Sé que ha estado a mi lado desde el primer día, junto a mi madre y los demás. Por lo que me ha dicho, la pequeña Gisel también ha estado aquí y ha preguntado por mí. Incluso sus tías han venido para decir que están aquí para lo que sea. No sé cómo sentirme con eso, mi familia mató a la suya y aún así, ellas están dispuestas a hacer algo. Supongo que ellas sí entendieron que la enemistad se terminaba con el matrimonio.

Aiden sale del baño cuando las voces comienzan a elevarse, y le sonríe a mi madre, de reojo veo a mi hermano negar con la cabeza sin poder ocultar el disgusto. No hemos tenido un buen comienzo ninguno de nosotros, solo espero que podamos llevarnos bien.

Es increíble que nuestros lobos hayan ocultado nuestro olor para que no sepamos el verdadero destino. Estoy un poco decepcionada con Ela, nunca hemos tenido secretos, pero entiendo que lo hicieron por un bien. Según ellos, teníamos que llevarnos bien como personas normales y no sólo por ser mates y destinados. Aún sigo sin entender las vueltas que da la vida y lo mucho que pueden cambiar las cosas en unas semanas.

Pensándolo bien, nuestros lobos tienen razón. No confío en Aiden y no voy a bajar las barreras aún. Necesitamos conocernos, hablar y saber de nuestras vidas. Solo podríamos separarnos si nos rechazamos, y debo decir que esa idea no me agrada.

—Siento mucho haberte decepcionado — murmura Ela decaída y trago saliva.

—Hiciste lo que Diosa Luna te dijo, tranquila.

—¿Cómo te sientes?

—Bien — le sonrío a mi mejor amiga y veo como le tiembla el labio —. No llores, de verdad estoy bien.

Siempre ha sido muy sentimental, al igual que yo, y siempre hemos estado juntas. Es la primera vez que nos separamos tanto tiempo y la extrañé mucho. Nos conocemos desde que nacimos y siempre hemos sido mejores amigas. Yo me volvería loca si algo le pasara, no sabría estar sin ella.

—Pensamos que no ibas a despertar — susurra dejando caer la cabeza en nuestras manos unidas —. Han sido unas semanas muy largas.

—Gracias por estar aquí.

Resopla y se levanta para llenarme la cara de besos, haciendo reír a mis padres.

Mamá ha perdido peso y solo hay que mirarla para saber lo cansada que está. Ha debido preocuparse mucho en estos días y no me gusta verla así.

—¿Me abrazas?

—Por los Dioses — rompe a llorar en cuanto me escucha y me aferro a los brazos de mamá —. Mi niña hermosa.

Se queda sentada a mi lado, con cuidado de no tocar ningún cable, y la escucho susurrar cosas mientras deja besos en mi cabeza. Que me llamen infantil, me da igual, pero los brazos de mamá... los brazos de mamá no hay persona que los iguale y siempre voy a buscar consuelo en ellos. Papá también se une y aprovecha para decirme lo mucho que nos ama. Me gustaría tener un amor tan puro como el de ellos, llevan toda su vida juntos y jamás he visto que hayan tenido una mala racha o una discusión fuerte. Siempre han sabido arreglar sus problemas hablando con paciencia y amor.

Los abuelos estuvieron hasta ayer, pero han tenido que volver a la manada, ya que tienen que hacerse cargo de todos los asuntos. La abuela llamó y me dijo que iba a venir a visitarme en estos días y que no me voy a librar de ella. Ya puedo imaginarla llegando con unas cuantas bolsas llenas de comida y regalos. Siempre que he enfermado me ha llenado de ellos. Soy su nieta consentida, como ella me llama.

—¿No vas a abrazar a tu hermanita? — le pregunto a mi hermano y sonríe.

—Ven aquí mi pequeña — mis padres se apartan y Einar me envuelve en sus brazos, haciéndome sentir como en casa.

Siempre he estado segura en sus brazos, cuando me caía él estaba ahí para ayudarme a ponerme en pie. Mi hermano es una pieza fundamental en mi vida. Ese soporte que siempre voy a necesitar y voy a echar de menos cuando vuelva a la manada. Nunca he estado alejada de ellos, pero ahora que Aiden y yo hemos establecido un acuerdo, voy a visitarlos muy seguidos. Necesito ir por mi auto y mis cosas.

—Buenas noches, familia — saluda la doctora con una sonrisa —. Flora tiene que cenar, ya sabemos que su cuerpo y organismo están bien, pero se quedará un día más en observación para prevenir cualquier inconveniente.

—Está bien — asiento y veo a Aiden sentado en el sillón que está a mi lado en la cama.

La doctora me explicó todo cuando desperté y gracias a los Dioses que el veneno no me hizo un daño grave. Aún recuerdo ese día en la isla en el que creía que me iba a morir. Me sentía fatal, la cabeza me daba vueltas y tenía mucho frío. Lo último que recuerdo es como Aiden me tomaba en brazos y salía corriendo. No recuerdo haber llegado aquí.

Se quedan todos en la habitación hasta que traen la cena y uno a uno se van despidiendo de mí para que pueda comer tranquila y descanse.

—Mañana nos vemos — le digo a mis padres y asienten.

—Te amamos mi dulce niña — Mamá deja un beso en mi frente y se van.

Aiden sigue a mi lado, observando cada movimiento que hago, y me está empezando a poner nerviosa, ya que sus ojos intimidan y no se si aún sigue planeando su venganza. No pienso bajar mis barreras con él, necesitamos trabajar en ello. No soy ninguna ingenua.

—No te haríamos daño, jamás. Eres muy hermosa, mi Luna — susurra su lobo en mi cabeza y me sonrojo.

Escucho a Aiden resoplar y lo miro de reojo para verlo negar con la cabeza.

—¿No crees que soy hermosa? — la pregunta sale de mi boca antes de que pueda pensarla y me mira divertido.

Sí, tengo un pequeño defecto, y es que no sé cerrar la boca y siempre quiero saberlo todo.

—Nunca lo he negado, incluso cuando te enfadas lo eres — su voz sale un poco ronca y me quedo admirando el azul de sus ojos —. Come.

Oh sí. La cena. Tengo que alimentarme para recuperar fuerzas, me siento débil y hasta más ligera. He tenido que perder al menos cinco o seis kilos.

—Mi madre ha dicho que te encargaste personalmente de los masajes en mis piernas, quería agradecerte eso.

De verdad no sabe lo mucho que le agradezco eso. Y también a los Dioses, por no dejar que nada malo me pasara.

—Eres mi esposa y no me costaba nada hacerlo.

Muerdo mi labio con nervios al querer decir lo que Furia me dijo.

—¿Qué ocurre? — pregunta con los brazos cruzados.

—Furia me dijo que lo hiciste tú porque no querías que otro me tocara.

—Sí.

—Gracias, no me gusta que me toquen sin mi permiso — le hago saber y asiente.

Sé que son profesionales, pero no me siento cómoda con que me toquen, menos cuando estaba en un estado en el que no era consciente de lo que pasaba en mi entorno.

Después de terminar la cena, observo a Aiden comerse un bocadillo mientras ve la televisión. Es un partido de fútbol y no me interesa.

Ahora que estamos solos, puedo notar su aroma más intenso, casi asfixiante. Huele tan bien, y sentí como todo mi interior se revolvía cuando entró a la habitación con una bolsa en la mano. Mi loba aullaba con fuerza cuando notamos ese aroma.

Huele a sándalo, geranio y un toque picante que me pone un poco nerviosa. Le agradezco a Diosa Luna por darme ese privilegio, solo yo puedo oler su aroma.

—Es nuestro — ronronea Ela y oculto mi sonrisa.

—Aiden — lo llamo y me mira mientras mastica —, ¿mataste a tu tía?

Mi madre y Esme me dijeron lo que Aiden había descubierto. Aún no me creo que alguien de su familia lo haya traicionado, aunque sí entiendo que yo era su enemiga por ser de otra manada. Sin embargo, ninguno de los dos detectamos a tiempo el peligro. Paul, el hombre del hotel fue quien se encargó de todo. Ese maldito imbécil, espero que esté muerto.

—La maté — responde tranquilo —, como también mataré a Paul y a todo el que se atreva a tocarte o hacerte sentir mal.

—¿Está vivo?

—Lo han estado torturando todo este tiempo. Iba a sufrir hasta que tú despertaras — termina su bocadillo y se limpia las manos sin dejar de mirarme —. ¿Quieres matarlo tú?

—Sí — respondo sin dudar y veo como me da una sonrisa lobuna.

Me remuevo nerviosa y aparto la mirada para concentrarme en otra cosa que no sean sus ojos azules. Son hermosos. Y el maldito lo sabe.

—Lo haremos cuando salgamos de aquí.

—Quiero que le den lo mismo que a mí — le hago saber y asiente.

Nunca he matado a nadie, no he tenido que llegar a ese límite con alguien, pero ciertamente, no me voy a quedar de brazos cruzados dejando que hagan el trabajo sucio por mí. No soy ninguna damisela en apuros y ese hombre debe pagar lo que me hizo. Maldición. Estuve a punto de morir y ni siquiera he vivido lo suficiente.

—Lo que mi mujer quiera — me guiña un ojo y siento como me sube la sangre a las mejillas.

—Buenas noches — respondo rápido y me tapo con la sábana para ocultar mi cuerpo y mi vergüenza.

Me había acostumbrado a su lado frío, y me confunde que ahora se muestre así tan tranquilo a mi lado.

—Buenas noches — me dice con la voz más ronca y se me escapa un suspiro.

Estoy casi dormida cuando siento movimiento a mi lado y noto como algo toca mi frente. ¿Aiden? Puede ser, pero no puedo hablar.

Capítulo 10.

Aiden

Al día siguiente, la doctora le hace todo tipo de pruebas a Flora para saber si me la puedo llevar a casa. Lleva desde muy temprano con ella y sigue débil, necesita tomar un descanso. Le hacen análisis de sangre, orina y un examen físico en el que miden su peso, la presión arterial, temperatura y el ritmo cardiaco.

—Os he dejado comida en la nevera para que no tengáis que cocinar — escucho la voz de mi madre a través del link y sonrío.

—Gracias, mamá. Ya están terminando con las pruebas.

—Todo saldrá bien, nos vemos mañana, cariño.

—No dudes en venir si sientes que algo va mal — salgo de mis pensamientos cuando llega Flora con la doctora y asiento —. Me alegro mucho que todo haya salido bien. En el futuro tendremos una Luna fuerte.

Veo como se sonroja y traga saliva. La doctora se despide, dejándome a solas con ella y la observo.

—Será una Luna digna — murmura Furia con orgullo y sonrío.

—No estoy preparada para ser Luna — suelta en un susurro sin mirarme —. Primero necesitamos confiar en nosotros, conocernos y hablar.

—Tranquila — tomo uno de sus mechones que se han escapado de su trenza y lo toco —. Tenemos tiempo.

Caminamos despacio hasta llegar al estacionamiento. Flora es muy orgullosa y no me ha dejado llevarla en brazos. Incluso ha intentado llevar su bolso.

—Llévame a ver a Paul — habla de un momento a otro —. Quiero terminar con esto y dormir.

—Puedes hacerlo después de descansar.

—Quiero hacerlo ahora, cenar y dormir — no da su brazo a torcer y nos montamos en el auto.

—Preparen todo, voy en camino con mi mujer — hablo a través del link para que me escuchen y tengan todo listo.

Flora está en silencio durante todo el camino. Siento sus nervios, debe ser porque va a terminar con la vida de alguien. No es fácil hacerlo, mi primera vez fue cuando tenía quince años y tuve que matar a un pícaro que intentó entrar en mi manada. Recuerdo que tuve pesadillas durante una semana.

No me deja ayudarla a bajar las escaleras y cuando llegamos se pone a mi lado con la cabeza en alto. Paul está de rodillas, con los brazos atados con las cadenas. Está irreconocible por los golpes y estoy seguro de que no le queda nada para morir.

—Señor — jadea cuando siente mi presencia y veo que le faltan varios dientes —, por favor...

La respiración de Flora se hace más fuerte cuando lo ve y noto como tiembla un poco. Dicho temblor no es de miedo, es de rabia, y noto como su loba quiere tomar el control por la forma en la que su piel se eriza.

—Es todo tuyo — bajo mi cabeza para susurrarle al oído, escuchando como suelta un suspiro —, o puedes dejármelo a mí y no manchar tus manos. No debes hacerlo cuando me tienes a mí.

Y lo digo enserio, no tiene que hacerlo.

—No invadas tanto mi espacio personal — pide con voz temblorosa y sonrío de lado —. Hazlo tú, quiero ver como sufre.

Me acerco más para dejar un beso en su cabeza y poder oler su cabello. El mismo aroma que noté en la cocina ese día. Delicioso.

—Huele tan bien — ronronea Furia.

—Paul — hablo y él intenta mirarme —, debo decirte que has durado bastante. Te presento a mi mujer, aunque ya la conoces, ella va a observar como te hago tragar lo mismo que tú le pusiste en su zumo todos los días.

En cuanto me escucha comienza a moverse desesperado para intentar soltar la cadena. No va a poder, están hechas para que resistan la fuerza bruta de un hombre lobo. Un humano no va a hacer nada.

Óscar, mi mejor amigo, me pasa el frasco lleno del veneno. Es pequeño, pero suficiente para acabar con un simple humano.

—¡Lo siento! — balbucea como puede cuando me pongo a su lado — Perdóname, por favor.

—Yo no te hice nada y tú casi me matas — responde Flora llena de rabia y sujeto la boca del humano —. Dáselo, quiero descansar.

Le guiño un ojo, viendo como sus mejillas se ponen rojas. Óscar le sujeta la cabeza a Paul hacia atrás para que pueda abrir su mandíbula. Tapo sus labios y nariz cuando lleno su boca con el líquido para que no lo escupa. Intenta escupirlo, pero ya lo ha tragado.

Se supone que la Tetrodotoxina hace que su efecto comience a partir de la media hora, sin embargo, Paul está muy débil y solo se ha estado alimentando con agua y pan. Así que el efecto será casi de inmediato.

—¿Mejor? — me acerco a mi mujer y aprovecho para pasar mi mano por su trenza.

Suelta un suspiro tembloroso y asiente con la cabeza observando a Paul. Hago lo mismo y veo como su cuerpo comienza a tener convulsiones, abre la boca intentado tomar aire, ya que debe sentir como sus pulmones arden al sentir la insuficiencia del oxígeno.

Lo único que se escucha es como tira de las cadenas, los sonidos que hace con la boca y el latido de su corazón frenético.

—Esa mierda es fuerte — murmura Óscar que también está viéndolo.

Nosotros no utilizamos venenos. Siempre hemos luchado cuerpo a cuerpo con nuestros enemigos, pero Paul necesitaba sentir y pagar todo lo que mi esposa sintió en la isla.

A los minutos, se queda muy quieto y su cuerpo cae, quedando sostenido por las cadenas.

—Se acabó — dejo un beso en su cabeza y asiente.

Ni siquiera parpadea cuando rodeo sus hombros para sacarla de aquí. Siento que Óscar nos sigue y le dice a los demás que se encarguen del cuerpo y todo lo demás.

—Flora — la llama una vez que nos alcanza y ella se sobresalta —. Soy Óscar, el mejor amigo de este imbécil. Me alegro mucho que por fin hayas salido de la clínica. Aiden se estaba volviendo loco.

Gruño y él me guiña un ojo. Óscar es de sonrisa fácil y le tiende una mano a mi mujer, que la acepta con una sonrisa.

—Encantada. Muchas gracias, no sabía del comportamiento de Aiden.

Óscar se burla y se despide de nosotros para ir a su casa.

—No estuvo en la boda — señala ella mientras caminamos.

—No, estaba en Rusia visitando parte de su familia.

Asiente mientras nos montamos en el auto y conduzco hasta casa. Necesitamos comer para descansar bien.

La noto un poco nerviosa cuando llegamos y no hablo para dejar que ordene un poco sus ideas.

—¿Dónde dormiré?

Alzo una ceja cuando llego a su lado en la cocina y ella alza el mentón. Maldita orgullosa.

—Conmigo — paso por su lado para dejar su bolso —. Te gusta abrazarme por las noches.

—Eso es mentira — jadea ofendida con una mano en el pecho y me burlo de ella.

No miento. Tiene una manía con dormir abrazada a algo y en la isla dejé que se pegara a mí.

—Sabes que no — acerco un banco para que se siente en la isla —. Mi madre nos ha traído comida, ya que sabía que iba a ser muy tarde cuando saliéramos de la clínica. Quizás mañana te haga un plato para que recuperes fuerzas y peso.

He estado hablando con mi madre a través del link y me ha informado que sus padres vendrán mañana a verla y que había dejado comida en la nevera para nosotros.

—¿Cocinas? — pregunta con asombro y asiento sacando la sopa y los filetes.

—¿Por qué te sorprende? He estado viviendo solo muchos años y tenía que alimentarme para no morir.

—Pensaba que tenías a alguien. A mí sólo se me da bien la repostería.

Me interesa eso y giro cuando pongo a calentar la comida y la observo muy atento.

—¿Sabes hacer tarta de queso? — Ella asiente y sonrío de lado — Nos llevaremos bien, mi querida esposa.

Resopla rodando los ojos. Pongo los cubiertos cuando la comida está lista y lleno su plato de sopa. Come en silencio y noto que está inquieta. No voy a presionarla, pero...

—Le he quitado la vida a una persona — murmura y ahí está lo que quería escuchar.

—Esa persona intentó quitar la tuya hace unas semanas. No debes, ni tienes que sentirte mal por eso — termino con mi filete y alzo una ceja —. Además, no lo mataste tú, fui yo.

—Porque yo te lo dije — responde con la mirada perdida.

—No — recojo mis platos y me acerco a ella —, lo habría hecho sin tu permiso de todos modos. Nadie toca a mi mujer — levanta la cabeza para mirarme y veo como le brillan los ojos —. Ahora come. Todo.

Suspira antes de seguir comiendo. Sus padres vendrán mañana a verla, ya que hoy hemos pasado el día en revisiones con la doctora y necesita descansar. Sé que no confían en mí y que la van a intentar convencer para que se vaya con ellos, pero no lo voy a permitir. Su lugar está aquí, a mi lado.

—Nuestro lado — determina Furia y sonrío.

Una vez que termina con sus filetes, se levanta y deja los platos en el lavavajillas. Señalo las escaleras con la cabeza y ella me sigue despacio.

—Voy a darme una ducha — me hace saber cuando llegamos a la habitación.

—¿Te acompaño? — sugiero con una sonrisa de lado y ella abre mucho los ojos.

—Por los Dioses, no — se da la vuelta y desparece en el baño. Escucho como pone el seguro y suelto a reír.

Sabía la respuesta, pero no perdía nada por preguntar. Sé que Flora es orgullosa y no va a confiar en mí de la noche a la mañana. Nos llevará tiempo y esperaré.

—Por idiota — gruñe mi lobo —, te advertí.

Resoplo cortando el link y me siento en el sillón esperando a que mi mujer salga del baño. Va a salir en toalla, ya que con las prisas no ha agarrado nada de ropa.

A mi mente viene ese día en la isla cuando tuve que llevarla en brazos hasta el hotel. Joder, casi no llegamos aquí. Respiro hondo para tranquilizarme y empujar ese recuerdo al fondo. Ella está bien, está aquí y la voy a proteger de todo.

Aunque suena estúpido, sabiendo que el primero que quería hacerle daño era yo.

A los diez minutos escucho como quita el seguro de la puerta pero no sale, solo asoma la cabeza y me mira.

—Aiden.

—Dime, esposa — respondo serio y me mira.

—¿Puedes traer mi maleta? — pregunta después de pasar saliva, a lo que niego con la cabeza.

—Lo siento — hago una mueca de dolor —, me duele la pierna.

Frunce el ceño, mirándome con desconfianza. Va a tener que salir si quiere ropa.

—Cierto — asiente con la cabeza y la observo con interés —, olvidaba que el tiempo no perdona y que ya estás viejo.

Ahí está la Flora que conocí el primer día.

—No dirás eso cuando esté enterrado profundamente dentro de ti — le hago saber y me mira con la boca abierta.

Sus mejillas se ponen rojas y el color llega hasta su pecho.

—Por todos los Dioses — susurra y sale rápido para ir al vestidor.

Aprovecho para levantarme e ir con ella. Cuando entro veo que está agachada, buscando cosas en la maleta, y veo como saca un pijama negro junto a unas bragas con encaje. Otra cosa en la que me he fijado es que siempre duerme sin sujetador.

—No sabía que te gustaba el encaje en la ropa interior — hablo y se sobresalta apretando la toalla con fuerza.

—Realmente no sabemos nada el uno del otro, y te agradecería si me dejas sola para vestirme, gracias.

Suelto una risa pasando por su lado para tomar unos calzoncillos y meterme en la ducha.

—Eso cambiará pronto — le digo antes de cerrar la puerta y darme una ducha helada.

Al coger mi champú me doy cuenta de que los productos de Flora no están. Dioses, ha utilizado los míos y va a oler a mí.

—Sí, sí, sí — aulla mi lobo eufórico y niego con la cabeza.

—Baja la intensidad, lobo.

Seco mi cuerpo con la toalla y me pongo la única prenda con la que dormiré. No asusta a Flora, ya que duermo así desde el primer día. Me gusta hacerlo desnudo, pero tampoco quería incomodarla.

La veo sentada en la cama cuando salgo, con el cabello húmedo cayendo por su espalda.

—Has usado mis cosas.

—No tenía las mías, puedo comprarte lo que he utilizado.

—Tranquila, fiera. Me gusta que huelas a mí — me acerco para dejar un beso en su cabeza y sonrío al notar mi champú —. Así todos sabrán a quién perteneces.

Resopla y se tapa cuando se tumba. Ya es tarde y la doctora dijo que tenía que descansar para reponer su fuerza. También tiene que volver a su peso.

—El colchón es diferente — murmura y trato de no sonreír —. O quizás me he acostumbrado al de la clínica.

—Buenas noches, querida esposa — me acerco para envolver mi brazo en su cintura y noto como se tensa.

Puede estar tranquila, solo quiero darle otro beso en la cabeza y me alejo de ella. Vamos a su ritmo, no pienso seguir siendo un cabrón con Flora.

—Buenas noches —responde y dejo mi brazo detrás de mi cabeza.

Nota el colchón diferente porque cuando llegamos de la isla hablé con mi madre para que quitara el antiguo y comprara uno nuevo. Al igual que los sillones. Son los mismos, pero nuevos. He tenido a varias mujeres aquí y no pienso dejar que Flora duerma en el mismo colchón.

Creo que inconscientemente acepté a Flora desde el primer día y no quise aceptarlo por estar pensando en una venganza en la cual no tenía nada que ver.

Sigo despierto cuando noto que se queda dormida y recuerdo las palabras de su madre.

'Sólo recuerda que ella no te hizo nada, ella es inocente'

—Te agradezco que no hayas dejado que hiciera algo estúpido — hablo con Furia y resopla.

—Jamás le habrías tocado un solo pelo, Aiden. Vivo dentro de ti y sé cuando de verdad quieres hacerle daño a alguien.

Suspiro cerrando los ojos. Furia tiene razón, nunca pienso tanto cuando quiero hacerle daño a alguien, solo actúo, y con Flora nunca lo hice.

'Espero que puedas dejarla ir cuando despierte, porque te aseguro que lo hará'

Me tenso al recordar lo que dijo su madre después y vuelvo a abrir los ojos para verificar que Flora está a mi lado y que no se ha ido. Ella no se irá, me pertenece. La voy a cuidar y haré lo que sea para que confíe en mí.

Veo como comienza a moverse, buscando algo a lo que abrazar. Sonrío como un tonto cuando pasa su brazo por mi cuerpo y se acomoda a mi lado. Su loba también busca mi calor.

Esa sin vergüenza... presiento que me dará problemas, lo sé. Gracias a nuestra boda y la unión de sangre puedo comunicarme con ella y viceversa.

—Muchos — se ríe Furia —. He estado hablando con ella y es una descarada. Mi Luna. Ya quiero salir a correr con ella y conocerla, tengo que hacerle una ofrenda.

—Primero tenemos que esperar a que Flora vuelva a tener fuerzas.

Furia está de acuerdo antes de cerrar el link. Paso mi brazo por debajo de mi esposa para sentirla y a los minutos me dejo llevar con su aroma y me duermo.

Capítulo 11.

F lora

Comienzo a ser consciente de mi entorno al notar algo duro bajo mi mano. Lo último que recuerdo es haberme tapado con la sábana y dormir. Ni siquiera sé qué hora es.

Noto como algo se tensa bajo mi mano y frunzo el ceño. Esto no es una almohada.

Se me escapa un jadeo cuando veo mi mano en los abdominales de Aiden y me alejo lo más rápido posible. Mierda, tiene razón. Me acerco a él cuando duermo para abrazarlo, pero no puede culparme, desde niña abrazo algo a la hora de dormir.

—Buenos días, esposa — cierro los ojos al escuchar su voz —. ¿Has dormido bien?

Me siento en la cama y lo observo. Está con los brazos cruzados detrás de su cabeza, con el cuerpo estirado y solo viste unos miserables calzoncillos negros que dejan a la vista el contorno de su pene. ¿Está duro o es así de grande siempre? Dioses, eso tiene que hacer daño.

¿Y por qué pienso en eso? Sobre todo, no entiendo la razón de por qué lo miro ahí.

—Nos hará cachorros fuertes y dignos — suspira Ela como una colegiala y levanto la vista al recordar que Aiden me está viendo.

—¿Disfrutando de la vista? — pregunta con burla bajando una mano para sobarse — Puedo dejar que sigas viendo si también me dejas a mí.

Me aclaro la garganta como si nada y finjo que no lo estaba mirando cuando me levanto de la cama y entro al baño. Una vez que termino de hacer mis necesidades y lavar mis dientes, salgo para ver que Aiden sigue en la misma posición. Esta vez no bajo la vista de su rostro cuando hablo.

—Mis padres vendrán en un rato, me vestiré y me iré con ellos — hablo caminando al vestidor para buscar algo de ropa en mi maleta.

—¿A dónde vas? — lo siento en mi espalda y doy un bote.

El maldito es muy silencioso y no entiendo cómo con su altura y peso puede moverse como un fantasma.

—Creo que iré con ellos a comer. Fuera de la manada, claro — le hago saber y noto que me mira fijamente — . No quiero ver las miradas de asco que algunos me dieron el primer día. Quiero disfrutar con mi familia.

Y tampoco quiero que mi familia pase un mal rato.

—Nadie te va a mirar así, eres mi mate y su futura Luna.

—Sabes que no funciona así, Aiden. Ellos me ven como la nieta del Alfa que destruyó muchas familias — me levanto y lo encaro —. No quiero que mi familia se lleve esa imagen de la manada. Tampoco quiero preocuparlos.

Tensa la mandíbula sin dejar de mirarme y me remuevo un poco inquieta bajo su atención. Creo que prefiero al Aiden que apenas me daba una mirada. Sí he recibido algunas miradas de otros hombres, y no me he molestado por ello, pero es que Aiden es muy intenso, y a eso hay que sumarle que es mi mate y me hace sentir mil cosas diferentes. Parece que ve lo más profundo de mí.

—Eres bastante hermosa, déjanos admirar tu belleza — ronronea su lobo en mi cabeza y siento que me tiemblan las rodillas.

—Furia es muy coqueto, siempre está diciendo lo hermosa que somos — susurra Ela y veo como Aiden ladea la cabeza.

—Tu lobo me pone nerviosa — se ríe al escucharme y toma un mechón de mi cabello —. ¿Qué haces?

Casi chillo al ver que dirige su mano a mi cabeza. No estoy acostumbrada a que me toquen. Con el chico que me di unos besos casi no me tocaba, ni yo a él. Nunca pasamos más de un toque en mis nalgas por su parte.

—Furia sólo dice la verdad — explica sin dejar de tocar mi cabello —. Y solo estoy tocando tu cabello. ¿Te molesta?

En realidad no, pero se me hace raro. También me pone muy nerviosa, nunca he estado tan cerca con un hombre, y Aiden Wilson no es cualquier hombre. También es mi mate, mi destinado. Y el hombre que hace unas semanas quería matarme.

—Otra vez con eso — se queja Ela y corto el link.

—Llegaré tarde — me aparto de su toque y noto como se tensa —. Estaré con mi familia y luego volveré.

Asiente antes de darse la vuelta y meterse en el baño.

Me pongo un pantalón corto vaquero junto a un top verde. No vamos a ir a un sitio elegante, solo queremos pasar el día juntos, y en pleno verano quiero ir cómoda. Nada de vestidos pegados e incómodos.

—¿Estás lista, cariño? — me habla mamá a través del link y sonrío.

—Lista.

Aiden no sale del baño, no sé si irme sin decirle o hablarle en la puerta. ¿Está enfadado? No lo conozco y no entiendo sus cambios de humor.

—Dile a Aiden que venga también, queremos conocerlo — dice papá y le doy una respuesta corta.

Sé que lo va a analizar, le va a preguntar cosas y quiere saber si de verdad ha dejado de lado su venganza.

—Aiden — toco la puerta pero no abro —, ¿quieres venir? No importa si no puedes y tienes cosas que hacer, solo te pregunto porque mi...

—¿Pensabas que ibas a ir sola? — abre la puerta con una ceja alzada y veo que tiene una toalla envuelta en su cintura — Solo he tenido que ocuparme de un asunto antes.

Me guiña un ojo al pasar por mi lado. Por todos los Dioses. ¿Él ha hecho lo que creo ha hecho? Definitivamente sí.

Sale del vestidor con ropa casual, dejando un rastro de su aroma exquisito y picante cuando pasa por mi lado. Diosa, creo que se ve bien con todo lo que se pone. Antes de seguir pensando en tonterías, lo sigo hasta la planta baja. En la cocina se detiene y veo como saca una jarra con zumo de naranja y llena un vaso.

—Bebe — me lo entrega y lo tomo de un trago.

Él también toma y salimos a la calle para ver a mi familia llegar junto a Esme. Todos tienen una sonrisa mientras hablan con ella. Conozco poco a Esme, pero puedo decir que es una persona agradable, amorosa y dedicada a la familia. No hay malicia en ella.

Abrazo a mi familia y luego a mi amiga. No saben lo agradecida que estoy con ellos por haber estado a mi lado en la clínica.

—Buenos días — saluda papá mirando a Aiden y asiente.

—Suegro — responde con un poco de burla y mi padre alza la ceja —, iremos a la cafetería de Juliana. Está a unos minutos y esa mujer tiene el mejor café.

Agarro su brazo antes de que pueda dar un paso más y lo miro con confusión.

—Sabes que íbamos a salir a la ciudad. No queremos incomodar a nadie.

Me observa fijamente y se pasa la lengua por el labio inferior cuando mira los míos. ¿Por qué siento cosquillas en mi barriga cuando lo veo hacerlo?

—Esta es mi manada y tienen que acostumbrarse a tu presencia tanto como a la de tu familia. Estarán bien — susurra antes de dejar un beso en mi cabeza y pasar de largo.

Lo observo caminar con su madre y mis padres. Mi hermano y Malena están a mi lado, esperando que de el primer paso.

—Sabes que podemos meterte en un avión y llevarte a Singapur o Tailandia para que no te encuentre, ¿verdad? — medio bromea Malena y suelto una risa.

—Puedes llevarla a Júpiter y aún así la traeré de vuelta — responde Aiden sin mirar atrás y veo como mi amiga lo mira con disgusto.

Oculto la sonrisa y comenzamos a caminar. A los diez minutos llegamos a una cafetería pequeña, pero acogedora, que huele muy bien. Tiene varias vitrinas llenas de pasteles y tartas. Todo se ve muy limpio y bonito. Hay siete mesas junto a una barra con cuatro sillas altas. Jamás pensé que Aiden frecuentara este tipo de lugares. No quiero juzgarlo, pero Aiden no parece ser de los que van a lugares pequeños y acogedores.

—¡Pero mira quién tenemos aquí! — exclama una mujer mayor, pero hermosa, de cabello blanco y unas cuantas arrugas en la cara — Mi pequeño Alfa.

Es muy bajita y me causa risa cuando pellizca las mejillas de Aiden cuando llega a su lado. Luego su mirada se dirige a mí y me quedo muy quieta.

—Tú debes ser nuestra futura Luna — me da una sonrisa brillante, mirándome con curiosidad —. Se ha hablado mucho de ti y he rezado a los Dioses por tu recuperación.

Me pone muy nerviosa que se dirijan a mí como futura Luna de esta manada. Una manada a la que mi abuelo le hizo mucho daño.

—Muchas gracias, señora...

—Llámame Juliana, hermosa — se acerca para dejar un beso en mi frente y veo como Esme sonríe orgullosa.

—Dime que tienes tarta de queso — murmura Aiden antes de sentarse en una de las mesas mientras señala una silla para mí.

Me siento a su lado mientras Juliana se encarga de hablar con mis padres y les pregunta cómo se encuentran y qué les parece la manada. No los mira mal, ni siento que los rechaza, todo lo contrario. Se hablan como si se conocieran de toda la vida.

—Claro que tengo tu tarta — responde a Aiden después de un rato y me mira —. ¿Qué puedo ofrecerte?

Dirijo mi vista a las vitrinas llenas de cosas. La boca se me hace agua al ver que tiene napolitanas rellenas de chocolate con azúcar glass por encima.

—Una napolitana y un batido de chocolate, por favor.

Asiente y se despide de nosotros cuando anota todo.

—Ella es Juliana — habla Esme que está frente a mí —. Su cafetería es la más popular de la manada. Hace los mejores pasteles y lleva toda su vida aquí con nosotros.

Me cuenta sobre su historia y como desde niña, Juliana supo que quería tener su propio negocio. Tiene tres hijos y su marido murió por causas naturales.

—Eso es cierto — llega Juliana con todas nuestras cosas —. Y conozco a Esme desde que era una jovencita y llegó para estar con el Alfa. Oh y también recuerdo cuando nació Aiden, fue una bolita de carne con ojos brillantes. La misma bolita que llegaba y me pedía pasteles.

—Juliana — la llama Aiden que la mira con amor — , siéntate con nosotros.

Jamás creí que vería una imagen como está. Lo estoy juzgando, lo sé, pero tienen que entenderme. Aiden no parece amigable y mucho menos parece que se sienta a hablar con otras personas a la hora del desayuno, bueno ni siquiera en el almuerzo, ya que parece que todo el mundo le molesta.

Juliana va a por su café antes de sentarse al lado de mi hermano.

—Podrías ser una buena pareja para mi hija, tiene veinte años — le habla y mi hermano abre los ojos como platos —. ¿Cuántos años tienes? Eres un muchachito joven.

Mamá observa a Einar con una sonrisa y de reojo veo como Aiden se lleva un trozo de tarta a la boca y cierra los ojos, degustando el desayuno.

—Tengo veintitrés, pero no estoy interesado en encontrar pareja, gracias — responde despreocupado y Juliana lo mira con interés.

—Mi hija es una muchachita aplicada, va a estudiar psicología y le gusta mucho cocinar. Eres grande y te puede llenar de comida.

—A mí me gusta mucho la repostería, me encanta hacer tartas y postres — hablo con ella y me mira con interés.

—Puedo enseñarte varias cosas y ayudarte a crear recetas si quieres. Puedes venir cuando quieras y nos ponemos a cocinar las dos juntas.

Pasamos un desayuno agradable con Juliana, haciéndonos preguntas y convenciendo a mi hermano para que conozca a su hija. Einar niega con una sonrisa y le promete venir a verla, a ella, no a su hija.

—No dejes ninguna tarta o pastel a la vista de Aiden — me susurra en la puerta —, lo roba todo. De pequeño lo pillé varias veces...

—Juliana, por los Dioses — Aiden niega con la cabeza y nos despedimos de ella.

Le prometo que pasaré más días por aquí y ella asiente diciendo que me enseñará muchas recetas. Le he dicho que me encanta la repostería y ella me va a dar algunos trucos.

Una vez fuera, Esme nos lleva a dar un paseo por la manada. Hay algunas miradas curiosas, otras alegres cuando me ven y otras no tan felices, pero gracias a que Aiden está, no se escuchan susurros como la primera vez que estuve aquí.

Llegamos al parque donde se encuentran algunos niños y veo como a Gisel se le ilumina la cara al verme. También veo a Mateo, que deja su pelota para mirarme con una pequeña sonrisa.

—¡Flora! — la niña de ojos azules llega corriendo para abrazarme las piernas — Yo te salvé, porque mis abrazos son mágicos y también te canté. ¿Me escuchaste?

—Algo creo que oí. Debo agradecerte mucho lo que hiciste por mí — le doy un beso en su mejilla y ella aprovecha para enredar sus brazos en mi cuello.

Mamá me contó que la pequeña no dejaba de llorar y que el mismo día que desperté fue cuando ella me abrazó. La doctora dijo que no tenía nada que ver con ella, pero que le haría ilusión si le decíamos que fue gracias a la pequeña.

—Cantas muy mal — murmura Mateo y Gisel jadea ofendida.

—¡Eso es mentira! — se baja y lo señala con su pequeño dedo — Tú escuchas mal.

Pasamos un rato con los niños para que conozcan a mi familia y muchos se le acercan a mi padre con preguntas. Las responde todas con una sonrisa y mi madre está fascinada con tantos niños, ya que le encantan.

Sigo recibiendo algunas miradas frías por parte de algunos que pasan de largo, pero no les hago caso y sigo con lo mío. Estoy disfrutando este día en familia y nada me hará desaprovecharlo.

A la hora del almuerzo ya hemos recorrido gran parte de la manada y durante todo ese tiempo, he estado escuchando los susurros de Malena diciendo que si tengo algún problema solo tengo que llamarla. La amo demasiado.

Nos dirigimos a la casa del Alfa para comer todos juntos. Mis padres han estado cómodos aquí y eso es lo que me importaba. No quería que ellos sintieran las miradas de los demás.

—Flora, que alegría verte bien y recuperada — Alfa Hunter me abraza y hago lo mismo —. Vamos, ya está la comida lista.

Lo seguimos hasta el salón, sintiendo las miradas de las personas que trabajan aquí. Gracias a los Dioses, no me miran mal, solo con curiosidad.

Pasamos un almuerzo agradable con una charla tranquila. Mis padres se llevan bien con los de Aiden y eso es una gran ventaja. No hay malos tratos y todo está bien.

El día pasa volando y en la tarde, mis padres se van junto a Einar y Malena.

—Recuerda que podemos fugarnos — susurra Malena abrazándome mientras suelto una risita.

—Estaré bien. Nos vamos a conocer y si no nos llevamos bien, que sea lo que los Dioses quieran.

—Vendré a verte en unos días — me promete.

Asiento y mi hermano me envuelve en sus brazos como cuando era niña.

—Siempre estaré para ti, mocosa. Solo tienes que llamarme y vendré.

—Te amo mucho.

Me despido de todos y me quedo en la puerta hasta que el auto desparece. Aiden ha estado a mi lado todo el día.

—Tengo que ir a por ropa y mi auto.

—Iremos en unos días — señala su casa con la cabeza y entramos —. Te haré de cenar.

Comienzo con mis preguntas mientras hace unos filetes de ternera y puré. No se opone y para mi sorpresa, responde todo con paciencia.

Aiden está lleno de sorpresas. Le encanta cocinar, le fascinan los autos, siempre que puede pasa tiempo con su familia, le encanta la tarta de queso y poco más.

—¿Trabajas?

—Soy dueño de algunas empresas — habla mientras ayudo a poner la mesa — y algunos clubs. Casi siempre trabajo desde casa y solo voy a la ciudad cuando tengo alguna reunión importante.

—Eso está bien. Yo aún no sé qué voy a estudiar.

Aún no me decido por nada y mamá me dijo que lo tomara con calma, ya que debo elegir algo que de verdad me guste hacer.

—Disfruta el verano primero — señala la silla y pone un plato de comida frente a mí —. Come.

No creo que pueda comerlo todo, pero no digo nada. Se sienta a mi lado y comemos en silencio.

—¿Qué piensas de todo?

—¡A mí que me hagan tres cachorros ya! — grita Ela y me ahogo con la bebida.

—Tranquila, nadie te va a quitar la comida — habla Aiden con burla y lo miro. Si supiera lo que la imprudente de mi loba acaba de decir —. Y dile a Ela que pronto.

Por la Diosa. Que me lleven y me saquen de aquí. Qué vergüenza.

Termino mi comida, que debo decir que está muy buena. Aiden sí sabe cocinar.

—La comida estaba muy buena.

—Lo sé — responde con arrogancia y camino rápido para llegar a la habitación.

Me recojo el cabello para darme una ducha fría y ponerme un pijama. Estoy cansada y me siento débil aún.

Aiden ya está en la cama tumbado cuando salgo del baño y le doy la espalda cuando me tumbo para taparme con la sábana. Agradezco que tenga el aire encendido o me moriría de calor.

—Buenas noches.

—Buenas noches, esposa.

Capítulo 12.

F lora

Han pasado tres días desde que salí de la clínica. He estado en casa de Aiden, ya que no me sentía con ganas de salir a pasear, y él ha estado en su despacho trabajando. Me está dando mi espacio y no me presiona en nada. Bueno, me obliga a comer a todas horas, pero supongo que eso no es malo, ya que he perdido peso y necesito recuperarlo.

Hemos tomado una rutina sencilla en la que por la mañana desayunamos juntos, lo ayudo a cocinar el almuerzo y en la cena nos hacemos preguntas para conocernos mejor. Después de eso, nos vamos a la cama a dormir. Sólo me da un beso en la cabeza o en la frente y amanezco abrazando su cuerpo. No me culpen, es costumbre dormir abrazada a algo.

Sé algo más sobre Aiden, le gusta ver deportes y también hacerlos, se preocupa mucho por su familia y ama con locura a su madre. Esme vino ayer para ver que yo estaba bien, a lo que Aiden se indignó y se fue a su despacho diciendo que su hijo era él. Me senté con Esme a hablar y me contó anécdotas de cómo era de pequeño. Siempre ha sido celoso, territorial y dominante, y me advirtió que tenía que prepararme más adelante por eso.

Aiden sale a entrenar cada mañana mientras me quedo en su casa viendo la televisión o hablando con mi familia. Ahora entiendo por qué tiene esos músculos. Le pedí que me ayudara a entrenar con él para ponerme en forma, a lo que él respondió con un rotundo no.

—Primero recupera el peso perdido y ya hablamos — murmuró antes de dejar un beso en mi frente y salir con Óscar, su amigo.

Por lo que me contó, sé que será su Beta y se conocen desde niños.

Ahora mismo me encuentro en la cama con él. Está dormido y lo estoy observando muy de cerca. Tiene un lunar en el lado izquierdo, justo al lado de su nariz. Tiene una nariz recta, labios carnosos y una mandíbula cincelada. Diosa... parece esculpido por un Dios. Ni siquiera voy a opinar de su cuerpo. Paseo mi mirada por sus abdominales y contengo la respiración al ver como se le marca el miembro en los calzoncillos.

Trago saliva y miro al techo. No quiero invadir su privacidad, así como él no ha invadido la mía. Jamás se ha querido pasar conmigo, ni siquiera ha intentado besarme o tocarme de más. Solo me abraza algún rato por la noche o pasa su brazo por debajo de mi cabeza. Algunas veces broma con ducharnos juntos, pero jamás insiste.

Suena mi teléfono y escucho como gruñe poniéndose boca abajo y dejando su espalda ancha a la vista. Madre mía...

—Hola, nonna— respondo la videollamada de la abuela.

—Hola mi sol, ¿cómo te encuentras? — me sonríe y me siento en la cama — Espero no haberte despertado.

—No, tranquila. Estoy bien, ¿cómo estás tú y el abuelo?

—Oh, cariño, está bien. Te llamaba para decirte que en un rato saldré para ir a verte.

—En realidad le iba a preguntar a Aiden si me puede acercar a la manada, quiero ir a por mis cosas y mi auto. Así te ahorras el viaje, nonna.

—No me molestaría, pero avísame cuando lo tengas decidido para saber si ir o no.

Asiento y le mando un beso.

Quiero ir para traer ropa y mi auto, ya que así podré moverme libremente y visitar a mi familia. Solo estamos a una hora y media, como mucho, dos.

—¿Qué hora es? — pregunta Aiden con voz ronca y algo en mi interior se tensa.

¿Qué demonios ocurre conmigo?

—Las nueve, ¿podrías llevarme a mi manada? Necesito algunas cosas y quiero ver a mi familia.

Lo escucho resoplar y gira la cabeza para mirarme con ojos somnolientos.

—Tu manada es esta, esposa. Vístete y vamos.

Salto de la cama y agarro un vestido suelto de color lila y unas sandalias planas antes de ir al baño a darme una ducha rápida. Hago una nota mental para comprar mis champús y las cremas, ya que se están acabando.

Termino de vestirme y salgo para ver a Aiden con el cabello húmedo, ha tenido que ducharse en otra habitación. Bajamos juntos a la cocina y me tomo un batido de chocolate, viendo como él se toma un café.

—Puedes decirle a tu amiga que se venga a pasar unos días, así no tienes que estar todo el día aquí sola. Podrías ir a la laguna que tenemos o a la piscina y también llevarte a Gisel. Le gusta pasar tiempo contigo.

Me sorprende su propuesta, pero no la voy a rechazar. Me gustaría pasar tiempo con Malena y me ayudará mucho tenerla aquí. Y Gisel es una niña muy inteligente y amable.

—¿Puedo? — pregunto y frunce el ceño confundido — Es que es tu casa y no quería traer a nadie. Sé que no te gusta la compañía de la gente.

Suelta un suspiro sentándose frente a mí.

—Esta también es tu casa, Flora. Mira, sé que aún no confías en mí, pero confía en que quiero lo mejor para ti, y si quieres traer a tu amiga lo puedes hacer. O si quieres irte de vacaciones a algún lado, lo hacemos y disfrutas el verano.

Le agradezco, ya que no se qué decirle. Agarro mi bolso antes de salir y nos montamos en uno de sus autos, el mismo auto que el día de la boda. Es hermoso ahora que lo observo bien.

—Mañana voy a visitar a Juliana, quiero que me enseñe algunas recetas y creo que lo voy a pasar bien con ella.

—Es una buena mujer, en lo que pueda te va a ayudar.

Conduce en silencio y no hablo, ya que sé que le gusta conducir tranquilo. No es un silencio incómodo, al contrario, estamos bien y no hace falta estar todo el día hablando sin parar. Nos estamos conociendo poco a poco. Suena raro, pero me siento bien con él y cada día tomo más confianza. Eso no quiere decir que olvide sus primeras palabras o las amenazas que me dió.

Lo siento, soy muy rencorosa y no olvido tan rápido.

Después de casi dos horas llegamos a la manada y muchos se fijan en el auto. Conduce hasta la entrada de mi casa y veo a mi madre sentada en el porche. Se levanta con una sonrisa al vernos y salimos para llegar a ella.

—Mi niña — me abraza dejando un beso en mi cabeza —. Aiden.

—Elia — responde Aiden con una sonrisa.

Nos hace pasar y saludo a papá. Mi hermano no se encuentra ahora mismo y mi padre se lleva a Aiden al despacho para hablar de algo.

—¿Me ayudas a guardar ropa? — le pregunto a mamá y asiente con una sonrisa triste. Sé que no quiere que me quede allí, pero no se opone y deja que tome mis propias decisiones.

Siempre me ha dejado elegir mi camino, y cuando me he equivocado, ella ha estado ahí para mí. Nunca me ha obligado a hacer nada que yo no quiera, solo me ha apoyado en todo y ha dejado que experimente y me haga cargo de mis decisiones.

Subimos juntas y lleno una maleta grande con ropa de verano y otra con los productos que utilizo día a día. Ya vendré a por más. Bajo las maletas y en la entrada veo a mi hermano.

—Einar — lo llamo y sonríe antes de abrazarme.

—No sabía que venías, habría estado aquí antes.

—Aiden me dijo que llevara a Malena para que pasara unos días conmigo — les digo cuando nos sentamos en el sofá los tres.

He llamado a la abuela para decirle que ya me encontraba aquí y vendrá en unos minutos. También tengo que avisar a Malena.

—¿Te está tratando bien? — pregunta muy serio y asiento.

No puedo decir nada malo de Aiden, ya que me ha tratado muy bien, ha cocinado, me ha ayudado a conocer varios miembros de su manada y sobre todo, no me hace sentir incómoda.

Llegan mis abuelos y mi padre sale con Aiden de su despacho. No tengo idea de qué ha pasado en el despacho o de qué han hablado. Le preguntaré más tarde a Aiden.

Llamo a Malena para decirle que estoy en casa y responde al segundo tono.

—¿Quieres pasar unos días conmigo? — le pregunto y ella asiente de inmediato — Pues haz las maleta y vamos, quiero pasar por el centro antes de irnos. Necesito varias cosas.

—¡No tardo! — dice antes de colgar.

La abuela me dice que tengo que comer más y le da una charla a Aiden sobre las comidas que me gustan y las que no, lo que me gusta hacer en mi tiempo libre y lo que no soporto. Aiden la escucha atento y mamá me sonríe.

—Iré a visitarte en estos días y pronto el abuelo le dará el puesto a tu padre, tienes que estar aquí — me dice la abuela y asiento.

Al fin el abuelo se va a tomar un descanso y mi padre será el nuevo Alfa de la manada. No me perderé ese día. Me despido de la abuela cuando se va y me quedo con los demás.

Malena llega veinte minutos después y metemos las maletas en mi auto antes de despedirnos de todos.

—Espero que me llames si pasa algo — murmura Einar abrazándome y asiento.

—Puedes estar tranquilo.

Aiden y mi padre se miran fijamente y me remuevo nerviosa para abrazarlo y despedirme de él.

—Te quiero, princesa — deja un beso en mi cabeza y lo abrazo más fuerte.

Salimos de casa los tres juntos y suelto un suspiro.

—Iré en mi auto con Malena, ¿te veo allí?

—Ve con cuidado, estaré en casa cuando tú llegues — me abraza y por instinto lo hago también.

Vaya... se siente bien abrazarlo así y sentir su aroma en mi nariz.

Espera un momento. El maldito me está pasando su aroma para que todos lo huelan en mí.

—Serás cabrón — suelto sin pensar y él suelta una carcajada.

Malena me mira divertida y yo miro a Aiden con el ceño fruncido.

—Es para que vayas más segura — me guiña un ojo antes de entrar a su auto para irse.

—Te veo bien — dice Malena con una sonrisa —. ¿Te trata bien?

—Sí — respondo y nos montamos en mi auto —. Ha cambiado mucho desde ese día en la clínica, sabes. Creía que iba a matarme la primera noche que pasé con él. No me hablaba bien, ni siquiera me daba una mirada fugaz, pero jamás me golpeó o me hizo algo en esos días en la isla. Pueden estar tranquilos de que Aiden no me tocó.

—No confiamos en él, Flora, pero entendemos que quieras conocerlo y saber de tu compañero. Solo tienes que decirnos si algo ocurre y no te gusta.

Entiendo su preocupación, ya que es lógico que no confíen en él. Me amenazó no una, si no varias veces con que iba a matarme. Que tomaría la venganza contra mí por sus tíos.

Conduzco hasta el centro comercial y solo tardamos media hora en comprar lo que necesito. Malena se quedará cuatro días, aunque voy a intentar que se quede algo más, la echo mucho de menos.

Quiero salir a correr con mi loba, ya me encuentro mejor y puedo hacerlo sin ningún problema. Malena vendrá conmigo y haremos una carrera como siempre, somos muy rápidas y nos gusta pasar los árboles a toda velocidad. Recuerdo que en una mis primeras veces me choque con un árbol y caí de culo. Culpa de Ela que no vió bien.

—No me culpes, ni siquiera sabía correr en línea recta — murmura Ela indignada.

Malena y yo nos reímos cuando le recuerdo esa vez.

Llegamos a la manada de Aiden después de dos horas y llego a la entrada de su casa. Su auto está delante y bajamos nuestras cosas.

—Ya estoy aquí — hablo al entrar y lo veo sentado en el sofá viendo un partido de fútbol.

Se levanta y sube mis maletas, diciéndole a Malena que suba también para enseñarle su habitación, que está frente a la nuestra. Es amplia, con su propio baño y vestidor.

La casa de Aiden es hermosa, tiene colores neutros, donde el negro y el gris oscuro son los que predominan. Su cocina es enorme y tiene una isla muy amplia. El salón conduce al patio trasero, donde tiene una piscina y un jacuzzi. Sin embargo, lo que más me gusta es su habitación, que tiene una pared completa de cristal. Es un ventanal enorme y da unas vistas increíbles hacia la montaña, donde en invierno se verá llena de nieve.

Me dijo que tiene contratado personal para que vengan dos veces en semana para hacer limpieza profunda y que de lo demás se encarga él. Otra vez lo estoy juzgando, pero me sorprende que Aiden se tome el tiempo de limpiar. Aunque desde que estoy aquí lo ayudo en todo y lo hacemos juntos. Tampoco quiero vivir como un mueble y estar quieta todo el tiempo. Además, me cuenta más cosas cuando estamos haciendo algo.

—Te veo en un rato — me despido de mi amiga para que se instale y entro en la habitación de Aiden.

—Ordena tu ropa y dame las maletas para guardarlas. Tienes espacio suficiente para todo y si necesitas algo, házmelo saber.

Trago saliva y asiento con la cabeza. Parece que esto se está haciendo oficial. Estoy nerviosa y ansiosa, ya que solo hay dos finales aquí. O sale bien, o sale mal.

Entro al vestidor para sacar mi ropa y ponerla donde tiene que estar. Aiden me ayuda con los pantalones y algunas camisas.

—Ya me encargo de esto — cierro la maleta cuando solo me queda la ropa interior y alza una ceja.

—Sabes que puedo verla cuando estés dormida, ¿verdad? O cuando venga a coger ropa para mí — responde divertido y se apoya en la pequeña isla que hay en el vestidor.

No le respondo y saco lo que me falta, dejándolo todo bien doblado y ordenado para saber dónde está.

****

Estamos cocinando juntos cuando escucho que tocan el timbre.

—¿Puedes ir tú? — le pregunto a Malena desde la cocina y ella asiente.

—Oh, hola hermosa — escucho la voz de Esme y sonrío —. Me alegra verte por aquí.

Habla con Malena antes de venir a la cocina con una sonrisa.

—¿Cómo estás? — me pregunta y cierro la boca cuando Aiden responde.

—Bien, en un rato comeremos, ¿y tú?

No la está viendo, ya que está concentrado en pelar las patatas para meterlas en el horno.

—Bueno, me alegra mucho saberlo — habla Esme con una sonrisa divertida y Aiden se da la vuelta.

—¿No me estabas preguntando a mí? Tu hijo soy yo.

Ella le da un beso en la mejilla mientras Aiden susurra cosas y me saca de la cocina para que me siente en el sofá.

Me quedo con Esme y Malena hablando un buen rato, escuchando los planes que tiene Esme para nosotras. Nos dice que podríamos pasar un día juntas en el spa, o salir con nuestras lobas y respondemos que sí.

—Ya me tengo que ir, me llama mi Alfa — dice después de un rato con una sonrisa y nos despedimos de ella.

—Ya está la comida — murmura Aiden y nos levantamos para preparar la mesa.

Saco las bebidas, los vasos y los cubiertos, oliendo el rico aroma de la comida. Ha cocinado carne al horno con patatas y se me llena la boca de agua con el hambre que tengo.

—Debo decir que al menos no morirás de hambre aquí — dice Malena cortando la carne.

—Aiden cocina muy bien — respondo después de tragar.

—Gracias, esposa — me guiña un ojo y miro al frente —. Puedes estar tranquila por tu amiga, estará bien aquí conmigo y no le faltará nada. Como ya le dije a su padre, la enemistad se terminó y cuidaré de su hija. Entiendo que no confíes en mí, sin embargo, puedes quedarte el tiempo que quieras si no quieres dejarla sola. A no ser que tengas a alguien en tu manada.

Malena le da una sonrisa divertida y niega con la cabeza. Aún no ha encontrado a su mate. Le guiño un ojo cuando nos miramos y niega con la cabeza.

—Mañana iré a visitar a Juliana, ¿quieres venir? — le pregunto a ella.

—Claro, no quiero caminar sola por aquí. No me malinterpretes — Mira a Aiden —, pero tu manada es desconfiada, cosa que entiendo, y creo que no dudarán en atacarme si voy sola.

—Saben que no pueden tocar a nadie de otra manada, tranquila.

Ella asiente y entre los tres recogemos todo. Aiden se va a su despacho y nosotras subimos a cambiarnos la ropa por un bikini para ir a la piscina. Hace un calor horrible y metemos los pies en el agua fría.

—He visto como te mira — murmura Malena con la cabeza hacia atrás y los ojos cerrados —. Es diferente al primer día.

—¿Cómo? — pregunto un poco ansiosa.

—El primer día te miraba con rencor, odio, pero ahora — responde y gira la cabeza para mirarme con una pequeña sonrisa —, te mira como si fueras su mundo y siempre tiene los ojos en ti. Me alegra saber que no quiere hacerte daño.

—¿Tú crees? Aún no confío mucho en él, pero me ha demostrado que se preocupa por mí y ha dejado de lado su venganza.

—Estoy segura que sí.

Pasamos el día en la piscina, hablando entre nosotras y salimos para tomar el sol.

En la noche pedimos pizza para cenar y comemos en el jardín al aire libre. Aiden y Malena se van llevando mejor.

—Hasta mañana — me despido de ella cuando llegamos a su puerta y seguimos a la habitación de Aiden.

Ya me di una ducha antes de cenar, así que solo me pongo un pijama y me dejo caer en la cama.

—¿Tiene algo con tu hermano?

—¿Qué? — suelto a reír al escuchar su pregunta y lo miro — ¿Por qué lo piensas?

Está tumbado con los brazos atrás y solo viste unos calzoncillos, dejando su cuerpo a la vista. Tengo que obligarme a mirar sus ojos para que no vea que me tiene fascinada con su cuerpo.

—En la clínica estaban muy juntos, solo tengo curiosidad.

Niego con la cabeza. Está muy equivocado.

—No, los tres hemos estado juntos desde siempre y la tratamos como a una hermana más, ya que sus padres son amigos de los míos.

Asiente antes de darse la vuelta y abrazarme, dejando mi cabeza bajo la suya.

—Descansa.

—Buenas noches.

—Buenas noches, esposa.

Capítulo 13.

Flora

Despierto notando que estoy sola en la cama. Ni siquiera he notado cuando Aiden se ha levantado. Son las diez de la mañana cuando miro el reloj y me levanto para vestirme antes de bajar a la cocina.

—Buenos días, bella durmiente — habla Malena que está sentada en el sofá con su portátil.

—Buenos días, Male. ¿Has visto a Aiden?

Camino hasta la cocina para tomar un zumo y me siento a su lado en el sofá.

—Dijo que se iba con un tal Óscar y que te dejaba una llave en la entrada para que puedas salir cuando quieras.

—Mmm, se levanta muy temprano para entrenar. ¿Lista para ir a visitar a Juliana?

—Lista.

Agarro mi bolso y meto mi teléfono, las llaves que me ha dejado Aiden y mis tarjetas. Al salir veo que hay varias personas caminando y que se me quedan mirando. Una pareja de ancianos me saluda con la mano y le devuelvo el gesto con una sonrisa. Es agradable sentir que algunos sí me aceptan y me quieren aquí.

Caminamos durante unos diez minutos hasta llegar a la cafetería y veo que todas las mesas están ocupadas. Juliana no deja de correr de un lado a otro.

—Pero mira quien ha venido a verme — exclama cuando deja el último pedido en la mesa y viene hacia mí — , entra, cariño. Vamos, tú también, hermosa.

La seguimos hasta detrás de la barra, donde nos sienta y noto como todos nos observan. Mierda, siento que tengo una bomba en mi bolso y que todos lo saben.

—No les prestes atención — murmura Ela como si nada.

—¿Queréis algo? Hace mucho calor y os puedo ofrecer alguna bebida fría.

No podemos responder, ya que se ha dado la vuelta y agarra dos bebidas frías para dejarlas frente a nosotras.

—Gracias, Juliana. Hoy tienes un día ajetreado.

—Así es, a estos lobos les gusta mucho la comida y tengo la mejor.

Tiene razón. Solo he probado sus napolitanas, pero tengo que decir que son las mejores que he probado. La masa está en su punto y tiene un sabor exquisito, y ni hablar del chocolate cremoso. Me dijo que las hacía ella misma. Espero que me de algunos trucos para cuando yo las haga en casa, aunque sé que no me quedarán como las de ella.

—No lo dudo, ¿me puedes dar el pastel que pedí la otra vez? — le pregunta Malena haciéndole ojitos, a lo que Juliana sonríe.

Esperamos sentadas para no estorbar y poco a poco la cafetería se va quedando vacía. Solo queda una mesa con una pareja joven. Juliana aprovecha el descanso y se sienta con nosotras a tomarse su café.

—¿Cómo te encuentras, cariño?

—Muy bien, solo sentí cansancio los primeros días...

—Mamá — llega una mujer muy joven corriendo con los mismos rasgos que Juliana —. Oh, hola, chicas.

—Hola mi niña, te presento a Flora y Malena, Flora es la mate de Aiden y futura Luna — le explica Juliana y su hija asiente con una sonrisa —. Ella tiene un hermano que se llama Einar y tiene veintitrés años, es un muchachito muy guapo...

Sonrío al ver la expresión de su hija.

—Mamá — gimotea y me mira —. Bienvenidas, espero que mi manada os haya tratado bien.

Me ahorro decirle todo lo que pasé y como me recibió la tía de Aiden. Tampoco le digo los susurros y las miradas de los demás. Todo eso queda en el pasado, ya que no voy a molestarme en esas cosas.

Se sienta con nosotras y me cuenta que tiene veinte años, se llama Lily y quiere estudiar psicología, aunque eso ya lo sé porque Juliana se lo dijo a Einar el primer día. Malena le cuenta un poco sobre ella y yo también. Es una persona muy amable y dulce.

—Aún no sé qué voy a estudiar, pero me gusta mucho la repostería. Juliana me dijo que a ti te gustaba la cocina.

—Cierto, podemos hacer algunos platos juntas si quieres — propone con entusiasmo y asiento encantada.

Solo tiene dos años más que yo y siento que podría tener una amiga aquí en esta manada.

La puerta se abre para darle paso a tres hombres mayores que se sientan en la última mesa y veo como Lily pone cara de disgusto.

—No tomes en cuenta lo que vayan a decir... — me avisa Lily y calla al oír lo que dice uno de ellos.

—¿Acaso Aiden ha puesto a trabajar a esa niña? — pregunta con burla refiriéndose a mí y frunzo el ceño — Ponme un café con leche, niña. Rápido, que hay personas con asuntos importantes.

¿Qué le pasa a este idiota? Miro a Lily negar con la cabeza cuando se levanta a hacer un café.

—Déjame llevarlo.

—¿Estás segura? No tienes que hacerlo, hablaré con Alfa Hunter por esta falta de respeto.

—Tranquila, puedo controlarlo yo misma.

Asiente, un poco insegura, y prepara el café caliente. Me lo entrega con la taza y un plato pequeño, y camino con una sonrisa alegre hasta llegar a su mesa. Veo como me miran con burla y me trago el enojo. Estos viejos cabrones que no tienen respeto por los trabajadores no merecen un buen trato.

Asuntos importantes dice que tiene. ¿Tiene que quitarse las pulgas o qué? Chucho asqueroso.

—Las he visto más... ¡Hija de puta!

Suelta un alarido lleno de dolor cuando le tiro el café hirviendo en el pecho. Su cara se vuelve roja del enojo. Los otros dos hombres se levantan y la puerta vuelve a abrirse, pero no miro hacia atrás, ya que se ponen a la defensiva y no me van a tomar por sorpresa. Mi padre me enseñó a no darle la espalda al enemigo, y ellos ciertamente no son mis amigos.

El hombre al que le tiré el café se quita con prisas la camisa y siento las ganas de matarme que tiene. Sin embargo, no bajo la cabeza y lo encaro, porque no voy a dejar que me traten así, ni a mí, ni a nadie.

—¿Quién te crees que eres, igualada? — levanta la mano para darme un golpe y siento a alguien detrás.

—Baja la mano si no quieres perder la cabeza por tocar a mi Luna — habla una voz ronca y tranquila a mi espalda —. Ahora.

Los hombres se tensan y me miran con odio. Bueno, supongo que estos entran en el porcentaje de los que me odian por algo que no hice. Aunque bueno... a su amigo sí le hice algo, pero no iba a quedarme quieta a esperar y ver como me trataba y me exigía que le sirviera.

—No voy a dejar que esta ramera venga a mi manada y me trate así, he aguantado lo suficiente...

Comienza a hablar y jadeo al escuchar como me ha llamado. ¿De dónde salió este hombre? Ramera su abuela.

—Te recuerdo que eres tú quien vive en mi manada, Mateo — noto que Aiden envuelve mi cintura con su brazo y me pego a su cuerpo —. Ahora, ve preparando tus cosas que te largas.

Casi ronroneo al sentir como el aroma de Aiden me envuelve. Es tan intenso, tan picante y fuerte, que casi entierro mi cara en su pecho para tener más de su aroma. Pero recuerdo donde estoy y en el lío en el que me he metido.

—¿Cómo dices? — pregunta sin poder creer lo que escucha.

—El que no respeta a mi Luna, no me respeta a mí, por lo tanto, no voy a dejar que esa clase de personas sigan aquí en mi manada. Y ahórrate el discurso de que no hiciste nada, porque estaba en la puerta y escuché como te burlabas de ella.

Mi loba ronronea y oculto mi sonrisa. No quiero parecer una niña pequeña y traviesa, pero me gusta que Aiden me dé mi lugar.

—Aiden — intenta hablar otro, supongo que será su amigo.

—Soy Alfa Aiden para ti — lo corta y señala la puerta —. Fuera todos.

Mateo, el hombre al que le tiré el café, tensa la mandíbula y veo como sus ojos se vuelven más oscuros.

—Alfa Aiden ha dado una orden y no veo que la estéis cumpliendo — escucho a alguien y reconozco la voz de su amigo Óscar.

Casi no lo hago al escuchar la voz llena de autoridad, ya que las pocas veces que hablé con él, siempre ha sido amigable, pero ya veo que no me tengo que dejar llevar por la apariencia dulce de Óscar.

—Una cosa antes de que te vayas — habla Aiden cuando intentan pasar de largo y Mateo se da la vuelta mirándome con odio —. Nadie llama ramera a mi mujer, ni la trata como si no valiese nada.

Me suelta para darle un puñetazo al hombre, que cae al suelo por el golpe, y lo duerme. Literal, lo deja tirado en el suelo mientras le sangra la nariz y mancha el suelo.

Por todos los Dioses, un puñetazo de Aiden te puede llevar a conocerlos.

—Todo por ti, mi hermosa Luna — ronronea su lobo y siento que me sube la sangre a las mejillas.

Los otros dos salen con prisas arrastrando a su amigo y Aiden me mira, buscando algo en mi cuerpo y haciendo que me remueva nerviosa.

—¿Estás bien? — pregunta y asiento —. Estás loca, Flora.

Declara y lo miro fijamente. Está loco él si cree que voy a dejar que me rebajen.

—No iba a dejar que se burlaran de mí — me encojo de hombros y escucho a Óscar reírse.

—Eres una mujer dura, Flora. Enfadar a un hombre lobo adulto no es lo ideal, pero reconozco que tienes valor.

Murmuro un gracias antes de darme la vuelta y ver a Juliana con una sonrisa orgullosa.

—Lo siento, limpiaré todo — ella niega, pero insisto y Lily me ayuda a limpiar la mesa y el suelo.

—¿Qué os pongo, chicos?

—Lo mismo de siempre — responde Aiden a Juliana cuando se sientan en una mesa.

Aiden se queda toda la mañana aquí con Óscar mientras yo escucho algunos consejos de Juliana para las tartas y los cupcake. Me da varios moldes para que los pruebe en casa junto a varios ingredientes. En todo este tiempo he tenido la mirada de Aiden sobre mí.

—Vendré a verte en estos días — le hago saber y ella asiente contenta. Siento que puede ser mi amiga también y que me puede ayudar a conocer mejor la manada.

—Vente por la tarde y preparamos algo juntas.

Me despido de Lily después de intercambiar números para quedar y salgo con Malena, Aiden y Óscar.

Óscar y Malena hablan de algo a lo que no pongo atención, ya que a lo lejos veo de nuevo a Ana. Diosa, que vergüenza al recordar mi comportamiento con ella cuando la vi por primera vez. Cada vez está más cerca. ¿Por qué tuve que actuar así? No entiendo por qué lo celos se apoderaron de mí...

—Mate — el susurro de Malena me saca de mis pensamientos y la miro confundida.

—¿Qué?

—Mate — murmura Ana llegando a nosotros y solo mira a Malena.

¡Oh, por la Diosa!

Aiden mira sorprendido a Malena, ya que pensaba que tenía algo con mi hermano y no pensó en que le podrían gustar las mujeres. Óscar sonríe y yo estoy expectante para ver cómo continúa esto.

—Eres... eres mi mate — tartamudea Malena y casi me río en su cara al escucharla, ya que ella nunca se traba.

Enserio, Malena es la mujer más decidida que conozco. Incluso diría que es un poco dominante, y sin embargo, aquí está con la lengua enredada.

—Lo eres — confirma Ana con una sonrisa sin dejar de verla.

Nosotros nos hacemos a un lado para que hablen tranquilas y esperamos.

—No sabía que le gustaban las mujeres — me dice Aiden cuando nos sentamos en un banco.

—Asumiste que le gustaban los hombres tú solo — respondo y se ríe asintiendo.

Noto a Malena nerviosa y es gracioso, porque ella siempre ha sido la extrovertida y ahora está roja como un tomate hablando con Ana. Incluso parece insegura.

—¿Te importa si voy a dar un paseo con Ana? — me habla a través del link.

—Claro que no, te espero en la casa de Aiden y si estás incómoda solo tienes que llamarme.

Caminan juntas y me quedo pensando en mi amiga. Siempre ha querido encontrar a su mate y tenía miedo de no tenerla. Nunca le han gustado los chicos y siempre ha tenido las cosas claras. Decía que si Diosa Luna le destinaba un hombre, lo rechazaría con todo el respeto del mundo, pero que no iba a cambiar su sexualidad solo por su pareja destinada. De verdad me alegro mucho por ella.

—Tengo que irme — habla Óscar y nos despedimos de él.

—Vamos a la casa de mis padres — habla Aiden dejando su mano en mi espalda baja.

Vamos en silencio y voy mirando la manada, quiero reconocer todas las calles y los lugares si voy a quedarme aquí un tiempo.

—¿Sólo un tiempo? — pregunta Ela y niego.

—Oye, ¿qué te parece si dejamos salir a nuestros lobos? — le propongo.

Siento que ellos quieren conocerse y llevan un tiempo esperando este momento. Aunque no sé si Aiden estará muy cansado.

—¡Sí, por favor! — grita Ela y sonrío.

—¿Te sientes preparada? Si estás cansada podemos hacerlo otro día — responde y niego.

—De verdad me siento bien. Podemos hacerlo más tarde si quieres — respondo, esperando una respuesta y asiente.

Llegamos a la casa de sus padres después de unos minutos y Esme abre la puerta con una sonrisa. Siempre me recibe con una sonrisa, y es sincera. Se nota cuando le agradas a una persona y cuando no.

—¿Estás bien?

—Sí, Aiden quería venir — le digo y nos hace pasar al salón, donde veo a Alfa Hunter sentado.

Está muy serio y nos mira a los dos.

—¿Te hizo algo? Se irá ahora mismo de la manada, Flora — me dice antes de que pueda sentarme y miro a Aiden que también está serio — . Por suerte estuviste cerca y no le hicieron daño. Mateo siempre ha dado problemas con otras manadas.

Bueno, eso me explica un poco el comportamiento de ese hombre. También sé que no es la primera vez que trata así a las personas, ya que la reacción de Lily al verlo, me hizo saber que también la trataba así.

—Estoy bien, lo siento — le digo un poco avergonzada por mi comportamiento, pero no podía quedarme de brazos cruzados.

Alfa Hunter dice que todo está bien y Esme nos trae un batido de fresa muy frío.

Decidimos que vamos a quedarnos aquí a comer cuando Malena me dice que comerá con Ana, y me informa que le cae muy bien y que tiene veintidós años. Estoy segura de que cuando llegue a la casa me hablará de ella hasta que le duela la garganta.

****

—¿Estás lista? — me pregunta Aiden masajeando mis hombros y asiento.

Después de almorzar con sus padres, hemos venido a su casa para poder dejar salir a nuestros lobos y que se conozcan. Los dejaremos correr un buen rato para que estén juntos. Y también tenía ganas de darle paso a mi loba, ya que hacía tiempo que no la dejaba estar en el bosque.

—Estoy muy nerviosa, Flora. ¿De qué color será? — me pregunta mi loba — ¿Le gustaré? Espero que sí, porque no voy a dejar que se vaya con otra.

—Por la Diosa, Ela, relájate.

—Bien, date la vuelta, por favor — le pido a Aiden y lo hace después de rodar los ojos.

Me quito los zapatos, el vestido y la ropa interior para darle paso a mi hermosa Ela. Ya no me duele ni un poquito al hacerlo.

Mi entorno cambia completamente y noto que Aiden le ha dado paso a su lobo. Un lobo enorme, fuerte y negro como la noche, con los ojos azules como el hielo. Dioses, es hermoso.

—Mi Luna.

—Mi amado Alfa — ronronea Ela.

Furia

Mi hermosa Luna está frente a mí. Su pelaje es marrón clarito y me acerco a ella, sin embargo, me quedo quieto cuando sale corriendo.

Troto un poco para seguirla y veo como se mete entre los árboles. Es más pequeña que yo, pero es ágil y eso le da cierta ventaja a la hora de moverse. Mira hacia atrás antes de darse la vuelta y mirarme, dejando sus patas delanteras abajo y en posición de ataque.

—¿Qué haces, mi hermosa Luna?

Resopla antes de salir corriendo de nuevo y es entonces cuando entiendo. Quiere que la atrape. Se aleja a toda velocidad y dejo que corra, ya que puedo alcanzarla fácilmente y le voy a dejar creer que puede ganarme. Además, no conoce mi bosque como yo.

Casi no la veo y tomo un atajo para poder pillarla de frente. Corro esquivando los árboles y escucho su trote de un lado a otro, no sabe a donde ir, ya que no conoce el terreno y está confundida.

—¿Dónde estás, mi Alfa? — pregunta mirando de lado a lado y ya la estoy viendo de frente.

Salgo de los árboles y corro hacia ella para tumbarla y dejarla bajo mis patas.

—Te pillé — olfateo su pelaje y aullo fuerte al reconocer su dulce aroma —. ¿Pensabas que podías correr lejos de mí? Tu aroma es tan dulce y embriagador que deja un rastro por donde pasas.

Ronronea cuando olfateo su cuello y gira rápido, cambiando los papeles y dejándola a ella encima.

—¿Y tú pensabas que yo quería alejarme de ti? No podría, mi lobito, tampoco podría verte con nadie más. Eres mío por la eternidad — gruño cuando me lame la cara y se tumba a mi lado, dejando su nariz en mi cuello.

—Lo que me faltaba, además de loca, desquiciada — murmura Aiden y me burlo.

—Eres el menos indicado para hablar.

Caminamos durante un rato para que pueda reconocer el bosque y sepa que aquí está segura. Nadie la tocará y tampoco dejaré que eso ocurra. Dejo que se familiarice con el terreno, que sepa como llegar a casa si por algún motivo se pierde, aunque no se alejaría tanto conmigo. Podría encontrarla a miles y miles de kilómetros.

—Eres muy hermoso.

—Igual que tú, mi Luna. Los humanos no han sido muy inteligentes con sus decisiones.

—Oye, que yo ni quería casarme — se indigna Flora y escucho a mi humano gruñir.

—Pues ya estás casada, más vale que te hagas a la idea ya — declara Aiden y escucho una risa.

—Me alegra saber que eres tú — ronronea restregando su cuerpo junto al mío.

—Mi Luna — lamo su cara y veo que ya está anocheciendo —, volvamos a casa, saldremos de nuevo en unos días.

Caminamos de vuelta a casa y le doy la espalda a Ela para que le de paso a Flora y pueda vestirse.

—¡Oh por Dios! — escucho un grito y reconozco la voz de su amiga —. Avisa que estás desnudo.

Aiden

—Estoy seguro de que no es el primer cuerpo que ves, te recuerdo que es algo natural en nosotros.

—Pues no lo muestres de nuevo a nadie más — gruñe Ela y sonrío. Maldita posesiva.

—Ya estamos vestidos — le dice Flora con burla a su amiga y nos mira —. ¿Cómo te ha ido con Ana?

—Muy bien, me ha contado muchas cosas y yo también, es muy amable. Me dijo que te vió hace unas semanas.

Aguanto la sonrisa al recordar como actuó Flora ese día. Se dejó llevar por los celos de Ela.

—Sí, bueno... algo así. Aiden y yo estábamos pasando y ella también.

Siguen hablando y se van al salón para sentarse a ver la televisión. Subo a la habitación para darme una ducha fría y cambiarme de ropa. En el vestidor veo que ya está toda la ropa de Flora en su sitio y sonrío viendo su ropa interior. No es que haya abierto el cajón, es que es de cristal y me deja ver lo que tiene en el interior. Todo mi vestidor es así y deja ver la ropa.

Al bajar veo que están cocinando y Flora me dice que ella se encarga hoy de la cena. Siempre he sido yo el que ha cocinado, pero probaré su comida.

Pongo un partido de fútbol, revisando los correos importantes de la empresa y casi me quedo dormido hasta que escucho que Flora me llama.

—Que aproveche — murmura Malena antes de comer.

Cocinó espaguetis con gambas al ajillo y está buenísimo. Dijo que la repostería se le daba mejor que la cocina, pero no me cansaría si me hace esto todos los días.

—¿Cómo está? — pregunta y noto que está nerviosa.

Casi sonrío al saber que le gustaría saber mi opinión.

—Espero que haya sobrado — le guiño un ojo y baja la cabeza con una sonrisa.

Hablan entre ellas y escucho atento por si sueltan algo importante. No es que me guste el chisme o escuchar a escondidas, pero todo lo que diga Flora me interesa.

—Aún no he avisado a mis padres sobre mi mate — murmura Malena —. Primero quiero ver como continúa todo, aunque Ana no ha dicho nada de rechazarme y me ha invitado a pasar el día con ella en la laguna.

—Podríamos ir nosotros también, dejando a Malena con Ana — sugiere Flora y asiento antes de levantarme a servirme más.

Entre todos recogemos y nos vamos a dormir. Flora debe estar cansada, ya que hace semanas que no le daba paso a su loba.

—Buenas noches, esposa — paso un brazo por su cintura cuando sale de la ducha y se tumba a mi lado.

—Buenas noches.

Su piel es tan suave y huele tan bien. Me quedo dormido con su cabello en mi nariz.

Hola mis lobeznos!!!!! Cómo están? Espero que bien

Os dejo este capítulo por aquí, y si veis alguna falta de ortografía me lo podéis decir para corregirlo, aunque creo que está todo bien.

También quería deciros que os quiero mucho y agradeceros por todo el apoyo que está recibiendo esta historia

Ya podéis seguirme en Instagram; Nereyta01

Capítulo 14.

F lora

Malena ha pasado aquí una semana y media, y me estoy despidiendo de ella, ya que irá a la manada para que Ana la conozca. Aún no es nada oficial, pero quieren pasar unos días juntas, aunque puedo decir que Malena está muy bien a su lado. En los primeros días estaba un poco insegura, ya que pensaba que Ana la podría rechazar al saber que era de la manada "enemiga", sin embargo, Ana le dijo que todo estaba bien y que no le importaba. Hacen una pareja estupenda.

—Mándame un mensaje cuando llegues, por favor — nos abrazamos unos minutos y veo como se monta en el auto de Ana.

Estos días lo hemos pasado genial, hemos visitado la laguna que hay aquí, he conocido a muchas personas, he hablado con varias amigas de Esme, y aunque algunas se mostraron un poco distante al principio, puedo decir que terminó mejor de lo que pensaba. Sigo recibiendo algunas miradas de odio, aunque saben disimular muy bien cuando Aiden me acompaña.

Los hombres con los que tuve una pequeña discusión en la cafetería, se han largado, mejor dicho, Alfa Hunter los sacó de la manada. Dijo que no nos iban a dar más problemas, y espero que de verdad tenga razón.

Quiero ir a visitar a la pequeña Gisel, ya que le prometí que pasaríamos un día juntas.

Ayer le dejé paso a Ela y estuvimos corriendo por el bosque. El lobo de Aiden, Furia, es un lobo enorme y le encanta tirar a mi loba al suelo. Es muy veloz y con buenos reflejos. También es un coqueto y me deja con las mejillas rojas cada vez que me habla.

Siento la mano de Aiden en mi cuello y noto que me da un pequeño masaje en esa zona. Se me escapa un gemido y siento como su mano se tensa.

—Me gusta ese sonido en tu boca — susurra, bajando su cabeza a mi oído, haciendo que se me erice la piel.

—No te acostumbres — me burlo y entramos a casa para sentarnos en el sofá.

Sin embargo, mi intento queda a medias cuando Aiden me acorrala entre la pared y su enorme cuerpo. Su calor corporal me llega y su aroma me envuelve por completo. Un aroma exquisito debo decir.

—Pues me apetece y quiero que a partir de hoy me dejes oírlos — murmura, como si tuviera todo el derecho como para exigir.

Hemos estado trabajando en nosotros, y me he imaginado a Aiden un par de veces en esta posición. Debo admitir que la otra noche tuve un sueño húmedo con él. Por suerte, él estaba completamente dormido.

—Ya — me burlo —. Pues a mí no.

—Flora — gruñe, dejando su mano a un lado de mi cuello y algo en mi interior se contrae al oírlo decir mi nombre —. Créeme que perderás si nos ponemos a jugar.

Me siento aturdida por su acercamiento y por el tono ronco de su voz. Casi siempre me llama esposa. Y ciertamente, sé de sobra que acabaría perdiendo yo.

—¿Acaso he dicho que quiero jugar? — pregunto con un tono inocente y una sonrisa.

Me da una sonrisa lobuna y reprimo un suspiro. Aiden es un hombre muy guapo que sabe como hablarte y me pone muy nerviosa.

—Me estás tentando y lo sabes — murmura, acercándose un poco más.

Oh Dioses. ¿Por qué tengo ganas de besarlo? Este acercamiento me está poniendo mal.

—Ya es hora de que le demos algo a nuestro Alfa — ronronea Ela.

—Estoy de acuerdo con la loba — susurra Aiden mirando mis labios.

Ela es una traidora, pero no puedo culparla. Le encanta hablar y que Aiden también la escuche.

—Quiero besarte — digo antes de poder cerrar la boca.

—¿Qué te lo impide? — responde y sujeta mi nuca antes de que sus labios se junten con los míos.

No pongo resistencia y solo me dejo llevar. Sus labios son suaves y me demuestran que tiene experiencia en los besos, aunque nunca lo dudé.Si ento que su dominio me posee y un calor extraño, que nunca antes había experimentado, se instala en mi estómago.

Mordisquea mis labios, dejando su otra mano muy cerca de mis nalgas, y tiro la cabeza hacia atrás para tener mejor acceso a su boca. Nuestras lenguas se encuentran y se enredan como si se conocieran de toda la vida. Diosa... de lo que me estaba perdiendo.

Envuelvo mis brazos en su cuello y se me escapa otro gemido al notar lo que está haciendo en mi interior. Su duro pecho toca el mío y noto como encajamos a la perfección. Es todo lo que necesitaba y me lo acaba de dar.

Siento que dejo de tocar el suelo cuando me levanta y por instinto, envuelvo su cintura con mis piernas. Siento una cosa dura en mi zona íntima y me separo de Aiden para mirarlo un poco nerviosa. Debo aclarar, que nunca he llegado tan lejos en mi vida, y quiero seguir. No me asusta este momento y llevo días pensando en ello.

—Estás duro — otra vez no puedo cerrar la boca y escucho su risa ronca.

Mosdisquea mis labios y sus manos aprietan mis nalgas con fuerza. Por la Diosa, la cabeza me da vueltas y me tiene envuelta en su juego.

—Siempre estoy duro por ti, maldita descarada — hace más presión, dejándome sentir como está, y lo vuelvo a besar mientras camina hacia la habitación.

Jamás había sentido tanto por un beso, pero es que no es un simple beso. Estoy tocando los labios de Aiden, mi mate y mi Alfa.

—Nuestro Alfa — ronronea Ela y gimoteo.

Es la primera vez que reconozco que Aiden es mi Alfa. Solo mío.

—Te necesito, esposa — sisea en mis labios antes de morderlos —. Dime que pare o no podré detenerme.

Lo observo, un poco agitada por el beso que me acaba de dar, y es que besar a Aiden es... es alucinante. No quiero que pare. Creo que he perdido la cabeza por completo.

—Yo también te necesito.

Gruñe antes de besarme y abrir la puerta con fuerza para dejarme en la cama y dejarme ver como se quita la camisa antes de que se cierne sobre mí.

Madre mía. Madre mía. Va a pasar. Y no quiero detenerlo. Quiero que siga y me haga sentir más del calor que siento en mi vientre.

—Te voy a probar y me vas a dejar, ¿verdad? — susurra en mis labios y suelto un suspiro antes de asentir —. Qué buena chica es mi esposa.

Gimo y siento como sus dedos quitan el botón de mi pantalón y baja dejando besos en mi cuello. Me duele ahí abajo, necesito algo y sé lo que es. Lo necesito a él. Siento que la piel me arde por donde toca y deja besos. Me tiene, y no quiero que me suelte.

Me quita la ropa, dejándome solo en bragas, ya que no llevaba sujetador por el top. Sus ojos se oscurecen, haciendo que el azul casi desaparezca, y trago saliva al ver la mirada llena de lujuria que tiene. En este mismo momento decido que quiero todo de él. Quiero todo lo que tenga para darme.

—Mierda — tensa la mandíbula sin dejar de observar mis pechos.

Aiden

Pensé que me detendría, que los nervios la iban a asustar y que me diría que no, pero ella quiere esto. No, no lo quiere, lo necesita, y yo estoy dispuesto a darle todo a mi esposa. Llevo semanas queriendo besar sus labios, y ahora la tengo desnuda, en mi cama y envuelta en mi aroma. El suyo me está volviendo loco y siento que voy a perder la cabeza si no hago algo ya.

Dejo sus tetas a la vista y me fijo en sus pezones morenos, tiene unos pechos llenos y me quiero llenar la boca con ellos. Me duele la polla por lo dura que está y la imagen que Flora me da, no ayuda con mi estado. Tiene un cuerpo espectacular, lleno de curvas y muslos firmes que quiero que envuelvan mi cara cuando vaya a comerme su dulce sexo .

—Son preciosas — murmuro antes de llevar mi boca a su pezón y cerrar mis labios alrededor.

Se estremece y noto como se le eriza la piel. Paso al otro, sintiendo sus dedos en mi cabello.

—Aiden — jadea cuando succiono un poco y alza las caderas.

—Tranquila — susurro en sus labios mientras bajo mi mano y la meto entre sus bragas para tocarla —, me encargaré de ti, mi esposa.

Maldición. Puedo oler su excitación y me está volviendo loco. Me mira con los ojos llenos de deseo y se le escapa un jadeo cuando toco su clítoris. Está tan húmeda.

—Dioses... — susurra intentando cerrar las piernas y niego.

—Dejarás las piernas abiertas y me mirarás a los ojos cuando te corras en mi boca — niega con la cabeza y bajo mi boca a sus pechos.

Su piel es tan suave. Sigo bajando hasta que llego a su vientre, ya no está tan plano y sonrío al saber que está recuperando su peso. El olor de su excitacion me golpea la nariz cuanto más me acerco y raspo su cadera con mis dientes, haciéndola gemir. Maldita sea. Nunca me cansaré de ese sonido.

Llego a su vagina y no puedo contenerme a la hora de romper sus bragas y dejar a la vista sus pliegues húmedos.

—Dime si en cualquier momento quieres parar, y lo haré — le aseguro, rezando a los Dioses para que no cambie de opinión —. Tu aroma es exquisito, esposa.

Beso el interior de sus muslos, viendo lo húmeda que está. Me relamo los labios al sentir su aroma y abro bien sus piernas para dejarlas sobre mis hombros y poder tener un acceso mejor.

—Aiden... — murmura, un poco insegura, y le muerdo el interior del muslo derecho.

—Confía en mi, te haré sentir bien.

Y no miento. Quiero lo mejor para ella y para nuestro futuro, haré lo que sea para que se sienta bien y segura conmigo a su lado, para que jamás sienta que la voy a volver a tratar mal o cualquier estupidez que hice en el pasado. Mi dulce esposa merece todo lo bueno que yo le pueda dar. Seré el mejor hombre para ella.

Escucho su respiración entrecortada y saco mi lengua para recoger la humedad de su muslo.

—Mierda, Flora — susurro con voz ronca al saborearla y ella gime —, mírate. No sabes lo deliciosa que estás.

Deja de respirar cuando paseo mi nariz por su monte de venus, notando el vello que le está creciendo. Gime mi nombre cuando saco la lengua y lamo su clítoris despacio.

—Aiden, eso...

No la dejo terminar y paso mi lengua por sus pliegues para tomar todo de ella. Levanto mis manos para estimular sus tetas también y sigo comiéndome su sexo resbaladizo.

Tiene un sabor exquisito y lo voy a necesitar todos los días. Me ha creado una necesidad.

Su clítoris está hinchado por la acumulación de sangre y solo escucho los gemidos de Flora cuando lo rodeo con mi lengua y pellizco sus pezones duros.

—Oh, Aiden...

—Mírame — le ordeno al notar que va a llegar al orgasmo y me mira, dándome una vista espectacular.

Pone sus manos sobre las mías y gime mi nombre sin dejar de mirarme a los ojos.

Jodido infierno. Esta mujer será mi perdición.

Sigo lamiendo, notando como le tiemblan las piernas y recojo la humedad que le queda.

—Eres hermosa — subo por su cuerpo y la beso. Ella me recibe gustosa y siento como baja la mano por mi pecho.

—Déjame tocarte. Nunca lo he hecho, pero puedo hacerlo bien si me dices cómo te gusta.

Tenso la mandíbula y uno nuestras frentes. Mi dulce e inocente esposa.

—No voy a durar mucho, estoy jodidamente duro y necesito descargarme — me tumbo en la cama después de quitarme lo que me quedaba de ropa.

Jadea, con los ojos muy abiertos, sin dejar de mirarme la polla. Sonrío de lado, llevando su mano para que me toque.

—Eres tan grande, Aiden — está fascinada y noto como hace presión con su mano, haciéndome gruñir —. ¿Eso te gusta?

—Me encanta — me apoyo en mis codos para verla bien y ella mueve su mano, con poca práctica, pero con ganas.

—¿Y esto? — susurra apretando mis huevos con la otra mano.

—Maldita sea, Flora. Me gusta.

Ella lo vuelve a hacer y mueve su mano con más velocidad y firmeza. Siento que no voy a durar mucho con la imagen que tengo de ella y con las ganas que le tenía.

—Flora — gimo viendo como recoge unas gotas con la lengua y me mira antes de hacerlo otra vez —. Maldición.

Respiro entre dientes cuando me envuelve la cabeza con los labios y succiona. Eso es todo lo que necesito para correrme después de varios minutos. Como un jodido puberto.

Se lo traga y veo como le baja un poco por la comisura de los labios.

—No tenías que hacer eso, Flora — susurro envolviendo mi brazo en su cuello para tumbarla sobre mi cuerpo.

Noto sus tetas presionadas entre nosotros y paseo mi mano por su espalda suave.

—Ha estado bien, quería hacerlo — susurra sin mirarme.

—¿Estás bien?

Tarda unos segundos en responder y me tenso un poco.

—Estoy muy bien, pero me da vergüenza mirarte ahora. Me dejé llevar por el momento, aunque lo volvería a hacer — murmura y suelto a reír.

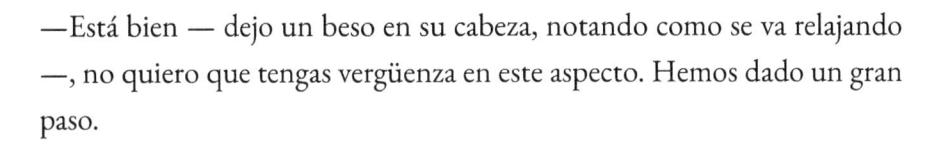

—Está bien — dejo un beso en su cabeza, notando como se va relajando —, no quiero que tengas vergüenza en este aspecto. Hemos dado un gran paso.

Y espero que no sea el último. Lo quiero todo con Flora.

—Tenemos que marcarla — dice Furia.

—Pronto.

—Es que ni siquiera estaba depilada — gimotea dejando su cara en el hueco de mi cuello y suelto a reír.

—Flora, me importa una mierda si estás depilada o no, te seguiré comiendo el coño — paseo mi vista por su cuerpo y me detengo en su trasero.

Un trasero firme y bien formado. Se lo agarro con las manos y doy un apretón.

—Tienes un culo perfecto — murmuro y ella se ríe.

—¿Nos duchamos juntos? También sería nuestra primera vez.

Me levanto con ella en brazos y camino hasta el baño. Abro el grifo, dejando que el agua tibia nos bañe a los dos mientras la sigo teniendo en mis brazos. Está hermosa con las mejillas rojas y los labios hinchados.

—Eso ha sido alucinante — murmura sin dejar de mirarme —. Jamás había sentido algo así, ni siquiera cuando me tocaba yo misma.

Se me atora la saliva y la miro con burla. No me esperaba su sinceridad, pero me alegra saber que ya me tiene confianza.

—¿Te tocabas, esposa?

Rueda los ojos antes de darse la vuelta y coger su champú.

—Fue incómodo cuando lo hacía yo misma, ya que tardaba mucho.

****

Hemos pedido sushi para cenar, ya que no queremos salir de la cama. Hemos estado viendo una película y pronto nos iremos a dormir.

—Aiden — murmura y la miro, sin embargo, ella solo se fija en mi pecho —, nunca te lo he dicho, pero siento mucho lo que hizo mi abuelo. Él... no puedo justificar lo que hizo, pero me disculpo por eso. Por todo el daño que causó.

Siento como mi cuerpo completo se tensa y la rabia me atraviesa el pecho cuando recuerdo a mis tíos y a todos los que han muerto, haciendo que ella se aparte con cuidado.

—No, Flora — la pego más a mí y dejo un beso en su cabeza —. No tienes que disculparte en nombre de nadie. Tú no hiciste nada, no tienes la culpa. Yo me disculpo por lo que te hice pasar esos primeros días, no debí hacerlo y me arrepiento.

—¿Dejamos el pasado atrás? — pregunta con los párpados caídos por el sueño y le sonrío.

—Dejamos el pasado atrás, esposa. Descansa, mañana será otro día.

—Buenas noches, esposo.

Respiro hondo al oírla y la tapo con la sábana, ya que el aire sigue encendido y no me voy a arriesgar, ya que tiene el cabello húmedo por la ducha.

Me ha dejado lavar su cabello y la he tomado en brazos para que ella lavara el mío. Me fascina la sensación de tener sus manos sobre mí, y casi ronroneo como Furia cuando paseó sus manos por mi abdomen y mis piernas.

Aún sigo molesto conmigo mismo por hacerla pasar mal esos días, aunque no pueda cambiar el pasado, sí estoy dispuesto a cambiar el futuro. Trato, y trataré, a Flora como se merece, será nuestra Luna y es mi destinada. No puedo agradecer tanto a los Dioses por esto. Y juro que nadie le dañará un solo cabello.

Hola mis lobeznos!! Dejo este capítulo por aquí y hasta la próxima

Quiero que lean y se den cuenta de que cada capítulo tienen varias semanas de diferencia y que no todo es día a día, para que no digan que todo está pasando muy rápido. Y unos toques lo tiene cualquiera ☐

No se olviden de seguirme en mi Instagram; Nereyta01

Capítulo 15.

F lora

Acabo de despertar y siento a Aiden a mi lado. No puedo, ni quiero abrir los ojos al pensar en lo que hicimos ayer. Por todos los Dioses, dejé que me comiera la vagina, vió todo de mí, y por si eso fuese poco, yo me puse a lamer su miembro y dejé que terminara en mi boca.

¿Cómo se supone que tengo que actuar ahora?

—¿No crees que estás siendo un poco dramática? Yo estaría encantada de dejar que mi lobito me monte — murmura Ela como si nada.

—Deja de decir tonterías, Ela. Se supone que Aiden quería matarnos y he dejado que...

—¿Te arrepientes? — me interrumpe.

—¡Por supuesto que no! Ha sido algo alucinante y que volvería a repetir.

—Entonces ahí tienes la respuesta. Sigamos como siempre y listo — declara antes de cortar el link.

—Sé que estás despierta — habla con voz ronca, sintiendo como su mano sube y agarra mis pechos.

Se me escapa un suspiro tembloroso cuando los amasa. Hemos dormido desnudos, ya que me parecía una tontería ponerme un pijama cuando ya me vió todo. Y me gusta dormir sin nada, es más cómodo.

—Buenos días, mi Alfa — susurro y siento que se queda muy quieto.

Mierda. Ya he tenido que abrir mi boca otra vez. ¿No le gusta que lo llame así? Es la primera vez que lo hago.

De un momento a otro lo tengo sobre mí, con las manos a un lado de mi cabeza y su cuerpo entre mis piernas, dejándome sentir su erección.

—¿Cómo me has llamado? — gruñe mirando mis labios.

—Mi Alfa — susurro sin saber si le gusta o no que lo llame así.

Lo escucho maldecir cuando baja la cabeza para tomar mi pezón entre sus labios y siento como succiona antes de morder. Se me escapa un gemido y llevo mi mano a su cabello.

—Dilo otra vez — murmura antes de besarme sin reparos —. Dilo.

—Mi Alfa — gimo cuando noto su mano bajar por mi barriga hasta que encuentra mis pliegues que ya están resbaladizos.

—Maldita sea, esposa. Necesito que me llames así siempre, ¿lo entiendes? — siento como busca mi entrada con su dedo y me tenso un momento —. Tranquila, no te haré daño.

Solo intenté meter un dedo una vez y lo saqué al momento, ya que no sentía placer y me incomodaba. Respiro un momento antes de asentir con la cabeza.

—Hazlo, mi Alfa — pido y escucho como gruñe al mismo tiempo que mete su dedo.

Oh maldición. No duele, pero es una sensación totalmente diferente a lo que yo sentí cuando lo hice sola.

—Estás muy apretada — me besa, presionando su pulgar en mi clítoris —. ¿Nunca te has dado placer así?

Niego con la cabeza, sin poder formular una palabra, ya que mueve su dedo para sacarlo un poco y siento el roce que me hace cerrar los ojos. No quiero que pare.

—Iré con cuidado, solo te haré sentir placer — mueve su pulgar y siento como poco a poco mete un segundo dedo —. Eso es, esposa. Lo estás haciendo bien.

Entran sin ningún esfuerzo por lo húmeda que estoy, y casi me avergüenzo por eso.

Lo beso y contoneo mi cintura para buscar el mismo roce anterior. Lo veo sonreír y comienza a moverlos. Se me tensan las piernas y la barriga, y no puedo dejar de observar sus ojos azules, que ahora están turbios. Está tan excitado como yo y quiero hacerlo sentir bien.

—No — niega cuando llevo mi mano a su miembro y muerde mis labios —. Déjame ocuparme de ti, yo puedo esperar.

Suelto un gemido cuando curva sus dedos y toca algo en mi interior. Debe ser mi punto G, porque siento que toca un punto que me da mucho placer.

—Aiden — gimo al sentir el orgasmo y suelto un grito cuando me muerde un pezón.

El dolor y el placer vienen al mismo tiempo que siento la descarga eléctrica que me causa con sus dientes en mi pobre pezón. Eso ha sido alucinante.

—No me llames así — mueve su mano y veo como su brazo hace fuerza.

Dioses. Es que tiene un cuerpo perfecto, lleno de músculos, pero sin exagerar, una cara que parece que algún Dios se la hizo, y un aura llena de dominio que me envuelve y me deja aturdida.

—Mi Alfa — gimo alto cuando el orgasmo me atraviesa y lo miro a los ojos.

—Eso es — me besa sin dejar de mover sus dedos a un ritmo más lento que me deja sin fuerzas —. Tan bonita mi esposa.

****

Hay que levantarnos ya de la cama, pero es que no quiero. Hemos pasado casi toda la mañana hablando después de que Aiden me dejara tocarlo.

Sentir su erección en mis manos es otro tipo de placer, ya que puedo sentir el tacto, puedo ver como se le tensan los abdominales cuando está a punto de terminar y como se deja llevar en mis manos. Ayer se me hizo un poco raro al sentirlo, ya que es duro, pero suave como el terciopelo. Y debo decir que es grande, como muy grande, ya que mis dedos no se tocan entre sí. Es grueso, largo y me he quedado admirando como eyaculaba en mis manos y veía como salía por su pequeña hendidura.

Que me llamen lo que quieran, pero me gusta ver como se deja llevar.

—Oye — lo llamo y gruñe con su cabeza apoyada en mi pecho —, ¿todavía esperas tener un cachorro?

Quería hacerle esta pregunta hace varios días, pero nunca he tenido la oportunidad porque siempre pasaba. Sin embargo, necesito saber su respuesta, ya que esto no es un tema que se pueda dejar pasar y hay que hablarlo. Una pareja se basa en tener confianza, respeto y buena comunicación, poder compartir información entre nosotros sin ningún problema.

Desde el día de la boda me ha estado diciendo que la enemistad no se terminaba hasta que tuviera un cachorro, aunque creo que eso ya se acabó. No hay que ir con prisas, la enemistad se terminó y Aiden no ha vuelto a decir nada sobre un cachorro.

—Lo quiero, pero sé que aún no estás preparada. No te preocupes por eso, esposa — murmura moviendo su mano de un lado a otro sobre mi brazo —. Quiero que disfrutemos esta etapa. Tendremos cachorros fuertes cuando estés lista, la enemistad se terminó.

Suspiro con alivio al escucharlo. Tiene razón en algo, y es que todavía no estoy preparada para tener un cachorro, tampoco para hacer algo más sobre el sexo. Solo nos hemos tocado por encima.

Tampoco estoy preparada para dar ese gran paso en la vida y traer al mundo un cachorro. Ni siquiera sé lo que estudiaré, no puedo planear la llegada de un bebé. Tampoco tengo la madurez para cuidar de uno, ni el dinero, porque un cachorro necesita vivir en buenas condiciones y no pasar penurias en ningún sentido.

—Gracias — susurro y levanta la cabeza para verme con el ceño fruncido.

—¿Por qué?

—Bueno... por comprender que aún no estoy preparada para eso. Sé de algunos casos en el que el hombre presionó a la mujer para que le diera un cachorro y ella tuvo que ceder. Yo quiero disfrutar primero, tener una estabilidad como pareja, poder trabajar para tener ingresos y si los Dioses quieren, tener un cachorro en algunos años.

—No tienes que trabajar si no quieres — se da la vuelta para dejarme sobre su pecho —, pero eso es una mierda, Flora. Ningún hombre debe, ni tiene el derecho a obligar a una mujer para que le de un cachorro. Ni tener sexo con él. Jamás te haría algo así.

Enserio no sabe lo agradecida que estoy por poder conocer este lado de Aiden. Es completamente diferente al que conocí días antes de mi boda.

—Creo que iré con Gisel a dar una vuelta. Le prometí que pasaríamos un día juntas — le digo después de un rato y nos levantamos para bajar a la cocina.

Aiden comienza a sacar cosas para hacer una ensalada con pollo y yo preparo la mesa.

—Está bien, creo que tengo que ir a la empresa para ver a los nuevos integrantes.

—Nunca me dijiste de qué se trataba tu empresa.

—Es una empresa de comunicación. Básicamente ofrecemos servicios que van desde la planificación y ejecución de campañas publicitarias hasta la de gestión de redes sociales y relaciones públicas. Cuando quieras vamos juntos y te lo muestro. Ahora también eres dueña de eso.

—¿Qué? — me ahogo con la bebida y me sonríe de lado.

—Eres mi esposa, Flora. Todo lo mío es tuyo, ¿no revisaste tus correos? Mi abogado te envió todo para que vieras lo que tienes en tu poder. Esta casa, mis autos, la empresa y los clubes son de los dos, tienes el poder de hacer lo que quieras.

Madre mía. Este hombre se ha vuelto loco.

—Yo... bueno, te agradezco todo, aunque no voy a usar nada. Gracias.

Ni siquiera he visto mi correo ni mis redes sociales, ya que entre la isla, mis dos semanas en la clínica, los días que estuvo aquí Malena y estos dos días con Aiden, no he utilizado mi teléfono para nada. Solo me comunico con mi familia y listo.

Estamos terminando de limpiar la cocina cuando escucho el timbre de casa.

—Yo voy.

Camino y abro la puerta para ver a una mujer alta, morena y con una sonrisa amable. Tiene agarrado a un niño de la mano y lo miro con una ceja alzada.

—Mateo — lo saludo con una sonrisa y miro a la mujer que debe ser su madre —. Hola.

—Hola, Flora. Me llamo Marta, aquí Mateo quería venir a verte porque según él, tú le dijiste que le harías su tarta favorita — me dice mirando a su hijo con una ceja alzada.

—Sí, lo dije. Hoy iba a pasar el día con Gisel — miro a Mateo que pone mala cara y sonrío —, si quieres podemos pasar la tarde juntos haciendo postres. ¿Qué te parece? Le puedes hacer algo especial a tu mami.

Mateo mira a su madre y luego me mira a mí. Se lo piensa unos segundos antes de asentir y pasa por mi lado.

—Hola, Aiden — escucho como habla con él y miro de nuevo a su madre.

—Mateo es un niño muy bueno, no te va a dar problemas, pero no dudes en llamarme si pasa algo — me pide y me pasa su número.

Vuelvo a la cocina, donde veo a Mateo sentado frente a Aiden, envueltos en una conversación sobre autos.

—¿Podemos hacer una tarta de chocolate con galletas y natillas? — me pregunta y asiento.

—Está bien, ¿me acompañas a comprar los ingredientes? Así también pasamos a recoger a Gisel.

Asiente y subo a la habitación para tomar mi cartera y unos zapatos.

—Volveré en la noche — me encuentro a Aiden cuando salgo del vestidor —. Ya he avisado a mi tía para que prepare a Gisel. Dice que está ansiosa por pasar un día contigo, no le he dicho que vas con Mateo, deja que se lo encuentre.

Creo que estos críos no se llevan muy bien.

—Gracias, que tengas buen día — dejo un beso en su mejilla y lo escucho reír.

—¿Qué ha sido eso, esposa? No soy un amigo — me agarra de la cintura y estampa sus labios contra los míos, enredando nuestras lengua y haciéndome sentir mariposas en mi estómago.

Por la Diosa, este hombre sí sabe besar. Gimo envolviendo su cuello con mis brazos y él aprovecha para manosearme el trasero.

—Tengo que irme — me separo cuando me falta el aire y me guiña un ojo —. Hasta luego, mi Alfa.

—Maldita sea, Flora. Vete ya si no quieres que te tumbe en la cama y no te deje salir.

Suelto una risa y bajo las escaleras para ver a Mateo de pie en la puerta.

—Pronto comienzas la escuela de nuevo, ¿tienes ganas?

—Sí, de mayor quiero ser doctor.

—Eso es estupendo, estoy segura de que conseguirás lo que te propongas — respondo abriendo la puerta para que entre al auto y vuelvo a mi sitio —. ¿Qué te parece si vamos primero a por Gisel y luego a la tienda?

Él asiente y conduzco algunas calles antes de llegar a la casa de Agatha, donde la veo sentada en el porche con Gisel. Lleva un vestido corto de color rosa con flores estampadas y unos moñitos en el cabello.

Escucho como Mateo resopla y lo miro por el espejo retrovisor con una ceja alzada.

—¿Qué ocurre?

—No es bonita.

Alzo las manos en señal de paz y oculto mi sonrisa cuando veo que tiene las mejillas rojas. Ya entiendo por qué pelean tanto.

Agatha llega para abrir la puerta por donde está Mateo y Gisel frunce el ceño al mirarlo.

—¿Qué haces tú ahí?

—Voy a hacer tartas con Flora — responde de mala gana antes de pasar al asiento de al lado.

Miro a Agatha que también oculta la sonrisa y me guiña un ojo.

—Espero que estos dos no te den mucho trabajo — dice antes de darle un beso a su hija y ponerle el cinturón —. Llámame cuando termines, hermosa.

Asiento y conduzco escuchando la pequeña discusión que tienen los dos mientras llego a la tienda para comprar los ingredientes.

—No sé qué haces aquí si dices que no quieres estar a mi lado — le reprocha Gisel con los brazos cruzados.

—Es que cantas mal, tu voz me irrita. Por eso no quiero estar a tu lado.

—Claro, por eso escuchabas a escondidas en el tobogán cuando estaba con Julián jugando y estábamos cantando — responde Gisel con arrogancia y suelto una carcajada haciendo que los dos me miren.

—Siento interrumpir, pero ya hemos llegado — les digo antes de bajar.

Ayudo a Gisel y reviso mi bolso para saber que tengo todo aquí. Una tarjeta negra llama mi atención y veo el nombre de Aiden.

—¿Por qué tengo tu tarjeta en mi bolso? — le pregunto a través del link y escucho su risa.

—Para que compres todo lo que quieras, esposa. Ten cuidado.

Este hombre...

—Yo quiero hacer cupcakes con forma de corazón — me dice Gisel agarrando mi mano mientras Mateo camina delante de nosotras.

—¿Con chocolate y pepitas del mismo sabor? — le pregunto y asiente con ganas.

También compraré las cosas para hacer una tarta de queso para Aiden, ya que aún no la hice y sé que tiene ganas de probarla.

Agarro un carro y no tardamos mucho en comprar todo lo necesario. Gisel ha metido un paquete de patatas mientras me miraba con una sonrisa traviesa y la he dejado.

—Te saldrán mal — le dice Mateo.

—¿Dices eso para que te de uno y lo pruebes? Siempre ayudo a mi mamá cuando hace pasteles y siempre salen riquísimos.

Otra vez comienzan a discutir y guardo las compras en el auto antes de conducir hasta casa.

****

—Listo, ya solo falta dejar que los cupcakes se hagan en el horno — aplaudo después de hacer la mezcla para los cupcakes de Gisel y me pondré con la tarta de Mateo.

Ellos me ayudan en todo lo que pueden. Sonrío mucho con ellos al escuchar como discuten por todo.

La tarta de queso la hice antes de todo y ahora se encuentra en la nevera para que cuaje bien.

—¿Me puedo quedar aquí a dormir? Siempre que lo hago, mi primo me cocina patatas y filetes — me dice Gisel.

—Por supuesto, veremos películas si quieres — asiento mientras abro las cosas para la tarta de Mateo.

Esta tarta es la más fácil, ya que tengo el chocolate derretido y la natilla lista. Solo tengo que humedecer las galletas en leche y empezar a montarla.

Veinte minutos después estoy dejándola en la nevera junto a la tarta de queso para que termine de cuajarse.

—¿Crees que a Aiden le guste la tarta que le hemos preparado?

—Y si no le gusta se la haremos tragar — gruñe Ela y me sorprendo.

—¿Por qué tan agresiva?

—Porque mi lobito no me ha hablado en todo el día — gimotea antes de cortar el link.

Vaya... Furia tendrá problemas con Ela, y debo decir...

—¡Te odio! — el grito de Gisel me saca de mis pensamientos y giro la cabeza para ver como le lanza harina a la cara.

—Oye — intento quitarle la bolsa y de reojo veo como Mateo le estampa un huevo en la cabeza.

Oh por los Dioses. ¿Qué hago ahora?

—¡Y yo te odio más! — le responde Mateo —. ¡Y a tu amigo también!

—Estás celoso porque con él sí juego y contigo no — le dice antes de tomar un huevo y tirarlo contra su pecho.

—Pero, chicos... — cierro la boca al notar que un huevo se estampa en mi pierna y miro a Mateo —. Oh, con que esas tenemos.

Tomo la bolsa de harina y se la tiro en la cabeza, haciendo reír a Gisel. Mateo la observa y siento como el enfado se le va y se le ponen las mejillas rojas. Le gusta su risa.

—¡Guerra de comida! — grita Gisel que sale corriendo y me tira otro huevo.

Mateo y yo la perseguimos alrededor de la isla y le tiramos harina y huevos.

—Te pillé — murmura Mateo con una sonrisa y le tira harina en la cabeza.

—Pero eso no vale — patalea sin dejar de mirarlo —. Sois dos contra mí.

Se observan un momento y se giran para mirarme con una sonrisa traviesa. Por los Dioses. Salgo corriendo y veo el momento exacto en el que la puerta de casa se abre.

Mierda. Mierda. Mierda.

—Ya estoy... — se le borra la sonrisa al vernos a los tres llenos de harina y huevos, manchando el suelo de la cocina.

—¡Aiden! — grita Gisel con una sonrisa.

Tensa la mandíbula mirándome y siento que hice algo terrible. En cierto modo creo que sí, ya que he puesto su casa patas arriba.

—¿Por qué vais los dos contra mi Luna, par de mocosos? — pregunta clavando una rodilla en el suelo para estar a la altura de su prima y me quedo con la boca abierta al ver que no le molesta manchar su traje negro.

—Empezó ella — señala Gisel y mira a Mateo —, y él.

Justo en ese momento suena el horno y me doy la vuelta para sacar los cupcakes. También necesito salir de su radar, ya que me siento súper mal.

—Flora — me llama Aiden y me tenso. No soy Flora para él, siempre soy esposa.

¿Por qué siempre tengo que comportarme de esta manera? Ni siquiera voy a pensar en las pintas que tengo. Me doy la vuelta para mirarlo y lo veo con una sonrisa burlona.

Antes de que pueda procesar cualquier cosa, noto como levanta su brazo y deja caer toda la harina sobre mi cabeza para después romper dos huevos.

—Serás... — me callo al ver a los niños.

Pensé que iba a regañarme por hacer esto. Salto a sus brazos para ensuciarlo y lo escucho reír.

—El horno ha sonado — murmura antes de dejar un beso en mi mejilla y veo sus labios manchados de harina.

Saco los cupcakes para que se enfríen y poder decorarlos más tarde. En unas horas se hará la cena y debo limpiar todo esto.

—Ustedes — Aiden señala a los niños y luego a mí —, ya podéis estar recogiendo y limpiando esto.

—Sí, señor — los niños le hacen un saludo militar y los imito.

—Hay que dejar que los cupcakes se enfríen. Cuando termine de limpiar ya estarán listos — le hago saber a Gisel y ella asiente.

Aiden sube a la habitación y comienzo a limpiar las encimeras. He dejado a los niños sentados porque estoy segura de que tardaré más con ellos. ¿Cómo se supone que voy a abrirle la puerta a Marta cuando vaya a venir a por su hijo? Se va a pensar que lo he esclavizado para que haga los postres de media manada.

Termino de limpiar la isla cuando baja Aiden con un bikini de niña en la mano y un pantalón corto de él. También lleva champús y gel.

—A daros una ducha.

—Eso es muy grande para mí — asegura Mateo.

—Amigo, es lo único que tengo — le dice con una sonrisa suave y se lleva a los niños al jardín.

Los escucho reír mientras limpio el suelo y lo dejo todo impecable. A los cupcakes ya le quedan menos y la tarta de queso ya está lista. Tengo que mirar la de Mateo, que al final hemos decidido que le dará un cupcake a su madre como regalo, y lo va a decorar él mismo.

—Ya lo hago yo — llega Aiden cuando abro el lavavajillas para meter todos las cosas sucias.

—Aiden ha dicho que no me puedo quedar aquí — refunfuña Gisel mirándome fijamente y alzo una ceja.

—¿Por qué?

—Porque no te quiere compartir — alza los brazos y golpea el suelo con su pie.

Suelto una risa y me acerco a ellos para secar su cabello con las toallas que traen.

—No le hagas caso, puedes quedarte y también te hará las patatas con tus filetes, ¿verdad, mi Alfa? — giro la cabeza para verlo y gruñe.

Los pongo en la isla para que decoren los pasteles y hacen otro pequeño desastre. No me importa, yo a su edad también ensuciaba mucho y ponía todo patas arriba.

Aiden se pone a hacer la cena cuando terminamos de decorar todo. Marta me ha llamado para avisarme de que vendría y yo le he contado todo lo sucedido, para que venga con ropa limpia para su hijo. Por suerte se lo ha tomado bien diciendo que su hijo es un terremoto.

—Lo he pasado muy bien, puedes venir cuando quieras, ¿lo sabes? — hablo con Mateo que está terminando de poner las pepitas en el pastel y asiente.

—Yo también lo he pasado muy bien.

Suena el timbre y Aiden abre la puerta para dejar pasar a Marta, que mira con una sonrisa a su hijo cuando sale corriendo a abrazarla.

Saco la tarta de Mateo para que se la lleve y Marta niega.

—No, ¿cómo crees? Con un trozo para Mateo está bien.

—¿Segura? — pregunto y asiente. Le guardo un gran trozo en un recipiente.

—Este es para ti — le susurra a Gisel sin mirarla y dejando un pastel decorado con la inicial de ella.

—Muchas gracias, lo comeré cuando termine mi cena — responde ella con las mejillas rojas.

Estos niños...

Me despido de ellos y vuelvo a la cocina para preparar la mesa.

****—Espero que te guste — murmuro cuando le entrego un trozo de tarta a Aiden.

Gisel se está comiendo el cupcake que Mateo le decoró y yo me como un trozo de la tarta de chocolate.

Escucho como gruñe con satisfacción cuando prueba la tarta y tenso mis piernas. No es momento para pensar en cosas así, Flora. Controlate.

—Esto está — murmura comiendo más — buenísimo. Dioses.

Sonrío y recogemos antes de subir a la habitación. Aiden le puso un pijama rosa a Gisel, ya que tiene ropa aquí y nos tumbamos en la cama. Según ella, estaba muy cansada para ver películas.

—Buenas noches — murmura dejando un beso en nuestras mejillas y quedando en medio de nosotros.

—Buenas noches, preciosa — le digo y miro a Aiden —. Buenas noches, mi Alfa.

Respira hondo y apaga las luces para dormir.

Capítulo 16.

Aiden

Observo a Flora dormir con Gisel abrazada y recuerdo la conversación de esta mañana.

Sé que ella aún no está preparada para ser madre, siendo sincero, yo tampoco creo que lo esté. Ser padres conlleva una responsabilidad enorme, en la que no solo tienes que cuidar del cachorro, si no que también le tienes que proporcionar todo lo que requiere. Y no hablo de lo material, hablo de una estabilidad, porque Flora aún no confía en mí del todo, tiene sus inseguridades. Y la entiendo perfectamente. Estamos trabajando en nosotros. Poco a poco me estoy ganando su confianza.

Al llegar a casa jamás pensé que me encontraría con la cocina vuelta un desastre, pero me encantó ver la sonrisa genuina en el rostro de ellos tres, sobre todo de Flora, que hacía tiempo que no la veía así. Ella pensó que me enfadaría cuando me vió entrar, me di cuenta por como se tensaba y cerraba las manos en puños. Me di cuenta de que se contuvo a la hora de hablar cuando le tiré la harina y los huevos en la cabeza.

—¿Te duermes ya? Quiero y necesito dormir.

—No me cuentes tu vida, Furia. Que Ela esté molesta contigo no es mi culpa, es tuya por no hablarle en todo el día. Sabes que es una loba necesitada de tu atención.

Gruñe y corta el link. Sabe que tengo razón, por eso no quiere hablarme.

Noto una mano en mi pecho y observo que es mi esposa. Me pongo de lado para pasar mi brazo por sus cuerpos y poder dormir ya.

****

—Claro, podemos ir ahora. Se lo diré a Aiden — escucho la voz de Flora y miro la cama para ver solo a mi pequeña prima.

Su voz viene del vestidor y la veo salir. Lleva puesto el pijama y tiene el cabello con una trenza.

—¿A dónde vamos? — pregunto antes de sentarme en la cama.

No recuerdo tener algún plan ni nada. Pensaba que nos quedaríamos aquí en la cama hasta tarde.

—La ceremonia de mis padres es hoy, el abuelo la ha adelantado unos días porque quiere irse de viaje con la abuela, ¿quieres venir? — responde dejando su teléfono antes de volver al vestidor.

Es cierto, Edward le iba a pasar el puesto a Thomas, el padre de Flora. Y su madre se convertirá en Luna de su manada. Espero que pronto podamos hacer la nuestra y hacerle saber a todos que esta mujer, mi mujer, será Luna de mi manada.

—En unos minutos estoy listo — me levanto y entro al baño para darme una ducha.

—Avisaré a tus padres por si quieren venir, y hablaré con Agatha por si podemos llevar a Gisel, ayer me dijo que quería pasar unos días con nosotros — la escucho decir desde la puerta y le digo que está bien.

—Ela sigue sin hablarme — gruñe Furia y sonrío.

—Te tocará arrastrarte un poco por ella — le hago saber —. Dale otra ofrenda cuando salgamos a correr, puede que se le pase un poco y te vuelva a hablar.

Cuando salgo de la ducha veo que no hay nadie en la habitación y camino hasta el vestidor para ponerme un traje. Agarro unas gafas antes de salir y veo que la habitación de Gisel está abierta. Tiene su propio espacio con sus juguetes y una gran cama, pero ella siempre duerme conmigo.

Flora le está terminando de poner un vestido lila y veo que ya la ha peinado con un lazo del mismo color que el vestido. Siempre tengo ropa de ella aquí.

Ella lleva puesto un vestido blanco con escote profundo y noto que no lleva sujetador. Está loca si piensa que iba a salir con eso sola y que me iba a quedar aquí. Al que vea mirarle las tetas le voy a partir la cara.

—¿A que parezco una princesa? — pregunta Gisel con una sonrisa y Flora asiente.

—La más bonita de todas — responde dejando un beso en su frente antes de levantarse y verme en la puerta —. Por la Diosa, Aiden.

Le bloqueo el paso cuando quiere salir y me mira con una ceja alzada. Se le olvida algo.

—¿Aiden? — pregunto con burla y agarro su cintura — No soy Aiden para ti, esposa. Tampoco me has dado los buenos días.

—¿Ahora quién es el necesitado? — se mofa Furia y corto el link.

Suelta un risita antes de levantarse un poco y besarme. No lleva maquillaje y su cabello cae en ondas naturales por la trenza que tenía. Es hermosa y mía.

—Buenos días, mi Alfa — susurra y bajo mi mano para tocar sus nalgas.

—¿Llevas tanga, esposa? — gruño cuando solo siento el vestido y veo como se sonroja.

—Era eso o no llevar nada, se notaba el corte en el vestido — dice pasando por mi lado y agarrando la mano de Gisel para bajar —. Por cierto, ya he avisado a tus padres y van a venir.

Bajo detrás de ella y veo todo lo que hace. Sube a Gisel en la isla y la deja sentada para sacar un batido de fresa para ella. Gisel le agradece y Flora enciende la cafetera para preparar un café mientras saca la tarta de chocolate.

—Solo un trocito — le dice a Gisel que asiente con una sonrisa traviesa.

El olor del café inunda la cocina y Flora me entrega una taza.

—¿Qué? — se remueve incómoda bajo mi mirada —. ¿No es así como te lo tomas?

Trago saliva y asiento. Pensaba que Flora no me ponía atención, pero ya veo que estaba totalmente equivocado con ella. Me observa como lo hago yo. Me gusta ver la forma en la que se muerde el labio cuando está pensando en algo, o como frunce el ceño cuando algo no le agrada o no la convence. Cuando está nerviosa comienza a chocar la uña del dedo índice con la del pulgar.

—Perdón — susurra Gisel cuando eructa y nos reímos. A veces se le olvida que es una princesa y pierde los modales.

—Vamos ya — dice Flora y salimos para montarnos en el auto.

Sube a Gisel y veo como se acerca el auto de mis padres.

—Nos vemos allí — habla mi madre bajando la ventana y asiento.

Durante todo el camino escucho como ellas dos cantan y hablan. Me gusta el silencio, sin embargo, le estoy tomando el gusto a esto. Me gusta escucharla reír, sin preocupaciones y sin inseguridades. Me gusta ver que se siente segura a mi lado y que poco a poco me toma más confianza y se muestra como es ella misma.

—¿Entonces tu papá será Alfa ahora?

—Sí, antes lo era mi abuelo y ahora lo será mi padre — le responde a Gisel —, y en un futuro próximo, el nuevo Alfa será mi hermano Einar.

Flora responde todas las preguntas de Gisel con una sonrisa y con paciencia. Es una niña muy curiosa y le gusta saber todo.

—Así como lo seré yo cuando tome el puesto — hablo.

—Entonces Flora será la nueva Luna — responde con una sonrisa y asiento, dejando mi mano en la pierna de mi esposa.

Llegamos a la manada y veo los preparativos. Será una ceremonia tranquila para que todos disfruten con los demás y pasen un día agradable.

En la puerta de su casa veo a Einar, Malena y Ana, quien solo mira a Malena con una sonrisa mientras los demás hablan.

—Se ven bien — señala Flora y asiento.

—Ana es buena persona, jamás le haría daño a tu amiga. Solo hay que verla para saber que está enamorada — respondo saliendo del auto y tomando la mano de Gisel.

Confío en la manada de mis suegros, pero no tanto como para dejar a Gisel sola. Es una niña que le gusta explorar nuevos lugares, hacer amigos y perderse por el bosque, pero esta no es mi manada y puede perderse fácilmente.

Mis padres se ponen a mi lado para saludarlas y caminamos hacia la casa.

—Einar — lo abraza y él deja un beso en su cabeza —. ¿Dónde está mamá?

—Arriba, estaba esperándote.

Abraza a su amiga y saluda a Ana, dejándonos a solas con ellos. Malena charla con mi madre como viejas amigas.

—Aiden — saluda y sonrío.

—Einar.

****

—¿Quieres tomar o comer algo? — le pregunta Flora a Gisel antes de sentarnos para que los ancianos le den paso a la ceremonia y Thomas tome el puesto de Alfa.

—No — le dice alzando los brazos para que la levante.

Nos sentamos y Gisel apoya su cabeza en el pecho de Flora. Einar, Malena y Ana están a su derecha, y mis padres a mi lado. Estamos en primera fila, viendo todo perfectamente. La plaza está llena de todos los que viven aquí para darle los buenos deseos al nuevo Alfa y a la nueva Luna.

—Estamos todos reunidos aquí para la ceremonia de nuestro Alfa Thomas y nuestra Luna Elia. Hoy, Alfa Edward le da su puesto a su hijo y Alfa Thomas, esperemos que los Dioses los guíen, les den sabiduría y paciencia para llevar las riendas de su manada. Que Diosa Luna os acompañe siempre y os guíe.

El anciano comienza a hablar y a preparar todo. Saca una copa, un lazo y una daga de plata. Básicamente es casi la misma ceremonia que una boda, pero con diferentes palabras.

—Pronto podremos hacer esta ceremonia con nuestra Luna — murmura Furia un poco ansioso y sonrío.

—Pronto.

Unen sus manos dejando que la sangre llene la copa para después beber. Todos comienzan a aplaudir y gritar.

—¡Bendiciones para el nuevo Alfa y la nueva Luna! — gritan algunos.

—Tú también serás Luna — le dice Gisel y Flora me mira un poco nerviosa.

—Por supuesto que lo será, princesa — respondo dejando un beso en su cabeza y otro en la frente de mi mujer.

Nos levantamos para acercarnos a sus padres, que la envuelven en un abrazo, con Gisel incluida, que está encantada con tanta atención.

—Aiden — me saluda mi suegra y sonrío.

—Felicidades, Elia — envuelvo la cintura de Flora mientras hablo —. Serás una buena Luna.

Me agradece y caminamos hasta su casa, donde nos quedamos a comer con varias personas en el jardín. Hay mesas altas para que se sirvan lo que quieran.

—Espero que estés tratando bien a mi hermana — escucho a Einar mientras me siento en una silla alta.

—¿La ves mal? — pregunto tomando una copa de whisky —. ¿Muestra algún tipo de maltrato por mi parte?

—No, y espero que siga así — responde mientras se sienta a mi lado tomando otra copa —. Flora es ingenua, pero no es tonta. Espero que la trates como lo que es.

—¿Y qué es, según tú?

—Tú esposa, tu Luna — se bebe la copa y me mira —. He visto como la miras. Confío en que has dejado la venganza a un lado.

Me tomo la copa y lo observo fijamente. No tengo ninguna duda de que Einar daría su propia vida por la de su hermana, pero debe saber y entender que yo ya no busco venganza.

—Ya lo dije en su día, no volveré a repetirlo.

—Hola — saluda Gisel con una sonrisa antes de levantar sus brazos para que la coja.

—Hola, preciosa — Einar le sonríe y ella se sonroja.

Por todos los Dioses. Esta niña será un dolor de cabeza cuando crezca. Lo estoy viendo venir.

Mi conversación con Einar termina un rato después y observo como Flora habla con sus abuelos. Mis padres se sientan conmigo.

—Se ve feliz — señala mi madre a Flora y asiento con un pequeña sonrisa.

—Es como tiene que estar.

****

Flora está hablando con su amiga unos pasos más atrás del auto sobre un viaje o algo así.

—Espero que te lo pases bien — escucho a Flora —. Envíame fotos de todo.

—Por supuesto — responde Malena abrazándola antes de irse con Ana.

—¿Podemos pedir pizza? — me pregunta Gisel haciéndome ojitos.

—Claro — habla Flora llegando a nuestro lado y Gisel salta a sus brazos —. Yo quiero una de jamón y queso. Mucho queso.

Me despido de mis padres y me monto en mi auto escuchando todo lo que van a pedir.

—Mi madre estaba muy nerviosa, aún sabiendo que todos la quieren y que la conocen desde hace años — me dice Flora y dejo mi mano en su pierna.

—Es normal que esté nerviosa — le hago saber —, llevará las riendas de una manada entera. Estoy seguro de que lo hará bien.

Flora llama cuando estamos llegando y entramos a casa. Necesito una ducha fría y ponerme un pantalón corto.

—La cena vendrá en unos veinte minutos — avisa mientras subimos y entro al baño.

—Me quiero poner el pijama — escucho a Gisel antes de abrir la ducha.

—Se le da bien cuidar de los niños — murmura Furia.

—Que se le de bien no significa que esté preparada para ser madre — le explico a mi lobo, ya que parece que no entiende —. No te hagas ilusiones, Furia.

—La quiero ver llena — gruñe y sonrío.

—Yo también, pero para eso hay que esperar — respondo y corto el link.

Me enjuago y salgo a la habitación con un pantalón corto. El vestido de Flora está tirado en la cesta del vestidor, supongo que ya se ha cambiado.

Dioses. Esa ducha fría me ha dejado como nuevo. Solo quiero cenar y dormir.

—Solo un poquito, lo prometo — escucho a Gisel mientras bajo las escaleras.

—Hoy ya has comido muchos dulces, ¿no crees? — le dice Flora con diversión y me siento en el sofá a su lado.

Están vestidas con sus pijamas y veo que Gisel tiene el cabello recogido en una trenza.

—Tiene razón — hablo dejando caer la cabeza en el sofá —, no podrás dormir esta noche.

Ha estado toda la tarde comiendo, sin saber que yo la observaba. Incluso tuvo el descaro de tomar la mano de Einar para que la llevara a por chuches.

—Sí voy a poder — salta por el sofá hasta llegar a mi lado y me hace ojitos —, solo un poquito de tarta después de la pizza.

Hace un puchero con sus labios y la envuelvo en mis brazos para tumbarnos.

—Deja de manipularme — refunfuño y ella se ríe.

No le puedo negar nada. Ni a ella ni a su hermano Izan. Desde que nacieron he estado pendiente de ellos y me ha gustado pasar mi tiempo libre con los dos. Recuerdo lo contento y orgulloso que estaba mi tío por sus cachorros. Los mostraba con orgullo en la manada y siempre estaba pendiente de ellos, asegurándose de que nada les faltase. Fue un gran hombre y un mejor padre. Mi tía Agatha aún no supera su muerte.

El timbre suena y me levanto para coger las pizzas. Le doy una buena propina antes de volver al salón para dejarlas en la mesa. Flora ya ha puesto los vasos y la bebida.

—Eso no me gusta — señala Gisel cuando paso los canales de la televisión —, pon una peli.

Le pongo la primera que veo y comemos en silencio. Tragamos todo y nos quedamos un rato viendo la televisión hasta que Gisel se queda dormida con la boca llena de chocolate por la tarta.

—Súbela, yo limpio esto — me dice Flora y le doy un beso.

Subo las escaleras con Gisel en brazos y la dejo en la cama para que duerma mejor. Flora llega a los minutos y se mete en el baño para lavarse los dientes. Con la puerta abierta puedo ver como se inclina y me da una buena vista de su trasero.

—Hoy ha sido un día agotador con el calor que hizo — murmura cuando se tumba mirándome.

—Mañana podemos quedarnos aquí todo el día en la piscina — le digo y apago las luces.

El aire está encendido desde que llegamos, ya que estamos en la recta final del verano y nuestra temperatura corporal no ayuda.

—Buenas noches, mi Alfa.

—Buenas noches, esposa.

Hola!!!! Cómo están??? Espero que muy bien

Os dejo por aquí este capítulo y pronto volveré a subir otro. Sé que no estoy tan activa como antes, pero es que tengo muchas cosas que hacer y solo escribo cuando tengo un poco de tiempo, pero quiero deciros que esta historia no va a quedar a medias.

También os pido vuestra ayuda con los votos y comentarios, cuanto más seáis, más gente podrá conocerme

También podéis seguirme en mi Instagram; Nereyta01

Os agradezco mucho a todos por el apoyo que recibo día a día. Os amo mucho mis lobeznos

Capítulo 17.

Flora

—Juliana — me quejo, un poco frustrada, dejando caer la masa en la encimera —, no me sale. Lo he intentado siete veces y sigo sin conseguir la forma que me pides.

La escucho reír antes de ponerse a mi lado y agarrar la masa. Niega con la cabeza sin dejar de darle la forma a la napolitana que estaba intentando hacer. Ella es toda una experta en esto y me está dejando por los suelos.

—Cariño, lo que pasa es que tienes la cabeza en otro sitio y no te concentras en lo que te digo — me mira de reojo y termina con la masa.

—No estoy pensando en nada...

—Sé que mientes — niego con la cabeza y vuelve a hablar —, lo haces cuando muerdes el interior de tu mejilla. Seguro que estás pensando en Aiden.

Bueno, sí. Estaba pensando en Aiden y en lo mucho que hemos avanzado todos estos días.

—Es muy diferente al Aiden que conocí el primer día en la casa de mis abuelos. Pensaba que iba a matarme en cuanto tuviera la oportunidad de estar a solas conmigo — le explico, necesitando sacar un poco de mis pensamientos y compartirlo con alguien —. Y ahora, es... es otra persona, Juliana. Mi corazón late más fuerte cuando llega a casa después de estar casi un día sin verlo, y tengo miedo de que todo se vuelva a derrumbar y piense en su venganza. Me gusta mucho y no se qué pasaría si decide que su venganza es más importante que yo. Entiendo que su familia murió, pero...

—Cariño — su voz es maternal cuando me habla y deja su mano en mi mejilla —, mi Aiden ya decidió. Quiero que tomes aire y te calmes un poco.

Tomo un respiro, dándome cuenta de que casi me estaba quedando sin aire al hablar. De verdad me pongo muy nerviosa cuando pienso que todo se derrumbará y volveremos a ser esas dos personas que apenas hablaban o se miraban. Me gusta pasar tiempo con él, que me hable, que me mire, o incluso que me haga rabiar algunos días. Me gusta él.

—A mí también — ronronea Ela.

—Aiden se olvidó de la venganza en cuanto te trajo aquí desde la isla, cariño. Estuvo semanas a tu lado, esperando por tu recuperación, a que despertaras. Mató a su tía por lo que te hizo — me sonríe, limpiando algo en mi mejilla —. No debes de preocuparte por cosas que no van a suceder. Tu eres su mundo, Flora.

Se me escapa un suspiro tembloroso al oírla. Sé que debo confiar en él, que no me haría daño, ya que me dejó muy claro que la venganza no se iba a realizar y que solo quería mi felicidad. Pero no puedo olvidar, ni deshacerme del temor de que algún día pensará en su familia y se acordará de que los tiene que vengar.

—Estás un poco dramática, y lo entiendo, estás en tus días, chica — murmura Ela un poco cansada de escuchar siempre mis pensamientos —, pero Aiden está loquito por nosotras. No nos haría daño.

—Es que siento que todo se derrumbará de un momento a otro — murmuro sin mirarla —. Siento que esta pequeña burbuja de felicidad en la que estoy, explotará.

La escucho suspirar antes de irse y volver con un pastel. Una napolitana rellena de chocolate.

—Come y deja de pensar en tonterías — me entrega el plato y me siento en una silla —. Conozco a ese muchachito desde que estaba en el vientre de Esme, créeme que cuando te ha dicho que no hará esa venganza, no la hará.

Escucho la campana de la puerta al abrirse, seguida de algunos pasos suaves.

—¡Hola! — grita Lily, la hija de Juliana y una persona que se ha convertido en una gran amiga — Siento llegar tarde, me he quedado dormida.

Entra a la cocina, dejando un beso en mi mejilla y otro en la de su madre. Hemos quedado para hacer algunos pasteles y para que Juliana me enseñe varias recetas. Me gusta estar aquí y aprender de todo un poco.

Después de la ceremonia de papá, Aiden y yo estuvimos visitando algunas zonas de la manada que aún no había visto. Han pasado ya dos semanas desde que no veo a mis padres, iré en estos días a verlos. Y a mi hermano también. Hablo con ellos a todas horas, pero no es lo mismo que tenerlos y poder abrazarlos. Siempre hemos sido una familia muy unida, que siempre muestra su cariño, y siempre he sido la pequeña de la casa.

—Tranquila, no hemos avanzado mucho — le hago saber mientras se pone un delantal de color rosa pastel con su nombre bordado —. Me estaba agobiando porque no me salía la forma de la napolitana.

Ella se ríe, diciendo que solo hay que tomarle el truco a la masa y saldrá sola.

Juliana sale un momento para atender a varios clientes que van llegando para poder desayunar. Es muy temprano, ya que hemos quedado en que la voy a ayudar. Estoy aburrida siempre en casa y Aiden iba a pasar el día en su empresa para repasar algunos detalles. Me dijo que podía ir a los lugares que yo quisiera, pero no me siento tan confiada como para pasear sola en la manada. Aún hay personas a las que no les agrado.

—¡Mira quien está aquí! — exclama Juliana con alegría y asomo la cabeza para ver a mi hermano.

Oh por los Dioses. Salto del banco con una sonrisa y entonces escucho su susurro.

—Mate — Mira fijamente a Lily, que está con los ojos abiertos como platos y con un paño en las manos —. Eres tú.

Se acerca con pasos decididos y me hago a un lado sin poder ocultar mi sonrisa. Esto es... esto es genial. Ha encontrado a su mate y es mi amiga. Mi hermano tendrá a su pareja.

—El dulce olor a vainilla y jazmín venía de ti — llega a su lado, ocupando toda la entrada con su cuerpo —, estaba como loco rastreando tu aroma. No sabía de dónde venía.

—Yo... — balbucea Lily un poco perdida — eres mi mate.

Es tan divertido ver a Lily sin poder hablar. Ella nunca se calla y siempre tiene algo que decir.

—¿No es genial? — susurra Juliana a mi lado, agarrando mi brazo con una sonrisa y asiento.

—Soy Einar, tu debes ser Lily — ella asiente sin poder ocultar sus mejillas rojas — . Encantado de conocerte.

—Igualmente — traga saliva y nosotras salimos a la barra para que ellos puedan hablar y tener un momento a solas.

Espero que ninguno de los dos se vayan a rechazar. Mi hermano no buscaba a su mate, pero tampoco ha dicho nunca que no quería encontrarla. Y Lily dijo casi lo mismo, no lo buscaba, pero tampoco le importaba encontrarlo.

—Al final Diosa Luna me escuchó — me dice Juliana mientras se sirve un café.

—Así es. Seremos familia — respondo con una sonrisa.

Juliana es un amor de persona y me encanta pasar tiempo con ella. Desde el primer momento me ha tratado bien, no me ha mirado mal, ni susurró cosas sobre mi familia o mi manada. Me aceptó como si nada.

—Creo que las clases serán otro día — dice sentándose a mi lado y asiento.

Algunos clientes se marchan y me levanto para ayudarla. Mi hermano sale con Lily varios minutos más tarde y les sonrío.

—Einar — lo abrazo cuando llega a mi lado y me envuelve fuerte dejando un beso en mi cabeza —, no sabes cuanto me alegro.

Se le ve relajado y con una sonrisa tonta.

—Yo también, mocosa — deja otro beso en mi frente y veo a Lily detrás —. Ya me ha contado que os conocéis.

Asiento con la cabeza.

—Sé que has venido a verme, pero no me importaría si te la llevas y os conocéis ustedes — le susurro moviendo mis cejas, haciéndolo reír.

Einar mira a Juliana, que se pone recta alisando su delantal.

—Una cosa te diré, muchacho — le dice muy seria y mi hermano la observa —, la quiero devuelta tal y como está. Haré un almuerzo rico para todos y hablaremos.

—Mamá — suplica Lily y Juliana suelta a reír.

—Cuidala y no os vayáis tan lejos. Haré un almuerzo para que mis otros hijos sepan que su hermana ha encontrado a su mate. Me alegro mucho por vosotros — les dice con voz suave y Einar asiente.

—La traeré devuelta.

Se despiden de nosotras y terminamos de limpiar las mesas que han quedado libre.

Juliana se pierde en la cocina para hacer un almuerzo rico que según ella es para celebrar esta unión. Yo sigo con mis napolitanas, y aunque las termino, no son ni siquiera un poco parecidas a las que hace ella. Parece que me he peleado con la masa y han salido deformes.

—Igualmente las vamos a comer, cariño — murmura Juliana con una sonrisa, haciendo que sus ojos se llenen de unas pocas arrugas —. Paciencia, veras que dentro de unos días te salen solas.

Pasamos toda la mañana charlando, cocinando y atendiendo a clientes. Me gusta este ambiente y escucho todo lo que Juliana me dice, desde las recetas hasta los chismes de algunas personas de la manada.

Mi teléfono suena y veo que es una videollamada de Aiden. Dioses, me sudan las manos cuando intento aceptar la llamada. No he hablado con él en toda la mañana, ni siquiera mi lobito me ha hablado.

—Hola — dejo el teléfono apoyado en la barra y sonrío como tonta.

—Hola, esposa — suspira, dejando caer su cuerpo en la silla de su despacho —. Quería verte.

Diosa... me hace sonrojar y bajo mi cabeza con una sonrisa.

—¿Qué haces? — le pregunto sin dejar de mirarlo — ¿Volverás pronto? Einar ha venido y Lily es su mate, se encuentran dando un paseo por la manada.

—Me alegro por ellos, esposa — murmura con esa voz ronca que me pone a tragar saliva —, pero no quiero hablar de ellos. Cuéntame que has estado haciendo.

Le cuento todo, desde que desperté hasta ahora. Se ríe cuando le explico que no me sale la forma de las napolitanas y me dice que soy muy impaciente. Me cuenta que llegará antes de la hora de cenar y le pregunto si quiere que le haga algo especial.

—¿Harías costillas a la barbacoa con patatas y verduras? — me pregunta y asiento de inmediato.

Me gusta hacer sus comidas favoritas y saber lo que opina de mi cocina. No soy una experta, pero me defiendo bastante bien y puedo hacer cosas muy ricas. Siempre tengo una tarta de queso para que nunca le falte, y me doy cuenta de que siempre hay batidos en la nevera. De los que a mí me gustan. Es atento conmigo, y sé que es ridículo que piense que por comprarme batidos es todo un caballero, pero no son los batidos, es el hecho de que presta atención a las cosas que me gustan. Como el champú y las cremas que me gusta utilizar, o algunos dulces que veo en los cajones de la cocina y que antes no estaban.

—Claro, cuando llegues estará la cena lista — le hago saber y me sonríe.

—Entonces nos vemos luego, esposa.

—Nos vemos luego mi Alfa — gruñe y le cuelgo antes de que diga alguna guarrada delante de todos.

La hora del almuerzo llega y Einar vuelve con Lily. La mesa está puesta para todos, ya que sus hermanos también estarán. Su familia es muy acogedora y sus hermanos me tratan con respeto, como si fuera otra hermana más.

—A comer — ordena Juliana y pasamos un almuerzo agradable mientras todos nos conocemos un poco más.

Escucho como hablan con cariño al recordar a su padre. Lily se pone un poco sentimental, diciendo que le encantaría que él estuviese aquí con nosotros.

—Él siempre está, cariño — le dice Juliana agarrando su mano.

Me despido de todos cuando terminamos de recoger, ya que tengo que ir a comprar la carne y varias cosas más. Espero que la cena me salga rica, quiero ver la cara de Aiden cuando lo pruebe.

—Espera, cariño — me llama Juliana volviendo a la cocina para salir con una cajita para llevar — . Te he puesto algunos pasteles.

Le agradezco y me despido de Einar, que dice que volverá para verme.

—Tómate tu tiempo y conoce a Lily, es muy buena persona y me cae muy bien — le hago saber y me despido para caminar hasta la tienda.

No hago caso a algunas miradas que me lanzan algunas personas y camino recta unos veinte minutos. Compro lo que necesito y camino de vuelta hasta casa. Necesito ponerme cómoda y darme una ducha, pero lo haré cuando deje la carne haciéndose.

El verano ya se está acabando y pronto comienzan los estudios y todo lo demás. Aún sigo sin saber qué hacer, y estoy un poco agobiada al pensar que no encontraré nada que me llene.

Meto lo pasteles en la nevera, sacando las cosas que necesito y poniendo el horno a calentar. Me desconecto de todo en la cocina y comienzo a preparar las costillas de la mejor manera que sé. Las patatas las pondré más tarde, ya que se hacen más rápido que la carne. Me limpio las manos y subo a la habitación para darme una ducha y relajarme.

—Mi lobito no me responde — gimotea Ela y sonrío.

—Estará en una reunión y Aiden habrá cortado el link, no sé por qué te preocupas si sabes que te ama — le digo mientras me quito la ropa.

—Pero necesito que me hable — responde como la caprichosa que es.

Niego con la cabeza y dejo que el agua me empape. El olor de la sangre me llega y hago una mueca. No me gusta cuando estoy en mis días. El olor es repugnante y ni hablar del dolor que siento en todo el cuerpo. Los pechos se me ponen más sensibles que nunca y el sujetador siempre me molesta. Casi lloro cuando me lo he quitado y los he dejado libres.

—El problema se arreglaría con otra forma — dice Ela muy provocativa.

—¿Cómo? — pregunto, sin querer saber la respuesta en realidad.

—¡Dejando que nos llene de cachorros! — grita con entusiasmo y la escucho ronronear.

Tomo aire y respiro. No. Eso no sucederá en un buen tiempo.

Termino con la ducha y me pongo un camisón fresquito, dejando mi cabello suelto para que se seque solo. La casa ya huele a comida cuando salgo de la habitación. En la cocina me pongo a cortar las patatas y las verduras para meterlas al horno y que se vayan haciendo ya.

La casa se siente vacía sin la presencia de Aiden. Siempre siento su mirada, como acecha hacia mí siempre. Cuando miro el reloj veo que ya le queda poco para que vuelva, son las siete y media de la tarde.

El estómago me gruñe y me como un pastel de chocolate. Gimo al sentir el delicioso sabor y me siento en el sofá para ver una serie. Aún le queda a la comida y a mi Alfa.

Oh Diosa. Me encanta cuando me acorrala para que lo llame así. No le gusta que le diga Aiden, quiere y exige que lo llame su Alfa. Y no me puedo negar, estoy encantada por llamarlo así. Es mío.

Pongo Siren, la serie que me tiene enganchada y no puedo dejar de verla desde que la descubrí hace unos días. Dos capítulos más tarde escucho la puerta de casa y me levanto para ver a Aiden.

—Hola — camino hasta llegar a su lado y pasa su brazo por mi cintura para alzar mi cuerpo y besarme —. Mi Alfa.

Gruñe mordiendo mis labios y casi se me escapa un gemido.

—Mi Luna — susurra con los ojos cerrados y me derrito al oírlo. Es la primera vez que me llama así —, hueles tan bien.

—La cena ya casi está lista — le digo sin bajarme de su cuerpo aún —, ve a darte una ducha, te espero aquí.

Sé que le encantan las duchas frías cuando llega de cualquier lugar y deja un beso largo en mis labios antes de dejarme en el sofá.

Siento los pechos pesados y algo en mi interior. Por la Diosa, me estoy excitando solo de oler su aroma y por el beso que me ha dado. Pero estoy en mis días, no vamos a hacer nada. Apenas nos hemos vuelto a tocar y ya lo necesito.

El horno suena y me levanto para preparar la mesa. Huele delicioso y se me hace la boca agua. Estoy terminando de poner todo cuando Aiden baja las escaleras con solo unos calzoncillos.

—Yo saco la bandeja del horno — me dice y asiento — . No te lo he dicho cuando he entrado, pero huele muy bien, hay que acompañar esta cena con un buen vino, esposa.

Asiento con una sonrisa, espero que le guste la cena. Llenamos nuestros platos y lo escucho gemir con el primer bocado.

—¿Bien?

—Esto está buenísimo, Flora — mueve la cabeza satisfecho y coge más comida — . Está tierna y jugosa.

Sonrío orgullosa y comemos, escuchando atenta todo lo que Aiden me dice. Me encanta cuando llega del trabajo y me cuenta cosas, también me habla de la manada y yo le cuento lo que hago en mi día a día.

—Hoy he notado que has estado inquieta.

—No te preocupes, son tonterías — alzo un hombro y sigo comiendo — . Sabes que algunas veces pienso cosas que no debo y me preocupo.

Asiente al entender lo que quiero decir y termina con su plato para llenarlo de nuevo. Eso me confirma que de verdad le ha gustado.

—No sería capaz de hacerte daño — me dice sin dejar de mirarme con esos ojos azules — . Nadie te lo volverá a hacer.

—Confío en ti — le hago saber y tomo más vino.

****

—Te agradezco la cena que hiciste, esposa — deja un beso en mi cabeza y lo observo en el cristal.

Nos estamos lavando los dientes y cuando termina se pone detrás de mí.

—Me gusta cocinar y también me gusta saber tu opinión. Es algo me gusta hacer, me hace feliz la cocina.

—Si eso es lo que te gusta, ¿por qué no lo haces? Puedes hacer cursos, buscar alguna academia y hacer lo que te gusta — murmura mirando mi cuerpo y veo como envuelve mi cintura con su brazo —, no quiero que hagas algo que no te llene, o que estudies algo que no te guste solo porque piensas que tienes que empezar ya. Eres joven, tienes una vida por delante para saber lo que te gusta y lo que no, pero no hagas una carrera que no te va a hacer feliz.

Pienso en sus palabras y tiene razón. Esto es lo que me gusta, lo que me llena y me hace feliz. Puedo estar horas y horas en la cocina haciendo y probando cosas diferentes y sé que mi familia me va a apoyar. No voy a mentir y decir que no estoy un poco asustada por mi futuro, porque nada me llena y pienso que nunca voy a llegar a nada.

Me enjuago la boca y siento su miembro cuando me inclino. Por los Dioses.

—Tus palabras me ayudan mucho — le hago saber y noto como su mano sube a mis pechos —. Hoy no, estoy en mis días.

Suelta una risa y me alza, con su mano por detrás de mis rodillas y su otro brazo bajo mi espalda. Me lleva a la cama y me deja ahí tumbada.

—Aiden... — No quiero hacer nada hoy, no porque no quiera, pero es que estoy en mis días y no me siento cómoda.

—Tranquila — susurra mientras levanta mi camisón y me deja desnuda. Solo llevo unas bragas —. ¿Puedo tocarte las tetas?

Maldición. ¿Cómo voy a negarme si me lo pide así? Asiento antes de darme cuenta y lo veo sonreír de lado antes de tumbarse conmigo.

—Despacio — le pido y nos besamos —. Me duelen.

—Entonces te ayudaré, mi bella esposa.

Me pongo de lado para poder besarlo mejor. Necesito sus labios, sus manos. Lo necesito a él.

Estamos jadeando cuando nos separamos y me cuesta reprimir el gemido cuando noto sus manos en mis pechos. Le encanta tocarlos y lo hace suave, sabiendo que estoy más sensible que otras noches.

—Descansa — susurra dejando un beso en mi frente y me pego más a él.

Me quedo dormida sintiendo sus manos en mis pechos.

Capítulo 18.

F lora

—Dioses... — suelto un suspiro cuando vuelvo a mi forma humana y observo al lobo de Aiden — . Que hermoso eres, lobito.

Me pasa la lengua por toda mi cara y sonrío. Le encanta cuando toco su pelaje suave, y me lo hace saber cuando me tira al suelo con sus patas y deja su cabeza en mi pecho. Sigo desnuda, pero estamos en su jardín y no nos puede ver nadie, ya que no hay casas alrededor.

Acabamos de llegar a casa después de estar toda la mañana corriendo por el bosque. Ela cada día es más veloz , es más fuerte y tiene más resistencia a la hora de estar transformada. Y me encanta la libertad que siento cuando corre a toda velocidad esquivando árboles, o corriendo de Furia, que siempre nos intenta cazar. A Ela le encanta ser perseguida por nuestro Alfa y se vuelve loca cada vez que le trae una ofrenda, ya sea una ardilla, un conejo o un pájaro. Lo que sea le encanta.

—Es que mi lobito me ama y por eso me consiente tanto — me dice orgullosa.

Después de acariciar un rato el pelaje de Furia, le da paso a Aiden y entramos a casa. Aún me cuesta mirarlo totalmente desnudo, ya que su miembro es el primero que veo en persona y debo decir que es grande, grueso y aún recuerdo cuando lo lamí. No hemos vuelto a hacer nada más y siento que ahora podría ser un buen momento. Es mi pareja, mi mate, mi esposo. Nadie me lo puede impedir, y ha pasado mucho desde esa primera y única vez.

Diosa... creo que voy a empezar a excitarme si pienso en esa vez. Sentir su lengua, lamiendo de un lado a otro, fue lo más impresionante que me pudo pasar. Esa sensación única de poder notar su lengua, sus manos en mis caderas. Incluso recuerdo los sonidos que hacía y como me miraba.

—Esposa — gruñe, dándose la vuelta cuando entramos a la habitación y me observa desnuda — , ¿en qué piensas?

Oh Diosa. Amo su voz ronca, sus ojos azules y sus manos fuertes. Su cuerpo parece esculpido por un Dios, y no voy a desaprovechar esta oportunidad para estar con mi Alfa.

—En que te necesito — respondo jadeando y mirando su cuerpo completo —. Te necesito ahora mi Alfa.

Lo escucho gruñir antes de notar como me alza y envuelvo su cintura con mis piernas para no caer, aunque sé que no me dejaría. Su boca busca la mía y mis labios se abren para tocar su lengua. Siento sus manos en mis nalgas mientras camina y suelto un grito cuando siento algo muy frío. Me ha dejado sentada en el mármol del lavamanos.

—¿Estás segura? — une nuestras frentes y envuelve el cabello de mi nuca con su mano — Dime que sí, porque siento que no aguanto más las ganas que te tengo, Flora.

Estoy jadeando, excitada, cansada y dolorida. Puedo descansar después de esto, puedo hacerlo por mucho tiempo, pero primero necesito a Aiden. Necesito entregarme a él, a mi Alfa. Necesito estar unida a él por siempre.

—Estoy muy segura, Aiden. Yo también siento que no aguantaré más.

—Por fin — susurra Ela extasiada.

Gruñe antes de volver a unir nuestras bocas en un beso húmedo y sucio. Paseo mis manos por su abdomen firme, suave y musculoso. Mi Alfa está bien formado y tiene un cuerpo espectacular. Y es solo mío, solo yo puedo tenerlo.

Siento una electricidad por todo mi cuerpo cuando sube sus manos desde mis caderas hacia mis pechos. Ya no estoy en mis días, hace más de dos semanas que terminé, pero siento los pechos pesados por la excitación y están igual de sensibles a su toque. Mis pezones están tan duros que duelen y necesito que los toque. Necesito sus caricias y sus mimos. No me importa si utiliza sus manos o su boca, pero lo necesito.

Aiden aprovecha para pasar su lengua por mi labio cuando tomo aire y eso me provoca un escalofrío. Se me nubla la cabeza y solo puedo pensar en él. Solo soy consciente de su cuerpo, de sus manos y de su dulce boca. La piel me hormiguea y siento que se me eriza al completo. Quiero más. Más de esto, de él, de nosotros. Besar a Aiden es como correr por el bosque a toda velocidad y saber que nunca tendrá un final, que puedo vagar sin rumbo y puedo estar tranquila al saber que él me encontrará.

Se me escapa un gemido cuando se pega a mí y siento el roce de su miembro en mis pliegues. La siento más grande y estoy asombrada. Siento una desesperación por tenerlo en mi interior. Cada célula de mi cuerpo anhela su toque, sus besos, sus manos. Su aroma es embriagador y me marea la cabeza al ser tan intenso.

—Me duele — susurro, sintiendo como baja la cabeza y lame mi cuello —. Duele, Aiden.

—Tranquila — murmura, bajando más y veo como cierra sus labios sobre mi pezón —. Te haré sentir mejor.

Siento que estoy empapada, la humedad de mis pliegues llega a mis muslos y siento que estoy manchando el lavamanos donde estoy sentada. Antes de poder pedirle que me lleve a la cama, ya me ha levantado y me ha dejado tumbada boca arriba y con las piernas abiertas.

Sus dedos se mueven por mis piernas hasta llegar a mis pliegues húmedos. Su mirada es salvaje, hambrienta y llena de deseo. Y va diriga a mí. Gimo cuando me abre más y mete dos dedos de golpe en mi interior. Ingresan con una facilidad que me asusta y hacen un sonido lascivo que suena por toda la habitación. Muevo mis caderas sin poder evitarlo y lo escucho reír.

Oh Dioses, eso hace que me recorra una corriente eléctrica desde los pies hasta los pechos.

—Más — pido sin ser consciente de nada más. Solo me importan sus dedos, lo que hace y como me hace sentir.

De un momento a otro me pone boca abajo y suelto un grito bajo.

—Quiero verte — gruñe, levantando mis caderas.

Las piernas me tiemblan y siento que el corazón me late en los oídos cuando noto en la posición en la que estoy. Miro hacia abajo y veo como la humedad está pringando mis muslos.

Jadeo, sin poder creer, cuando se arrodilla en el suelo y pasa su lengua por mis muslos hasta llegar a mis pliegues. Por todos los Dioses, no puedo retener el gemido que sale de mi garganta y me agarro a las sábanas cuando su lengua acaricia mi clítoris hinchado, que ahora lo siento palpitar al ritmo de mi corazón. Siento que voy a perder la cabeza y que me va a explotar en cualquier momento.

Me devora. Literalmente lo hace y siento como me tiemblan las piernas. Creo que es suficiente para hacerme llegar al orgasmo, hasta que recuerdo en la posición en la que estoy. Me está viendo todo. TODO.

—Ai... Aiden — susurro sin poder concentrarme al sentir su lengua —. Así...

Oh, mierda. No sé ni lo que digo. Mi cuerpo no recibe lo que intento decir. Me traiciona pidiendo más.

—Alfa — gruñe al mismo tiempo que me da una palmada en la nalga y grito —. Soy tu Alfa, Flora.

Oh Dioses. Oh por todos los Dioses. Me acaba de azotar y eso solo me hizo gemir más fuerte.

—Alfa — gimo cuando curva los dedos y hace presión en mi clítoris —. Más.

La palabra lo alienta y no puedo describir la sensación que me recorre al momento en el que me dejo llevar y el orgasmo me atraviesa. Caigo hacia delante, aún con sus dedos en mi interior, y noto suaves besos por mi espalda hasta que llega a mi cuello.

—¿Dónde quieres mi marca, esposa? Aquí — deja un beso en mi lado derecho y agarra un puñado de mi cabello para girar mi cara y dejar otro en mi lado izquierdo —, o aquí.

Suspiro extasiada por todo lo que siento. Sus dedos no dejan de moverse y siento que estoy flotando. Me maneja a su antojo y eso me gusta demasiado.

—Por favor — realmente no se lo que pido.

—Entonces me dejarás la elección a mí — susurra, pasando su nariz por mi cuello y gimo —. No sé si podré parar, esposa. Solo espero que tengas energías suficientes.

—Tu nudo — murmuro antes de poder pensar —. Quiero tu nudo.

Gruñe antes de darme la vuelta y dejarme de nuevo boca arriba. Soy una muñeca en sus manos y no me quejo. Lo necesito y no me hago responsable de mis actos.

—Te follaré tan fuerte, tan profundo, que me rogarás por un descanso — sus labios rozan los míos cuando susurra —, y lo aceptarás como una buena chica.

Suelto un gemido cuando se coloca entre mis piernas y deja un beso en mi nariz. Tan dulce y tan dominante a la vez.

—Te deseo — le hago saber.

—¿Sabes cuántas noches he estado esperando este momento, esposa? — gruñe sujetando mi cuello y jadeo —. Claro que no, no sabes las veces que he tenido que usar mi maldita mano en mitad de la noche cada vez que hacías algún ruidito con tu boca mientras soñabas. Cada vez que te pegabas a mí y me hacías notar tu culo en mi polla. Eso también lo tendré pronto.

Ahora mismo le daría todo. Todo de mí y más. No voy a negarme a nada.

—Oh Aiden — gimo al imaginar esa situación.

—Me haré dueño de cada parte de tu cuerpo y aceptaras gustosa, ¿cierto? — susurra en mi oído mientras mueve sus caderas y siento su miembro en mis pliegues.

Maldición. Este hombre sabe como hablarme. Me estremezco y lo veo sonreír.

—Te gusta que te hable así — se ríe, moviendo su mano hacia abajo y rodeando mi clítoris —. Quién iba a decir que la dulce Flora se pondría más húmeda al oírme hablar.

—Dioses — gimo y abro la boca al sentir como vuelve a introducir sus dedos.

Me hace tener otro orgasmo y siento que mis piernas son gelatinas. La cabeza me da vueltas y siento que estoy en otra dimensión.

—Tranquila — me calma cuando pone la cabeza de su miembro en mi entrada y me tenso un poco —. Mírame, esposa. Tómalo con calma.

Hago lo que me dice, confiando en él. Sé que nunca me haría daño. No voy a negar que estoy un poco nerviosa al saber que tendré mi primera vez, he escuchado de muchas que duele, otras que apenas notaron un leve pinchazo, y otras que solo sintieron placer absoluto.

—Aiden...

—Tu Alfa, esposa — siento como avanza y su miembro va entrando —. Dilo.

No puedo hablar. Tengo los ojos cerrados, sintiendo esta sensación tan placentera como dolorosa, y no puedo concentrarme en otra cosa.

—Mi Alfa — gimo cuando miro hacia abajo y veo que solo lleva la mitad —. Hazlo ya, por favor.

Gimoteo y suelto un grito cuando se desliza en mi interior de un solo empujón hasta el fondo.

Jadeamos al mismo tiempo y siento que mi cuerpo se ha desconectado de todo. Siento que voy a tener otro orgasmo solo por el placer de notar como me estiro y me adapto a su enorme grosor. No quiero que se mueva, quiero quedarme así. Me siento tan bien.

—Eres mi paraíso, esposa — une nuestras bocas y lo beso mientras envuelvo su cintura con mis piernas — . Tan perfecta y tan apretada.

Gimo clavando mis uñas en sus hombros cuando lo siento salir y vuelve a entrar. No hay nada más en esta habitación. Solo nosotros.

No hay venganza. No hay enemistades. No hay sufrimiento.

Solo Aiden y yo. Solo una pareja. Solo dos destinados.

—Mi Alfa — susurro cuando se mueve y toca algo en mi interior.

El cuerpo de Aiden está ardiendo, sus músculos se tensan y me mira como si fuera una maravilla. Me aferro a sus hombros y uno nuestras bocas en un beso húmedo hasta que los labios me arden.

—Mi esposa — gruñe sin dejar de tocar mis pechos.

Me muerdo el labio, sintiendo como todo mi cuerpo arde y muevo mis caderas para encontrarme con las suyas. No puedo describir lo que siento ahora mismo en este instante.

El sonido de nuestros cuerpos chocando se mezcla con mis gemidos y sus gruñidos, hasta que me tenso y el orgasmo me atraviesa por completo. No puedo respirar, solo puedo aferrarme a su miembro que sigue embistiendo con fuerza.

Pasan segundos, minutos, no estoy segura. Solo sé que estoy sintiendo algo que jamás imaginé poder sentir en mi vida.

—Te voy a marcar — gruñe antes de salir de mi interior y ponerse de lado detrás de mí.

—Sí — jadeo cuando vuelve a entrar y noto su mano en mi cintura.

Ni siquiera cuento los orgasmos que he tenido y me hace tener otro en esta posición. No puedo respirar y siento que me voy a desmayar.

Tiemblo cuando siento su aliento en mi cuello, sintiendo el golpeteo constante en mi interior. Es que es tan grande, grueso y duro, que siento que toca lo más profundo de mí.

—Respira — pide con voz suave, al mismo tiempo en el que noto como algo se aferra a mi interior y pasa su lengua por mi cuello.

Mierda. Duele mucho y sé que es el nudo.

—Aiden — me quejo sin moverme, porque me podría hacer un desgarro si me muevo.

—Tranquila — susurra antes de sentir como muerde mi cuello y tengo otro orgasmo.

Veo estrellas detrás de mis párpados. Me arde la piel, me pica y siento que todo en mi interior se contrae. Está poniendo su marca y algunas lágrimas resbalan por mis mejillas al saber que estaré unida de por vida con mi Alfa. Nada podrá romper nuestro vínculo. Nadie podrá decir nada sobre nuestra relación y lo mucho que hemos avanzado. Confío en Aiden, y sé que nunca me hará daño.

Eso es todo lo que puedo dar de mí. El mundo se oscurece y mis párpados se cierran.

****

Siento besos suaves por mi cuello, besos que me hacen sentir cosquillas. Es Aiden besando su reciente marca en mi cuello.

—¿Cómo estás? — pregunta en un susurro y suelto un suspiro.

Jadeo cuando intento darme la vuelta y me doy cuenta de que sigue en mi interior. ¿Cuánto tiempo ha pasado?

—Tranquila, el nudo bajará en un momento. Tarda más porque es la primera vez que le doy paso — murmura sin dejar de mover su mano por mi barriga hasta subir a mis pechos y volver a bajar.

—Me quedé dormida.

Lo escucho reír y siento como su mano baja más y más hasta llegar a donde estamos unidos.

—Estabas agotada — responde con la voz ronca y muevo un poco mi pierna para que tenga un mejor acceso a lo que quiera hacer — . ¿Te duele?

¿Ahora mismo? No. Solo siento que voy a tener otro orgasmo al sentir sus dedos en mis pliegues, rozando mi clítoris y tocando justo en nuestra unión.

—No — le digo sin poder ocultar el temblor en mi voz — . Esto ha sido...

Espera un momento. Ha dicho que es la primera vez que le da paso. ¿A su nudo? Oh Dioses. Suspiro encantada y siento a Ela ronronear.

—¿Qué ocurre? — pregunta con diversión.

—¿Es la primera vez que le das paso a tu nudo?

Él asiente, subiendo su mano y dándole un descanso a mi vagina. Me muevo un poco, para saber si sigue igual de aferrado que antes. Cierro los ojos, dejándome llevar por la tranquilidad que siento en estos momentos. Siento que todo ha cambiado entre nosotros, y que ha cambiado para bien.

Al cabo de unos minutos siento como sale de mi interior y gimoteo por el roce. Siento como su semilla sale y me remuevo incómoda.

—Tranquila — murmura mi Alfa y me levanta en brazos para caminar hacia el baño —. Espero que tengas energías para más, esposa. Esto no acaba aquí.

Me sonríe de lado y me muerdo el labio al sentir el hormigueo en mi piel. El vientre se me tensa con anticipación, y envuelvo su cintura con mis piernas. Quiero hacerlo así.

—Veremos cuanto aguante tengo — susurro antes de lanzarme a su boca y devorar sus labios.

Delicioso.

****

—No puedo más — murmuro sin poder abrir los ojos.

Ni siquiera sé la hora que es. Solo sé que es muy de noche y que no hemos comido nada. Solo hemos parado un momento para que yo pudiera hidratarme y no me ha dado descanso en todo el día.

Me arden mis partes y siento que tengo los labios de mi sexo un poco hinchados. Dioses. Aiden tiene mucho aguante. Mis mejillas están ardiendo, las piernas me duelen por todas las posiciones que hemos probado, y aún así, Aiden está como si nada. Solo tiene una leve capa de sudor en su frente y su cuerpo. Envidio su resistencia, porque no quiero parar, quiero seguir y dejar que me siga dando placer, pero siento que me voy a desmayar de verdad.

—Toma este nudo y te dejaré descansar, esposa — gruñe antes de embestir una vez más.

Suelto un gemido, dejándome caer sobre su pecho. Estoy abierta de piernas sobre su cuerpo, y dejo mi cabeza en el hueco de su cuello para descansar un poco.

Sus nudos ya no tardan en bajar, pero solo voy a cerrar los ojos un momento para poder recargar energías.

—Te vas a desmayar — escucho la voz divertida de mi loba y ni siquiera puedo responderle.

****

Gruño con la luz del sol que entra por el ventanal de la habitación. Ruedo sobre mi espalda para que deje de molestarme, y es entonces cuando abro los ojos de golpe.

Oh Dioses.

—Buenos días, esposa — escucho la voz de Aiden y miro en su dirección.

Está sentado en uno de los sillones, mirándome y con una taza humeante de café en su mano. Está desnudo, y su miembro está listo para más. En la mesa a su lado veo que hay un desayuno que huele delicioso.

¿Cuánto tiempo he dormido? Me siento limpia, sin olor a sudor. Las sábanas están cambiadas por otras nuevas.

—Buenos días mi Alfa — murmuro sin levantarme de la cama —. ¿He dormido toda la noche?

—Sí, te di una ducha cuando te quedaste dormida — noto el orgullo en su voz y la sonrisa torcida — . Has aguantado bastante mi hermosa Flora.

Me aclaro la garganta como si nada y me dispongo a levantarme para ir a su lado para comer algo. El estómago me gruñe del hambre que tengo y necesito alimentos.

Suelto un pequeño grito cuando me levanto y siento una punzada en mi interior. Cierro los ojos con fuerzas, tratando de saber de dónde viene el dolor. Bien. Viene de mis partes.

Escucho a Aiden reír y lo miro con las cejas juntas. ¿Qué le parece tan gracioso? Me ha roto la vagina.

—Estás dolorida — dice mientras se levanta y viene a por mí —. Me haré cargo de ti, no te preocupes.

Deja un beso en mis labios y me sienta en su regazo. Con su cabeza señala la comida que hay frente a mí, y se me hace la boca agua cuando veo tantas frutas, tostadas, crepes y un montón de cosas más.

Devoro las frutas primero y como de todo.

—¿Estabas observando como dormía? — pregunto sin dejar de comer y hace un ruido con su garganta. Eso es un sí — es un poco espeluznante, Aiden.

Me estremezco cuando sube su mano por mi espalda hasta llegar a mi cuello, rozando su marca. Eso se siente tan bien.

Entonces recuerdo algo.

—Aiden — lo llamo sin mirarlo —, no quiero tener cachorros.

Siento como su cuerpo se tensa y el agarre en mi cuello se aprieta un poco. Respira un momento y baja su mano por mi espalda, dejando toda mi piel erizada.

—Lo sé — responde entre dientes —. Siento reaccionar así, es mi lobo.

Lo entiendo. Se que él y Ela quieren cachorros, pero no me siento preparada y tengo una vida por delante de la cual disfrutar. Quiero viajar con mi Alfa, estudiar, trabajar. Conocer un poco más de la vida, y luego, si los Dioses quieren, traeremos muchos cachorros, pero no ahora.

—Entiendes que somos jóvenes, ¿verdad? — pregunto, girando un poco mi cabeza para verlo y él ya me está observando.

—Entiendo. He salido a comprar la pastilla del día después — murmura, y distingo un matiz amargo en su voz — . Podemos buscar un método para que no quedes embarazada. Por ahora.

Asiento y observo la pastilla. Es pequeña, redonda y blanca. Nunca he tomado tratamientos anticonceptivos, pero si no quiero quedar embarazada, más vale que empiece a tomarlos ya. Puedo ponerme un DIU, una inyección o un tratamiento. Hoy en día hay muchos métodos para no quedar embarazada. Sé que ninguno es seguro al cien por ciento, pero confío en ellos.

—Puedo usar las inyecciones — propongo cuando termino el desayuno. De verdad estaba hambrienta — . Están las que son mensuales y las trimestrales. También existe el DIU, las pastillas y varios métodos más, pero las pastillas se me pueden olvidar y podría pasar algo.

—Estaré bien con lo que tú quieras — responde sin mucho interés y lo miro con una ceja alzada. Él suspira y se masajea la frente —. No me hagas caso, esposa. Es el maldito de mi lobo, estaré feliz con lo que tú quieras.

Asiento para que pueda poner sus pensamientos en orden y para que pueda hablar con su lobo. Sé que los destinados quieren cachorros cuanto antes. Es algo que nuestro instinto pide, pero nosotros vamos a esperar. Ya lo hablamos y estuvimos de acuerdo.

Pasamos el día en casa, vagando por la piscina, el salón, la habitación y la cocina. Debo decir que me ha reclamado en todas las habitaciones posibles y siento que nunca me voy a cansar de esto. El sexo con Aiden es fascinante.

Por la noche hacemos una cena ligera y volvemos a la cama.

—Mañana iremos para empezar con tu tratamiento — murmura Aiden abrazándome —. Necesitamos informarnos de todos y saber cuál será mejor para ti.

—Así será — dejo un beso en sus labios y paso mi piernas por las suyas —. Buenas noches mi Alfa.

—Buenas noches, esposa.

Hola!!! Cómo están??? Espero que bien☐

Sé que estoy un poco perdida y que no actualizo tan seguido como antes, pero prometo que esta historia no quedará sin acabar. Tengo ya varios capítulos escritos para poder subir a lo largo de esta semana. Me tomo mi tiempo, ya que quiero hacer lo mejor posible para todos vosotr@s.

He recibido mucho apoyo y hemos subido de seguidores, no saben lo mucho que agradezco vuestro gran apoyo. Os amo mucho mis lobeznos ☐

Capítulo 19.

Aiden

Salimos de la clínica y oculto mi sonrisa al ver la cara de mi esposa. Tiene la cara arrugada, mientras se pasa con disimulo una mano por la nalga derecha.

—¿Estás bien, esposa? — pregunto y la escucho resoplar.

—Yo creo que le caía mal a esa mujer — responde y abro la puerta para que entre en el auto.

Niego con la cabeza, dejando un beso en su frente antes de ir a mi asiento.

—Solo piensa en que no tendrás que ponerte otra inyección hasta dentro de tres meses — hablo y conduzco para llegar a casa —. Además, fuiste tú quien quiso ese método. Aún no me gusta mucho todos los efectos secundarios que puedes tener.

Es cierto lo que le digo. Me puse un poco inquieto al oír todo lo que le podría causar, y no son pocas cosas. Varía desde sangrados irregulares, depresión, aumento de peso, aunque eso realmente no me importa, mareos, dolores de cabeza y muchas más cosas. Sé que Flora es fuerte, pero nadie sabe cómo va a reaccionar con la inyección. Incluso puede que después de dejar el tratamiento, se retrase el poder ser fértil.

—No debiste dejar que se pusiera un anticonceptivo. Al menos no ese — gruñe mi lobo.

—En todos habían efectos secundarios, Furia. ¿No has escuchado la conversación?

Gruñe antes de cortar el link. Ha tenido que escuchar todo, ya que yo lo escuchaba gruñir a cada rato con lo que decía la ginecóloga.

—Por suerte son cada tres meses — murmura, pasando su brazo por mi asiento para tocar el pelo de mi nuca.

Me encanta cuando hace eso. Nunca he sido muy cariñoso, ni he dejado que lo sean conmigo, pero con Flora me dejo llevar. Me gusta la sensación de saber que tengo a alguien a mi lado y que a ese alguien le importo.

Al llegar a casa voy a mi despacho para trabajar y Flora se queda en el salón. Por suerte, no tengo que ir todos los días a la empresa y puedo trabajar desde casa. Aún no he llevado a mi esposa para que la vea y conozca a las personas que trabajan conmigo. En esta semana la llevaré.

Después de varias horas escucho como la puerta se abre y entra Flora. En cuanto la puerta está abierta, me golpea el olor a comida.

—Llevas horas aquí, vamos a comer y después sigues trabajando — me dice con una sonrisa y me levanto.

—Huele muy bien, ¿qué hiciste?

—Pescado al horno con limón y patatas. También hice una ensalada.

Si no fuese por Flora, aún seguiría trabajando y me olvidaría de comer. No sabía que me hacía tanta falta tener a mi compañera, y no para que me haga las comidas, porque estoy acostumbrado a cocinar para mí, si no para que me traiga de vuelta a la realidad. Antes pasaba horas y horas seguidas trabajando, tratando de desaparecer y olvidar mis pensamientos. Tratando de olvidar las muertes de mis familiares, la enemistad y todo lo que nos hacía mal. Flora me ayuda a ser yo mismo.

—Gracias por todo, esposa — nos sentamos en la isla para empezar a comer.

Varios minutos después, noto que está un poco incómoda y la miro.

—¿Qué ocurre? — pregunto con calma y ella me da una sonrisa nerviosa.

—Ya sé lo que quiero hacer — habla y asiento para que siga —. Me gustaría apuntarme en la academia de comida, hacer cursos de gastronomía, pero también de repostería. Me gustó mucho la academia de la que me hablaste y no está muy lejos. Solo una hora en auto. ¿Qué te parece?

—Me parece muy bien si es lo que de verdad quieres hacer — le hago saber —, miraremos las fechas para saber cuándo puedes iniciar el curso.

Me sonríe y asiente.

—Es lo que quiero hacer, quizás en un futuro pueda tener mi propio lugar y hacer lo que más me guste.

Mi esposa logrará todo lo que quiera y más, estoy aquí para hacer que todo eso se cumpla. He notado que le apasiona la cocina, la repostería más que la comida, pero sigue siendo buena en todo lo que hace.

Terminamos de comer y entre los dos limpiamos la cocina.

—Iré a dar una vuelta por la manada y me pasaré a ver a Juliana — me avisa antes de dejar un beso en mi boca y salir.

—Avísame si pasa cualquier cosa, estaré atento.

—Nos vemos más tarde, mi Alfa — me guiña un ojo y alzo una ceja.

Cada día me tiene más confianza y se muestra más coqueta. Y debo decir que eso me encanta.

Vuelvo a mi despacho, donde cierro todo lo relacionado con la empresa y comienzo a buscar la academia para el curso de comida. No me lleva mucho tiempo hablar con el señor que lo dirige.

—El curso comienza el día doce de septiembre, dentro de unos días. Aún nos quedan cuatro plazas para cerrar este curso, si lo quiere se lo puedo guardar.

—Sí, lo quiero.

—Perfecto, aquí damos todo lo que se necesita para hacer y aprender todo, pero no prohíbo si algún alumno quiere traer lo suyo propio — me hace saber —. Lo único que tendría que saber es el nombre de la persona y la talla para hacerle su uniforme.

—Talla M y su nombre es Flora, mi esposa — recalco y lo escucho reír. Debe saber que no es una chica soltera.

—Entiendo, señor. Podemos hacer los pagos en persona y así su mujer le da un vistazo a la academia y el lugar que será como su segunda casa. Puede venir mañana o esta misma tarde, como mejor le vaya.

—Dame diez minutos y le aviso si podemos ir esta tarde. Lo llamo ahora — escucho su respuesta y cuelgo para llamar a Flora.

—¿Ya me echas de menos, mi Alfa? — responde enseguida y suelto una risa.

—Acabo de llamar a la academia y me ha dicho el dueño que podemos ir ahora para que veas como es si te parece. Así también aprovechamos para comprar todo el material.

—¿De verdad? Claro, estoy justo en el centro, llegando a la zona de juegos.

—Quédate ahí, no tardo.

Agarro las llaves del auto antes de salir de casa y conduzco hasta donde se encuentra Flora. Tiene una sonrisa en la cara y se monta en el auto.

—Pensaba que ibas a trabajar.

—Me importaba más esto — respondo, dejando mi mano en su pierna.

Salimos de la manada y conduzco en silencio. Después de una hora llegamos a la academia que se llama Escuela de gastronomía y hostelería. Es la mejor de la zona, y sé que a Flora le gustará.

—Es enorme — murmura cuando bajamos y envuelvo su cintura con mi brazo.

La campana de la puerta suena cuando entramos y una mujer mayor nos recibe con una sonrisa. Lleva un uniforme blanco y nos hace saber que se llama Rosa con el bordado que tiene la camisa.

—Bienvenidos a escuela de gastronomía y hostelería, usted debe ser Aiden y su esposa Flora — habla y Flora asiente.

—Esos somos nosotros.

—Álvaro os está esperando para que veáis todas las instalaciones del lugar — nos habla mientras caminamos hasta una habitación —. Espero que vengas con muchas ganas de aprender, siempre es bueno ver caras nuevas y gente joven.

Entramos a un despacho con colores cálidos y veo a un hombre mayor sentado en la silla. Álvaro.

—Bienvenidos — nos sonríe, señalando las sillas frente a él —. Gracias por traerlos, Rosa. Enseguida salimos.

Noto los nervios de Flora y dejo mi mano en su pierna. Rosa sale para dejarnos a solas.

—Su esposo me ha contado un poco sobre usted, me ha dicho que le gusta la cocina y la repostería. Espero que disfrute mucho de este curso. Tenemos varios, el más largo es el de cuatro años, donde le vamos a enseñar todo lo que sabemos, ya que los otros son más cortos y lo suelen hacer las personas que ya tenían cursos y que solo venían para refrescar la memoria. ¿Cuál quiere hacer usted?

Flora sonríe un poco nerviosa antes de hablar.

—Me gustaría el de cuatro años, ya que quiero sumergirme por completo en la gastronomía. Nunca hice un curso ni nada parecido, solo cocino en casa y mi amiga Juliana, que tiene una cafetería me está enseñando varias recetas suyas.

—Eso está muy bien — responde Álvaro y respiro tranquilo al ver que la mira como un abuelo mira a su nieta —. Cuando esté lista puedo mostraros el lugar. Empezamos el día doce.

Ella asiente con entusiasmo y salimos del despacho para ver todo el local. Es grande, de dos plantas y muchas puertas. Al final del pasillo hay unas puertas dobles, donde entramos y vemos el espacio lleno de neveras, batidoras industriales, máquinas, hornos y muchas cosas más. Hay varios puestos individuales para los alumnos.

—Esto es hermoso — susurra mi esposa.

—Como ven, el lugar es amplio para que puedan asistir más de cuarenta alumnos, aún nos quedan tres plazas. Yo seré el principal profesor, Rosa y Mariana darán clases conmigo. Será de lunes a viernes durante cuatro horas al día, será su elección venir por la mañana o por la tarde y los lunes serán de teoría para que puedan apuntar todo lo que necesiten y también para que pregunten lo que sea, estamos aquí para resolver las dudas.

—Me parece genial — responde Flora sin dejar de observar cada rincón de la sala.

Álvaro nos sigue mostrando las instalaciones y volvemos a su despacho para hacer el pago.

—¿Lo pagarán de una vez o con mensualidad? También facilitamos el pago para aquellos que no pueden pagarlo todo.

—Lo pagaré mes a mes — habla Flora y la miro con las cejas alzadas.

—Todo de una vez — hablo al mismo tiempo que saco mi tarjeta y Álvaro asiente.

—¿Qué haces? — escucho a mi esposa a través del link.

—Pagar el curso que mi mujer quiere hacer.

—Tengo mis ahorros, Aiden.

—Pues ahorralos — le digo y escucho a Furia reír.

—Todo listo, señor Wilson — me dice antes de mirar a Flora —. Tendrá cinco uniformes para que no haya ningún problema, pero si necesita más solo tiene que decirlo.

—Está bien, muchas gracias — responde y noto que está un poco enfadada. Incluso su aroma ha cambiado.

—Pues eso es todo, Flora, bienvenida a la escuela de gastronomía y hostelería. Nos vemos el día doce.

Nos despedimos de Álvaro y volvemos al auto. Hemos estado unas horas aquí, hablando de todos los detalles y demás.

—No tenías que hacer eso, Aiden — habla cuando entramos al auto —. Te lo agradezco, pero yo tengo mis ahorros y podría pagar mis cosas. No tienes que hacerlo.

—Flora, de verdad no me importa pagarlo — la observo y niega con la cabeza —. ¿Qué ocurre?

Le toma varios minutos volver a hablar y espero pacientemente.

—Quería hacerlo sola.

—Pero ya no estás sola, me tienes a mí — acaricio su mejilla y noto como se inclina hacia mi toque —. Eres mi esposa, déjame complacerte y hacerme cargo. Sé que puedes hacerlo sola, que eres capaz y que puedes encontrar un trabajo para ganar dinero, pero no tienes que hacerlo. Quiero que te concentres en este curso, que aprendas todo lo que te enseñen y solo estés concentrada en terminar esto para que puedas seguir con tus sueños. Terminarás cansada todos los días cuando salgas de aquí.

Dejo un beso en su frente y la abrazo. Solo quiero lo mejor para ella y sé que es capaz de trabajar por la mañana y estudiar por la tarde, pero no tiene necesidad de hacerlo y solo quiero que se concentre en lo que de verdad quiere.

—Te lo agradezco mucho — murmura antes de dejar un beso en mi boca.

—Iremos a por los utensilios — conduzco hasta los almacenes para comprar lo mejor —. ¿Se lo dirás a tus padres.

—Claro, cuando lleguemos a casa llamaré a mamá y a los demás, estarán muy contentos al saber que al fin me decidí por algo.

Llegamos al almacén donde venden las mejores marcas y un hombre nos recibe.

—Bienvenidos, ¿en qué les puedo ayudar?

—Venimos a por todo el material de cocina, para un curso — le hago saber y asiente.

—Vengan conmigo y les muestro todo lo que tenemos.

Después de hora y media, terminamos con todo y pago. Es increíble la de cosas que existen y que ni siquiera sabía que lo hacían. Hay cosas que no he visto en mi vida. Álvaro me envió la lista de todo lo que necesitará Flora, aunque me dijo que en la academia tenían todo.

—Nuestra Luna merece lo mejor.

—Así será — le respondo a Furia.

Nos despedimos del hombre que nos atendió y metemos todo en el auto.

—Son muchas cosas, por suerte no tengo que llevarlo todo, ya que cada día necesitaré diferentes cosas — murmura Flora al cerrar el maletero.

Estaba un poco frustrada cuando intentaba coger las cosas más baratas y yo las cambiaba por las mejores.

—¿Irás por la mañana o por la tarde?

—Creo que iré por la mañana, y así puedo aprovechar las tardes — responde y nos montamos en el auto.

No me gusta mucho que tenga que conducir una hora hasta aquí, pero sé que estará bien.

—El día doce empiezas una nueva aventura — la miro y ella asiente con una sonrisa.

—Empezaré una nueva etapa.

El atardecer le da paso a la noche, y llegamos a casa sobre las nueve. Bajo todo el material para dejarlo en el salón y que Flora lo guarde como ella quiera, ya que se ha comprado varios estuches y demás.

—Pediremos algo de cenar — le hago saber y ella asiente.

—Llamaré a mi familia para contarles esto. ¿Pides tú la comida?

Asiento, y me dejo caer en el sofá a su lado. Pido unas pizzas, ya que a mi esposa le encantan, y me dicen que estarán aquí en una hora.

Enciendo la televisión para ver algo mientras escucho como ella le cuenta todo a su familia. Les enseña todo lo que ha comprado y su madre le dice que será la mejor del mundo. Pienso lo mismo.

—Aquí está nuestra cena — dice Flora cuando suena el timbre y se despide de ellos —. Podríamos darnos una ducha cuando terminemos de cenar.

Sonrío de lado y me levanto para coger la cena.

—Así será

Una hora más tarde estamos entrando en la ducha.

—¿Te duele? — pregunto, pasando mi mano por su nalga derecha al ver la pequeña mancha morada por la inyección.

—No, se me irá mañana o pasado.

Dejo besos por su cuello, sintiendo como restriega su culo en mi erección. No puedo evitarlo, siempre estoy duro cuando ella está a mi lado, sobre todo cuando está desnuda y me deja admirar su cuerpo. Y ahora más que nunca, al saber como se aprieta a mi alrededor cuando estoy dentro de ella, los ruidos que hace y como sabe cuando le hago sexo oral. Es tan deliciosa.

Paseo mis manos por su cintura hasta llegar a sus pechos, los cuales agarro con fuerza y tiro de sus pezones. Sonrío cuando la escucho gemir y voy bajando mis labios por su espalda suave, hasta llegar a sus nalgas. Dejo un beso en la pequeña mancha morada y me arrodillo detrás de ella. Tiene un cuerpo hermoso y me gusta ver que está ganando peso.

—¿Qué... — Deja de hablar para soltar un jadeo cuando abro sus nalgas y empujo sus pies para tener acceso a su coño.

—Silencio.

Paso mi lengua desde su clítoris hasta su culo, haciendo que se retuerza en mi agarre. Ya está húmeda y sonrío con orgullo al saber que ni siquiera tengo que prepararla. Sigo lamiendo por todos los lugares correctos hasta que siento que sus piernas comienzan a temblar y su respiración se agita más.

—Mi Alfa — el orgasmo la golpea y sigo lamiendo, ni siquiera he utilizado mis dedos.

Sé lo que le gusta y lo que no, ya que ayer nos pasamos el día explorando el cuerpo del otro y sé lo que le encanta a mi esposa.

—Tan hermosa — murmuro, perdido en mis pensamientos mientras subo y dejo besos por su espalda —. Mírame.

Se da la vuelta, dejándome ver sus párpados medio caídos, sus labios abiertos y las mejillas rojas. Gruño y paso mis manos por debajo de sus rodillas para envolver mi cintura con sus piernas.

—Te necesito — susurra acercando sus labios a los míos y la beso.

Paso mis antebrazos por debajo de sus rodillas, agarrando su cintura y dejando que mi esposa pase sus brazos por mi cuello para fortalecer el agarre que tengo en ella. Nunca la dejaría caer.

—Tranquila, tenemos tiempo — beso su nariz, su mandíbula y ella tira la cabeza hacia atrás para que bese su cuello. La marca aún está reciente y paso mi lengua por ahí.

Posiciono mi miembro en su entrada y me deslizo muy lento, notando como sus paredes se aferran a mi grosor y notando como me moja con su humedad.

Maldita sea. Es alucinante sentir esta conexión con mi esposa. Con mi Luna.

Admiro su rostro, viendo como sus cejas se juntan y su boca se abre. Se le escapa un jadeo cuando se la meto entera y siento como su interior se contrae.

—Mi Alfa — suspira, abrazándome más fuerte y comienzo con las embestidas que la ponen a gemir. Me encanta como gime, los ruidos que hace y las caras que pone.

Me encanta ella.

—Mi Luna — gruño, antes de besarla, sintiendo como está cerca de llegar a otro orgasmo.

La escucho pedir más y no me contengo a la hora de pegar su cuerpo a la pared y hacerla mía.

El orgasmo la debilita y jadea al mismo tiempo que agarra un puñado de mi pelo en la nuca. Tira con fuerza, pero no me molesto en apartarla.

—Dioses — suspira cuando le doy una última embestida y le paso mi nudo. No tardará en bajar, ya que no hemos parado desde ayer.

Reparto besos por su cara, sintiendo como sonríe y me abraza. Mi esposa es una cosita empalagosa después del sexo. Y tiene suerte al tenerme, ya que me encanta tenerla en mis brazos. El antiguo Aiden se habría burlado de mí, pero el nuevo Aiden sabe lo valiosa que es mi esposa.

Me observa atentamente y siento que quiere decirme algo, sin embargo, suspira y baja la cabeza para dejarla en mi hombro. Dejo besos en su cabeza y la dejo en el suelo cuando mi nudo baja.

Me encargo de ella en silencio y ella de mí. Después de ducharnos nos vamos a la cama, donde la envuelvo con mi brazo y la escucho suspirar de nuevo.

—Estoy nerviosa al pensar que pronto comenzará mi nueva etapa.

—No lo estés, esposa. Estoy seguro de que serás la mejor del curso — murmuro antes de dejar un beso detrás de su oreja y desearle buenas noches.

Hola mis lobeznos!!! Cómo están?? Quería desearos un buen comienzo de semana (aún es domingo por la noche, pero mañana no podré subir capítulo) y también pediros que si podéis votar o comentar, ya que así me ayudáis a llegar a más personas. Os amo mucho

Capítulo 20.

Flora

Estoy muy nerviosa, pero a la vez muy feliz, ya que me estoy vistiendo para ir a mi primer día en la escuela de gastronomía. Aiden sigue dormido, ya que hoy no irá a la empresa y se quedará en casa descansando. Termino de recoger mi cabello en un trenza apretada y camino hasta donde está Aiden tumbado boca abajo, con la espalda desnuda y su culo bajo la tela de sus calzoncillos negros. Este hombre tiene un cuerpo espectacular y se nota que le dedica horas al gimnasio.

Ela ronronea y oculto mi sonrisa.

—Nos vemos luego — susurro antes de dejar un beso en su mejilla.

Cuando me levanto noto como su mano se aferra a mi muslo y me detiene.

—Te llevo.

—No, duerme un rato más — niego a su oferta y toco su mano —. Ayer dormiste muy tarde por el trabajo, estaré bien.

Me cuesta unos minutos muy largos convencerlo para que no se levante y me deje ir sola. Conozco el camino y llevaré mi auto. Quiero que él duerma y aproveche su día libre.

Agarro todo lo que necesito para mi primer día, junto a mi teléfono, cartera y las llaves del auto.

Le conté a mi familia lo que haría y ellos están muy felices con mi decisión. Al igual que mis suegros, que ya hablaban sobre montar una cafetería para mí. En ese momento reí mucho, ya que no podría manejar algo así aún. Juliana bromeó conmigo sobre que la iba a superar y ser mejor que ella, aunque lo dudo. Me ha enseñado bastantes recetas, trucos y me ha dado algunos consejos a la hora de preparar las cosas. Aprecio a esa mujer y también la quiero.

Las clases comienzan a las ocho, por eso he salido de casa a las seis y media, para llegar a tiempo. Hay un camino de una hora, sin embargo, nunca se sabe si puede haber un atasco o cualquier otra cosa, y mientras conduzco llamo a mi hermano, que sé que está despierto por su mensaje.

—Buenos días, pequeña.

—Buenos días — respondo con una sonrisa — . ¿Se puede saber qué haces despierto?

Escucho su risa y suelta un suspiro.

—En la tarde iré a la manada para recoger a Lily. La llevaré fuera durante el fin de semana.

—Aún estamos a jueves...

—Ella mañana no tiene clases y ya hablé con Juliana — murmura y lo noto un poco inquieto —. Ahora entiendo a Aiden.

Me quedo en silencio, sin saber a qué se refiere en realidad. ¿Ahora entiende a Aiden? Ellos apenas hablan cuando se ven.

—No te entiendo — respondo, ya que no sé qué más decir.

Él se ríe antes de hablar, y lo que dice me deja un poco ansiosa.

—Cuando despertaste de la clínica después de llegar de la isla, nosotros te queríamos llevar a casa, para poder cuidarte y acabar con el matrimonio que el abuelo impuso. No era justo que tuvieras que pagar los actos de otros, y hablé con papá para llevarte — habla y me remuevo un poco incómoda en mi asiento —, y cuando le dijimos a Aiden que te llevaríamos... se volvió loco, inquieto y como ya sabes, me golpeó, y déjame decirte que tiene un buen puño.

Suelto una risa al recordar el momento cuando los vi en el suelo y peleando.

》Pero a lo que quiero llegar con esto, es que ahora lo entiendo, porque pienso en que alguien podría hacerle daño o quitarme a Lily, y no sabría como actuar. Aiden te tiene a su lado, y cada día me cuesta más no tener a Lily conmigo. Por eso lo entiendo perfectamente y sé por qué actuó de esa forma, ya que yo haría lo mismo por Lily. No buscaba a mi destinada, y Diosa Luna me la puso en las narices.

Suelto un suspiro, pensando en sus palabras. Aiden cambió desde ese día, y sin embargo, aún dudo de él. No quiero culparme por mis pensamientos, porque es natural que no confíe en él al cien por ciento, pero él me ha demostrado que no hará nada para dañarme y sigo yo aquí pensando que nuestra burbuja explotará.

—Lily tampoco buscaba a su destinado — respondo, volviendo mi atención a mi hermano —. Ella es muy buena, Einar, es dulce, amable y nunca nos miró mal por ser de otra manada, la manada enemiga quiero decir. Me aceptó desde el primer momento, al igual que Juliana.

Lo escucho reír y me detengo en el semáforo.

—Por eso quiero llevármela estos días, para conocerla mejor.

—Estoy segura de que lo pasaréis genial.

Hablamos durante todo el camino hasta que llego a la escuela de gastronomía y tengo que colgar. Lo veré esta tarde antes de irse.

—Suerte en tu primer día, mocosa.

—Te quiero mucho — respondo antes de colgar y suelto un suspiro.

Me calmo y dejo los nervios a un lado, antes de bajar y tomar mis cosas. En la puerta hay algunas personas fumando y otras van entrando.

—Buenos días — saludo al pasar por su lado y las tres personas me responden.

Voy directa al baño para ponerme el uniforme con mi nombre y respirar hondo. Cada segundo estoy más ansiosa. Ya quiero saber de todo.

Mi teléfono suena y lo tomo antes de salir. No puedo evitar la sonrisa tonta al leer el mensaje, sobre todo el nombre de quien es.

Mi Alfa: Espero que hayas llegado bien, aunque ya lo sé. No estés nerviosa y sé tu misma.

Flora: Has cambiado el nombre con el que te guardé!!

Mi Alfa: Así es como debe estar. Solo Aiden no me gustaba.

Niego con la cabeza antes de mandar unos corazones. También le respondo a mis padres y a Malena, que me desean un feliz día y un buen comienzo. Ahora me siento menos nerviosa y más preparada. Este día será muy distinto a todos.

Dejo mis pertenencias en mi lugar y entro al gran espacio donde daremos nuestras clases. Ya hay muchas personas aquí y me pongo en mi sitio, donde está puesto mi nombre.

—Hola — me saluda una chica y miro su uniforme para ver su nombre. Se llama Laura.

—Hola — respondo con una sonrisa.

—¿También es tu primer día? El mío lo es, y estoy tan nerviosa que podría desmayarme. Por cierto tengo veinte años y me llaman Lau.

—Encantada, Lau, yo soy Flora, tengo dieciocho y también es mi primer día. Apenas he dormido.

Me responde con una sonrisa cómplice y otra persona se une a nosotras. Es un hombre llamado Esteban, y puedo observar que no le quita el ojo a Laura.

Me cuentan un poco sus gustos y hablamos de todo un poco hasta que llega Álvaro junto a Rosa y otra mujer más, que supongo debe ser Mariana, otra profesora que estará enseñándonos de todo.

—Buenos días — habla Álvaro y todos lo saludamos —. Bienvenidos a todos, espero que vengan con ganas de aprender cosas nuevas. Lo primero que haremos es como un primer semestre, que se basará en la introducción a la Gastronomía junto a las técnicas culinarias. Sociología organizacional y principios de administración, sin embargo, eso quedará para el lunes, que serán los días de teoría. Hoy jueves, Rosa, Mariana y yo, queremos ver cuánto conocimiento tenéis sobre este mundo.

—No es una competición, chicos — habla Rosa con voz alegre y con una sonrisa —. Solo queremos que hagáis un plato con el que sintáis la confianza suficiente como para que no os pongáis nerviosos. Tenéis todo lo que necesitáis en los estantes, neveras y almacén.

No he venido preparada para esto y siento la garganta seca. ¿Qué plato hago ahora?

—Tenéis libre acceso a todo, nosotros estaremos aquí para evaluar vuestro rendimiento, confianza y carácter en la cocina. Sé que puede ser un poco abrumador, pero confiamos en que nos daréis un plato bastante bueno, no pedimos un plato de cinco estrellas ni mucho menos — murmura Mariana con voz suave.

—¿Tiene que ser comida o un postre? — pregunta una voz y miro el cartel que hay en su mesa. Se llama Ana.

—Una comida de almuerzo — responde Álvaro y quiero irme de aquí.

No soy muy buena en el tema de las comidas, lo que se me da bien es la repostería. Respiro hondo, pensando qué plato hacer, que no sea muy complicado, pero tampoco tan cutre.

—Podéis mirar todo lo que hay y pensar en algo. Tenéis cinco horas para preparar vuestro puesto y después buscar los ingredientes. Recordad, chicos, no hay prisa, queremos que os sintáis a gusto aquí y conozcáis el lugar. Podéis conoceros y hablar un rato, ya que sabemos que siendo el primer día y tan temprano, puede hacer que os sintáis un poco agobiados — dice Rosa y hay algunas risas nerviosas y varios resoplidos.

Mariana comienza a hablar con varios, Rosa va por otro lado y Álvaro se queda frente a todos nosotros, evaluando nuestro comportamiento.

Laura, Esteban y yo, nos envolvemos en una conversación casual donde nos vamos conociendo un poco mientras preparamos nuestro puesto, mirando que todo esté bien puesto. Ordeno mis utensilios y todo, dejando la superficie limpia.

Escucho las conversaciones de todos, donde se preguntan unos a otros qué plato harán.

—Iré al almacén para ver qué hay — les digo a los chicos antes de irme.

Camino hasta el final de la sala, donde se encuentran unas puertas dobles de madera. Me quedo maravillada al verlo, es muy grande, con muchos estante y miles de productos. También hay algunos frigoríficos industriales que no vi el primer día.

Varias personas siguen tomando cosas y yo camino hasta donde veo que están las pastas. Haré algo fácil y rápido.

Agarro un paquete de espaguetis, piñones, comino, sal, aceite de oliva, queso ricotta y ajo. También cojo una olla mediana y una sartén grande. No se me puede olvidar el escurridor. Lo meto todo en la olla para poder caminar sin tropezar y vuelvo a mi puesto.

Lleno la olla de agua hasta un poco más de la mitad y la pongo a calentar.

—¿Pasta? — me pregunta Laura y asiento — Yo haré lomo de salmón con salsa verde y verduras.

—Suena muy bien, seguro te saldrá genial — respondo y ella me sonríe.

Mientras los espaguetis se hacen, hablo con Laura y la conozco un poco. Por ahora sé que le gusta que la llamen Lau, tiene veinte años, vive en la ciudad y es hija única. Le apasiona la cocina y muere por los animales.

Esteban, mi compañero de al lado, no nos habla, ya que está muy metido en hacer su plato y lo dejamos tranquilo.

Al notar que la pasta ya se está haciendo, me pongo a calentar la sartén para dorar los piñones y dejarlos apartados una vez que están. Continuo con el aceite y pico a trozos el ajo para después dejar que se dore. Vuelvo a poner los piñones y saco los espaguetis.

—Eso huele muy bien, Flora — llega Rosa para mirar lo que hago y le sonrío un poco nerviosa.

—Gracias.

Mira a Laura, que está con el cuchillo en la mano para cortar el salmón.

—Si no quitas ese dedo de ahí vamos a tener que vendartelo más tarde — la regaña como mi madre lo haría conmigo y ella le sonríe un poco.

Rosa es muy maternal y es una buena persona. Se pasa por todas las mesas para dar algunos consejos, al igual que Álvaro y Mariana.

La mitad de nosotros ya han terminado su plato y a mí solo me queda echar los espaguetis a la sartén y el queso, que ya está cortado. Cuando el queso se derrita quedará como una salsa espesa y riquísima. El sabor de los piñones le dará un toque muy bueno. Termino con el comino y apago mi fuego.

Lo que he usado ya está en mi propio sitio para lavar y volver a poner donde estaba.

—¿Terminaste? — llega Mariana y asiento.

—Sí.

—¿Puedo probarlo? — pregunta y noto como se le iluminan los ojos.

Oculto mi sonrisa y asiento de nuevo. Ha probado los platos que ya están y su aroma me confirma lo que ya sospechaba. Está embarazada. Jamás le negaría a una embarazada probar algo, mucho menos a mi profesora.

Le entrego una buena porción en un plato y ella agarra un tenedor. Espero impaciente por su respuesta y cierra los ojos al llenar su boca.

Que no me diga nada malo, por favor.

—No le noto el sabor, probaré un poco más para confirmar lo que lleva — murmura con una sonrisa y Laura suelta a reír.

—Claro — le digo y espero.

Tararea en aprobación mientras asiente con la cabeza. Respiro un poco más tranquila y sonrío.

—Esto está muy bueno, Flora. Álvaro me habló de ti, dijo que estás más interesada en la repostería que en la gastronomía, pero déjame decirte que tienes el talento para hacer lo que quieras — habla con seguridad, dejando el tenedor en el plato vacío.

—¿Repitiendo? — le reclama Rosa a Mariana y ella se disculpa con una sonrisa.

Dioses. No sé por qué me siento tan feliz al escuchar su opinión, pero me siento bien. Quizás estaba tan nerviosa porque pensaba que iba a vomitar todo porque al bebé no le iba a gustar.

—Eres la mejor, no lo dudes — me tranquiliza Ela y sonrío.

Lavo todo lo que ensucié y limpio mi propia mesa. Poco a poco todos van terminando de hacer su plato y el aire se llena de un aroma a comida delicioso. Álvaro, Mariana y Rosa han probado nuestros platos y lo que ha sobrado lo hemos guardado en un tupper para llevarlo a nuestras casas.

—Algunos os habéis puesto muy nerviosos al principio, pero os habéis desenvuelto bastante bien — habla Álvaro frente a todos con las manos atrás —. Vuestros platos están bien, no quiere decir que no tenéis que mejorar, porque para eso habéis venido, para aprender. Esto no es una competencia y quiero que disfrutéis de la experiencia, que conozcáis a vuestros compañeros y paséis un curso agradable, ya que estaréis cuatro años con las mismas personas.

Todos asienten a lo que dice y Rosa toma la palabra.

—También sabemos que muchos no van a llegar hasta el final, no porque nosotros vayamos a expulsarlos, si no porque muchos se pueden llegar a aburrir, o encontrar otras cosas que les gusten más. Sin embargo, vamos a hacer que este curso valga la pena y os sintáis como en casa.

—Y también probaremos vuestros platos, que debo decir que son muy buenos — murmura Mariana con una sonrisa y nosotros reímos.

El día termina después de una charla donde nos explican algunas cosas sobre la confianza en nosotros mismos. Álvaro es firme, pero amable, Rosa es una persona que desprende felicidad y Mariana es muy amable y cariñosa.

—Primer día superado, chicos — nos dice Rosa cuando recogemos nuestras cosas —. Mañana haremos algún postre y veremos si habéis tomado más confianza en la cocina. Os esperamos mañana.

—Hasta mañana — decimos algunos antes de salir.

En la puerta me despido de Laura, que la viene a recoger su padre.

Camino hasta mi auto con las llaves en la mano y mi teléfono suena cuando entro.

—Hola — murmuro con una sonrisa.

—Esposa — casi ronroneo al escuchar su tono —, ¿vienes o voy a por ti? Tardas mucho.

Suelto una risa, poniendo la llamada en altavoz para poder conducir. Estoy segura de que es capaz de venir a por mí, ya que Aiden conduce mucho más rápido que yo.

—Ya estoy de camino — respondo antes de que su idea se haga realidad —. ¿Hiciste algo de comer?

—Para eso te llamaba, para preguntarte si querías algo especial.

Me muerdo el labio para aguantar la sonrisa tonta, aunque sé que no me ve.

—Hoy hemos cocinado un plato y llevo comida aquí. Son espaguetis con queso ricotta y piñones — respondo, agradeciendo a los Dioses porque no hay tráfico —. Si quieres podemos comer eso, solo haría falta calentarlo.

—Está bien, esposa. Ten cuidado, te espero aquí.

—Adiós — lo escucho gruñir y no me cuelga.

—¿Cómo que adiós, Flora? — gruñe, y me lo imagino con la mandíbula tensa y los ojos cerrados. Frustrado porque no lo llamo como él quiere.

—Nos vemos en un rato, mi Alfa.

Tararea con aprobación y sonrío.

—Hasta luego, esposa.

****

—¡Ya estoy aquí! — grito, dejando las llaves del auto y de la casa en la entrada.

Hago malabares con todas las cosas que llevo, que no son pocas, porque tengo las cosas de la escuela, mi bolso y el tupper, que no es pequeño. Ahora que lo miro me doy cuenta de que hice comida para más de cuatro personas.

Aiden llega y me quita todas las cosas para dejar un beso en mi boca. Sus labios, suaves y dulces, se mueven con los míos y dejo que me bese como él quiera. Me agarra de la nuca y me pega más a él.

—¿Cómo te ha ido?

—No te voy a mentir, estaba muy nerviosa mientras llegaba al lugar, y quise largarme de ahí cuando el profesor dijo que tendríamos que hacer un plato cualquiera...

Le cuento todo lo que hice en la mañana, también que conocí a Laura y Esteban, no le hace mucha gracia escuchar el nombre de un hombre, pero no le voy a ocultar nada, ya que eso puede llegar a crear conflictos en una pareja.

Nos sentamos en la isla para almorzar y gimo cuando pruebo mi comida. Estaba tan nerviosa en la escuela que ni siquiera la quería probar por miedo a vomitar, pero está realmente bueno.

—Está delicioso — murmura Aiden y me guiña un ojo.

Le cuento también que mi hermano vendrá para recoger a Lily y que también vendrá a verme, a lo que él responde que está bien. Creo que solo se soportan por mí, pero me gustaría que algún día tuviesen una amistad.

—Mañana haremos un postre a nuestra elección, ¿quieres alguno? — le pregunto, aún sabiendo lo que me va a pedir.

—Tarta de queso, dejarás a tus profesores con la boca abierta — murmura, envolviendo sus brazos en mi cintura mientras meto las bebidas en la nevera.

Me apoyo en su cuerpo, con los ojos cerrados y disfrutando de su calor. No nos hemos vuelto a tocar desde que llegamos de la escuela ese día. Sé que él me da mi tiempo y no quiere presionarme, cosa que agradezco.

—Hueles tan bien, mi Luna — susurra Furia y sonrío.

—Entonces mañana vendré con una tarta de queso.

Subimos a la habitación, a darme una ducha para quedarme tranquila.

—¿Qué haces? — pregunto cuando se sienta en el lavabo y me observa.

—Quiero verte.

Oh Dioses. Me aclaro la garganta mientras me desnudo despacio, notando sus ojos en todo mi cuerpo. Me gusta que me mire, que me preste atención.

Entro en la ducha, escuchando su risa cuando le doy la espalda. Lo miro por encima de mi hombro con una ceja alzada y él niega con la cabeza.

—Date la vuelta, mi Luna — murmura con voz ronca y casi me derrito cada vez que me llama así.

Me gusta que me llame esposa, pero me vuelve loca que me llame su Luna.

Me doy la vuelta, cerrando los ojos y dejando que el agua caiga sobre mi cabeza. Cuando vuelvo a abrirlos, casi doy un salto al ver que está justo frente a mí.

—Por los Dioses, haz algo de ruido cuando te muevas — susurro sin dejar de mirar sus ojos.

—Dame el champú — ordena sin dejar de recorrer mi cuerpo con sus ojos.

Le entrego lo que me pide y cierro el agua, dejando que Aiden lave mi cabello con sus manos fuertes y grandes. Es suave cuando frota el champú en mi cuero cabelludo y tiro la cabeza hacia atrás.

Sigue con la crema y la deja actuar mientras me lava el cuerpo. Sus manos dejan rastros de espuma y mi piel se eriza con su contacto. Aiden no sabe aún el poder que tiene sobre mí. Lava mis brazos, mi cuello, mis piernas y mi barriga. Lo miro y me da una sonrisa lobuna.

—Estás excitada — susurra, acercando sus labios a los míos.

No lo niego, ni tampoco lo confirmo. Él sabe cuando estoy excitada y también tiene un olfato que da envidia.

Sus manos ahora llegan a mis pechos, los cuales amasa con suavidad y trago saliva. Tengo ganas de saltarle encima para que me haga suya de una vez por todas y se deje de tantos jueguitos previos.

Una de sus manos baja por mi barriga, hasta llegar a mi sexo. Por suerte estoy depilada, aunque sé que no le importa en realidad. Suelto un gemido cuando abre mis pliegues y rodea mi clítoris con su dedo. Maldita sea. Ni siquiera me haría falta más de un toque para dejar que el orgasmo me golpee, sin embargo, aprieto los dientes y respiro hondo, queriendo alargar más la atención que tengo entre mis piernas.

—No te resistas, esposa — me dice con burla y lo miro mal.

Suelto un grito al sentir como pellizca mi pezón y mete un dedo en mi interior.

—¿Por qué fue eso?

—Por mirarme así — susurra en mis labios y lo beso.

—Vamos a la cama.

Niega con la cabeza, sin dejar de mover sus dedos, haciendo que me ponga de puntitas y me agarre a sus brazos. Dioses, estoy tan cerca.

—¿Por qué no? — pregunto como puedo.

—Porque si te agarro no te suelto, Flora — gruñe y todo mi cuerpo se tensa al escucharlo.

Veo puntos blancos detrás de mis párpados y mis piernas tiemblan mientras él sigue moviendo sus dedos a una velocidad más lenta, alargando tanto como puede mi placer. Necesito más. Mucho más.

—Tienes visita más tarde — habla y recuerdo que mi hermano vendrá en un rato.

MI LUNA

Me quejo cuando enciende el agua y me quita la crema y el gel.

Me visto con un conjunto deportivo para estar cómoda en casa y dejo que mi cabello se seque solo.

—¿Estás en la casa? — escucho la voz de mi hermano un rato después.

—Sí, aquí estamos.

Unos minutos más tarde, abro la puerta y me encuentro con Einar y Lily. Los saludo con un abrazo y los dejo pasar.

—Alfa — murmura Lily cuando ve a Aiden en el salón.

—Lily — responde él, y luego saluda a mi hermano —. Einar.

—Aiden.

Son unos segundos tensos, pero llevaderos. Tengo fe en que algún día se llevarán bien. Nos sentamos en el sofá y charlamos un rato. También les ofrezco algo de tomar y algo para picar.

—Malena te manda saludos y dice que vendrá a verte pronto — me dice mi hermano y sonrío.

Ya la echo de menos. Es una loca y desquiciada, pero es mi amiga.

Me cuenta un poco como van las cosas en la manada, sobre el viaje de los abuelos y sobre una pequeña discusión que tuvo con nuestra tía.

—Tranquila, todo está bien — me dice antes de irse y me despido de Lily.

Aiden ha estado callado todo el rato, pasando su dedo por mi hombro y haciendo que en algunos momento me desconcentrara.

—Ahora te tengo para mí — susurra, abrazándome por detrás.

Me levanta en brazos antes de caminar hacia las escaleras y llegar a nuestra habitación. Me tumba con suavidad en la cama y me desviste, dejando besos en mi barriga, brazos y piernas.

Noto su mano en mi cuello y la otra que baja por mi pecho para agarrar mis pezones.

—Mi Alfa — susurro, sin poder contenerme.

No sé en qué momento se ha quitado la ropa, pero ya está desnudo y listo.

Sus besos húmedos me ponen a temblar y a respirar sin control. Su mano me masturba y juro que toca siempre donde es para ponerme a ver las estrellas. Su otra mano sigue en mis pechos, que tira y aprieta, dándome un placer exquisito.

—Tan hermosa mi Flora — murmura sobre mis labios y casi me derrito —. Monta a tu Alfa.

Nos da la vuelta, dejándome a mí sobre él, sin saber qué hacer. Sin embargo, el deseo me tiene encendida y solo actúo por instinto.

Muevo mis caderas, dejando su miembro lleno de mi humedad. No logro ocultar mis gemidos y lo beso para calmarme un poco. Aiden es tan grande, musculoso y firme, que siento que con él estoy siempre a salvo.

Él levanta mis caderas para situar su cabeza húmeda con mi entrada y siento como mis paredes se extienden para él. Abro la boca, intentando respirar por la intrusión. Me mira con los ojos encendidos y ni siquiera quiero saber como lo miro a él. Debo parecer una loba en celo.

Sus pupilas están muy dilatadas, casi haciendo desaparecer el azul. Su puño envuelve mi cabello que aún está húmedo y tira mi cabeza hacia atrás, haciéndome mirar el techo.

—Ahora muévete — ordena con un gruñido profundo y gimoteo.

Me muevo sobre él, buscando las formas y las maneras más cómodas y placenteras. Cosa que no es difícil, ya que tenerlo dentro es un placer inexplicable.

—¿Te gusta? — pregunto y siento como afloja el agarre en mi cabello para besarme.

—Sigue así, esposa.

Apoyo mis manos en su pecho duro y sigo moviendo mis caderas, en círculos, de arriba abajo y de adelante hacia atrás. Voy cambiando y jugando con el ritmo, ya que no quiero cansarme tan rápido. Me gusta mucho esta posición. Lo siento tan profundo que incluso me cuesta respirar a veces, cuando me da fuerte y lo siento en mis pulmones.

—Tan hermosa y mía — muerde mis labios y sus caderas se levantan para encontrarse con las mías, haciendo que el placer suba tres niveles más.

—Sí, sí — cierro los ojos al sentirlo — . No pares, por favor.

Lo escucho gruñir en algún momento, y me he perdido en mi mente, notando como él me lleva a otro lugar y me hace tener un orgasmo espectacular. Siento su nudo y su eyaculacion cuando me llena.

****

—Vamos a descansar, cariño — noto como habla y solo asiento.

Hemos estado toda la tarde teniendo sexo sin parar, y ahora que hemos cenado solo quiero dormir para poder descansar, ya que mañana tengo que levantarme temprano para ir a la escuela.

—Buenas noches, mi Alfa — murmuro antes de quedarme dormida.

Hola mis lobeznos!!! Siento tardar tanto en actualizar, pero sigo escribiendo nuevos capítulos para poder daros lo mejor. Espero que os guste esta nueva actualización

Capítulo 21.

A iden

Gruño al terminar la última serie de pesas. A pesar del frío que está haciendo en noviembre, no puedo dejar de sudar y ni siquiera noto el cambio. Nunca he sido una persona a la que el frío le afecte, también debo agradecer a mi condición, pero no puedo dejar de pensar en Flora. A ella sí le afecta, y aunque sé que está bien abrigada no puedo dejar de pensar en ella.

—Mi Alfa, ya voy de camino y llevo comida — sonrío al escuchar la voz de mi esposa a través del link —. Hoy he preparado salmón a la toscana.

—Te espero aquí, esposa.

Subo a darme una ducha rápida y no puedo evitar tocarme pensando en mi mujer. Su cara cuando llega a la cima del orgasmo y deja que la atraviese, su culo, sus tetas, y la forma en la que me deja entrar en ella es fascinante. Parezco un puto adolescente y no me avergüenzo. Flora está muy metida en mi cabeza y no hay manera de sacarla de ahí.

Suelto un gemido con la llegada del orgasmo y dejo que el agua se lleve la evidencia antes de salir. Me envuelvo con una toalla justo cuando escucho la puerta principal.

—Aquí está nuestra Luna — ronronea Furia y sonrío.

Me seco para ponerme un pantalón y bajar a verla. Estoy bajando las escaleras cuando escucho su voz un poco apagada.

—Sí, abuelo — habla y por su tono sé que está un poco enfadada —. No estoy embarazada y no voy a estarlo por un tiempo. Aiden y yo hablamos sobre esto...

Frunzo el ceño mientras la escucho a escondidas. No quiero interrumpirla y quiero saber qué dice.

—Abuelo... — susurra — por favor, Aiden no me hará daño, la venganza quedó atrás, tienes que confiar en él.

No me molesta ni me extraña que aún no confíen en mí del todo, pero sí me molesta que su abuelo la esté molestando a ella y presionando para que se quede embarazada. Ese asunto es nuestro y nadie tiene el derecho a meterse en nuestro matrimonio ni decirnos cuando es el momento para tener un cachorro.

—Pues yo ya quiero uno — murmura Furia con ansias y niego con la cabeza —, pero vamos a respetar su decisión. Ella manda.

Bajo los escalones que quedan y la veo en la isla dejando sus bolsos. La envuelvo por detrás, pasando mis brazos por su cuerpo, asegurándome de que no tiene frío y que su ropa está en su sitio. Lleva un abrigo grueso y un gorro de lana. Dejo un beso en su cabeza, dejando que su aroma me envuelva. Huele tan bien. Noto como se relaja en mis brazos y deja caer su cabeza en mi hombro.

—Adiós, abuelo, sí — se le escapa un suspiro tembloroso cuando lamo su cuello —. Dile a la abuela que me llame.

Cuelga el teléfono y se da la vuelta, pasando sus brazos por mi cuello y besándome con ganas. Gimiendo y mordiendo mis labios. No puedo evitar sonreír al notarla tan necesitada. La subo a la isla, abriéndome paso entre sus piernas.

—Hola mi Alfa — mordisquea mis labios y mis manos se aferran a sus muslos.

El efecto que causa en mi pecho cada vez que me llama su Alfa es impresionante. No sabe el orgullo que es para un Alfa que su Luna lo llame como lo que es.

—Esposa — dejo otro beso y paseo mi nariz por su cuello.

He notado que está ganando peso y eso me alegra. Su cara está más llena, sus muslos más gruesos y todas las noches paso mi mano por su barriga, notando como ha crecido un poco. Ya no queda nada de la Flora que salió de la clínica y eso me gusta. Ahora es todo curvas suaves.

—Vamos a comer. He quedado con tu madre para ir de compras, ya que necesito algunas cosas.

Asiento antes de ayudarla a poner los platos y demás. Su relación con mi madre es mejor cada día y ella la ama como si Flora fuese su hija de verdad.

—¿Cómo te va en la academia? — pregunto cuando nos sentamos a comer. La comida huele genial y sé que sabrá mejor. Todos los días trae lo que ha cocinado allí.

Flora de verdad sabe cocinar y no ve el potencial que tiene. Estaba un poco insegura cuando ingresó a la academia hace dos meses, pero me alegra saber que se está desenvolviendo sin ningún problema. También le pregunto cómo le va, aunque ya sepa la respuesta, ya que todos los días hablamos de su día con la cocina.

Me cuenta sobre las pruebas que tendrá esta semana y todo lo aprendido. También me cuenta algunos cotilleos de sus compañeros. Me habla de su compañera Laura y que poco a poco la va considerando su amiga. Me alegra saber que hace amistades, pero tampoco quiero que sea muy confiada, no sabemos nada de su vida. Sin embargo, no le digo nada.

—Está delicioso, esposa — le guiño un ojo cuando termino mi plato. Los sabores son exquisitos y he tenido que repetir, ya que la comida no se desperdicia.

—Ya... — murmura mi lobo.

—Tú madre vendrá en dos horas, dormiré un rato — dice antes de taparse la boca para bostezar —. Conducir tanto todos los días me da más sueño del normal.

Asiento y le digo que suba a la habitación para que descanse. Recojo lo demás antes de unirme a ella y cuando llego a la habitación la veo tumbada de lado. Me tumbo con ella, dejando un beso en su frente, aunque no tenga sueño me gusta estar a su lado.

—Ya ha llegado tu madre — escucho su voz un poco lejos y me doy cuenta de que me he quedado dormido.

Me levanto para bajar con ella y veo a mi madre con su abrigo azul. Sonríe cuando me ve y la abrazo.

—Te robo a Flora un rato, esta es una tarde de chicas — me dice y asiento con una sonrisa —. Estaremos bien, iremos al centro comercial y la traeré de vuelta sana y salva.

—Confío en ti, mamá. Y también en que os sabéis defender, pero no dudéis en llamar si algo no os gusta.

Ellas asienten y me aseguro de que mi esposa esté bien abrigada. Cierro su abrigo hasta arriba, viendo a mi madre sonreír al lado. Dejo un beso en su cabeza y las dejo marchar.

No quiero quedarme más en la casa, así que decido ir a visitar a Juliana, que hace unos días no voy a verla. Sonrío al pensar en esa mujer y en todas las cosas que hacía por mí cuando era un niño.

Me pongo una sudadera antes de salir a caminar hasta su cafetería. El día está nublado, pero no va a llover. La poca gente que hay caminando me saludan cuando paso, sin embargo, me acuerdo de muchos rostros que le hacían malas caras a mi esposa. Imbéciles.

La campana suena cuando abro la puerta de la cafetería y veo tres mesas ocupadas. Juliana detrás del mostrador, atendiendo a una pareja joven. Siempre con una sonrisa en su rostro.

—Juliana — la llamo y ella levanta la cabeza con una sonrisa antes de darle el pedido a la pareja.

—Mi niño Aiden — sale del mostrador para llegar a mi lado y abrazarme.

Me río cuando me abraza fuerte y dejo un beso en su frente. Esta mujer es como una abuela para mí, aunque nunca se lo haya dicho.

—Ya no quieres saber nada de mí — me hago el ofendido, negando con la cabeza.

La escucho reír y sonrío con ella.

—Anda, siéntate que ya te traigo lo que quieres.

Le hago caso, sentándome en la mesa del fondo, notando los ojos de los que están aquí. El olor de la masa, el café y las tartas me inundan como siempre.

Juliana llega y se sienta conmigo, tomando su café. Hablamos durante un rato, me hace saber lo orgullosa que está del progreso de Flora, de lo feliz que está por su hija y lo alegre que está por mí.

—¿Por mí? — pregunto, sin poder ocultar la curiosidad.

—Sí, por ti, Aiden — responde con una sonrisa suave —. Has cambiado mucho sabes... antes siempre estabas mal, infeliz, con ganas de matar a todo el que se atravesaba en tu camino, y desde que ella llegó...

Trago saliva al escucharla. Juliana siempre ha sabido leerme como nadie ha sabido, y siempre ha visto más allá de lo normal.

—Ella te cambió — termina diciendo —. Flora es tu persona, y no estoy hablando del destino que nos pone Diosa Luna. Lo vuestro es diferente y necesito que me prometas que nunca la dejarás, que nunca le harás daño y que siempre la vas a proteger de todo. No te digo que la encierres en una cajita de cristal para ti, pero te pido que no dejes que le hagan daño.

Asiento con firmeza.

—Sabes que nunca dejaré que me la dañen. Ella es mi vida, nuestra Luna — le hago saber y ella sonríe satisfecha.

—Eso quería oír — palmea mi mano y da un apretón —. ¿Dónde está ahora?

Le cuento que está con mi madre y me quedo hablando con ella hasta que cae la tarde. Me despido de ella después de que me entregue una bolsa llena de pasteles.

—Muchas gracias, Juliana — me despido y camino hasta casa.

Ya está oscureciendo y espero que Flora esté con el pijama y sin pasar frío.

—¿Cuándo me vas a dejar salir? — me reclama Furia —. Eres un egoísta que solo la quiere para sí mismo.

—Es mi mujer, supéralo.

—Y mi Luna — gruñe en desacuerdo y sonrío. Me encanta sacarlo de quicio —. Este fin de semana quiero estar con ella.

—Sí, adiós — corto el link cuando entro en casa.

Por los ruidos que hay en la habitación sé que ella está aquí. Antes de subir dejo la bolsa en la isla y camino hacia las escaleras.

La puerta está abierta y me apoyo en el marco, viendo como vacía las bolsas sobre la cama.

—Sé que estás ahí, Aiden — se burla y suelto una risa —. Mira lo que he comprado, también te he traído unas cosas para ti que espero que te gusten.

—Estoy seguro que lo harán — dejo un beso en su hombro y veo unos conjuntos de lencería —. Oh esposa, claro que me gustan.

Suelta a reír negando con la cabeza.

—Eso no es a lo que me refiero — señala unas camisas de hombre y chasqueo la lengua —. Pero si quieres me los puedo probar para ti — susurra y noto como su voz se ha tornado más sensual.

Esta mujer acabará conmigo.

Me siento en el sillón, con los brazos y las piernas abiertas. Flora me mira con una ceja alzada y le hago un gesto a la lencería.

—Quiero verte con eso puesto — hablo sin poder ocultar que mi voz sale más ronca.

Suelta una risita y para mi sorpresa, se desviste aquí mismo cuando pensaba que iría al baño. No me quejo, todo lo contrario, más espectáculo para mí. Me fascina ver a Flora desnuda.

Se quita la ropa con lentitud y me levanto cuando se queda en ropa interior negra.

—Déjame ayudarte, esposa — murmuro antes de rodearla y ponerme en su espalda.

Detallo su figura y me muerdo el labio inferior al ver sus nalgas redondas con el fino tanga puesto.

Le quito el sujetador, captando el suspiro que se le escapa cuando nota sus pechos libres. Paseo mis nudillos por su columna, notando como su piel se eriza. No puedo evitar la risa baja que se me escapa y llevo mis manos a sus pechos, notando que también han crecido por su peso. Gruño al sentir como se roza con mi entrepierna.

—Hoy ha sido un día largo y agotador, creo que merezco que me mimen — susurra cuando pellizco sus pezones y ella pega su culo a mi creciente erección.

—Mereces todo lo bueno que hay y te lo voy a dar, esposa — beso su cuello, bajando mi mano por su barriga hasta llegar a su tanga —. Tendremos que dejar para otro día la lencería.

Ella asiente con ganas y bajo su ropa interior. Me siento en la cama, viéndola totalmente desnuda y a mi merced. No puedo evitar el orgullo que siento al saber que esta mujer es mía y que sólo yo tengo el derecho a ella.

Dejo besos por su barriga, sin dejar de pasar mis manos por su cuerpo. La escucho suspirar de placer y sonrío contra su piel.

—Acuéstate — demando antes de perder la cabeza. Tiro toda la ropa al suelo para tenerla libre.

Lo hace, apoyando sus codos para quedar levantada, con sus piernas ligeramente abiertas. Es tan hermosa.

Solo saber que está ansiosa y húmeda para mí, hace que me vuelva loco. Todo en Flora me vuelve loco si soy sincero. Su lado dulce, la forma en la que confía en mí, en los detalles que tiene conmigo.

Las ganas se apoderan de mí y lo siguiente que hago es arrodillarme frente a ella sin importarme nada más que su placer. La tomo por sus muslos y la arrastro hacia mí, dejando sus piernas bien abiertas frente a mi cara. Aspiro y gruño cuando noto su aroma. Tan dulce como ella. Se retuerce un poco cuando siente mi aliento y la miro a los ojos al mismo tiempo que saco mi lengua para lamer su coño húmedo lleno de jugos.

—Aiden — dice con un suspiro tembloroso sin apartar la vista.

Sigo lamiendo y le doy un pellizco en el pezón cuando tira la cabeza hacia atrás y deja de verme.

—Ojos en mí — ordeno y gimotea cuando sus piernas comienzan a temblar.

Devoro su coño como un animal salvaje que no razona ni piensa, sólo puedo pensar en su sabor y en hacerla disfrutar.

—¡Mi Alfa! — gime y noto como se acerca su orgasmo.

No me detengo y sigo lamiendo como un muerto de hambre. Hundo mi lengua en su interior y ahí es cuando mi dulce esposa se derrumba.

No me quita los ojos de encima cuando me levanto y comienzo a quitarme la ropa. Mi polla presiona dolorosamente mi pantalón y suelto un gemido cuando me desnudo y la rodeo con mi mano para tocarme mientras la observo. Veo como su lengua sale a lamer su labio y sonrío de lado.

—Mi dulce esposa — murmuro casi ronroneando y dejo que mis ojos recorran su cuerpo.

Acaricio sus muslos, su barriga y sus tetas. Me encantan sus tetas. Cierro mis labios sobre su pezón derecho mientras toco el izquierdo. La escucho suspirar cuando mi polla toca su humedad.

Abro bien sus piernas, dejando mis manos en sus muslos gruesos. Tiro de ella un poco más y alineo mi polla con su entrada, notando lo caliente y húmeda que está mi esposa. La miro fijamente mientras me introduzco en su interior muy lento, notando como se abre para mí. Casi me corro al ver como entra y sus labios se abren. Gruño antes de dar una embestida y dejarla dentro.

—Mi dulce esposa me toma tan bien — gruño antes de volverla a sacar.

Suelta un gemido y une nuestras bocas, llevando su mano a mi cabello.

—Más fuerte — pide y ahí pierdo el control.

La agarro fuerte de sus caderas, haciendo que la habitación se llene de gemidos y el sonido de nuestros cuerpos chocando. Sus dedos se aferran a mis antebrazos y veo como sus tetas se mueven. Mis nenas me están llamado.

—¡Aiden! — grita cuando caigo sobre su cuerpo, dejando sus piernas sobre mis hombros. Sonrío al saber que está posición es más profunda.

—Soy Alfa para ti — muerdo su pezón y la escucho lloriquear mientras me divierto con sus tetas.

Le doy fuerte y profundo como sé que le gusta, notando que se queda sin aliento cada vez que golpeo su punto G.

Siento que va a tener otro orgasmo por su cara, por la forma en la que cierra los ojos, frunce las cejas y abre la boca. Sin contar que su apretado interior se contrae mucho más.

—Alfa — murmura sin aliento —, vente conmigo, por favor.

Oh mierda. No puedo negarme a su dulce petición.

—Lo que me mi Luna pida — susurro antes de dejar un beso en sus labios y darle más profundo.

El orgasmo nos golpea al mismo tiempo y mi nudo sale para aferrarse a ella. Gime cuando nos doy la vuelta y la dejo sobre mí para que esté cómoda hasta que baje el nudo.

—Eso ha sido espectacular — susurra con su cabeza en mi pecho.

—Descansa, esposa.

No hace falta que se lo diga dos veces, ya que a los minutos siento su respiración pesada y sé que está dormida.

Espero a que mi nudo baje para ir al baño a coger una toalla y limpiarla. Una vez que he terminado me tumbo a su lado y la envuelvo en las mantas cálidas.

—Buenas noches, esposa — susurro, aún sabiendo que no me responderá, y dejo un beso en su frente.

Capítulo 22.

Flora

Suelto un suspiro cuando Aiden me lava el cabello. Sus manos fuertes y firmes me dan un masaje espectacular. Incluso me dan ganas de quedarme en casa, tumbada con él en nuestra cama y abrazarlo hasta quedarme dormida.

—Yo voto por esa opción — ronronea Ela y sonrío.

—Sabes que no podemos, es la fiesta de Navidad y la familia nos está esperando.

—¿En qué piensas? — escucho el susurro de mi Alfa y me apoyo sobre su cuerpo.

—Solo hablaba con Ela — me doy la vuelta para lavar su cabello y le doy un beso —. Tenemos que darnos prisa, en unas horas tenemos que estar preparados y salir de casa.

Él asiente, sin dejar de mirarme fijamente y haciendo que me sienta nerviosa. Sé que es ridículo que me sonroje así, pero su mirada me hace saber el deseo que siente por mí y no hay tiempo para eso. De verdad que ya vamos tarde, ya que me tengo que preparar.

Sentada en mi tocador comienzo a secar mi cabello mientras Aiden se tumba para ver la televisión. Algunas veces envidio que los hombres queden listos en tan solo unos minutos y las mujeres tengamos que tardar horas.

Sonrío ante el recuerdo de hace unos días cuando estábamos montando nuestro árbol de Navidad y lo llenamos de adornos. Bueno, mejor dicho, yo le puse los adornos, ya que Aiden no es muy fan de estas fiestas, sin embargo, a mí me encantan y soy una loca de la Navidad. Nuestro salón está hermoso con las decoraciones y las luces.

Mi teléfono suena y miro que mi madre está haciendo una videollamada.

—Hola, mamá — termino con el secador y lo guardo —. Justo estoy preparándome.

—Hola mi hermosa niña, espero que no lleguen tarde — habla y veo que está bajando las escaleras —. Y también espero que esta cena nos una a todos aún más.

Cierto. Mis suegros y sus tías junto a sus primos también vendrán. Sé que estaremos bien, ya que en la boda no hubo ningún inconveniente, y también pasan unas tardes normales cuando mi madre viene a visitarme y también aprovecha para verlos a todos.

—Todo irá bien — la calmo y comienzo a hacerme las ondas en el cabello —. Aún no me decido por la ropa, pero me pondré un vestido. No tardaremos en llegar.

—Está bien, cariño. Te dejo para que lo hagas todo tranquila, te amo muchísimo.

—Yo te amo más, mamá — me despido lanzando besos al teléfono y cuelgo.

Todo irá bien. Todo irá bien y seremos una familia feliz. No habrá ningún problema.

—¿Estás segura de eso? — pregunta Ela con recelo y trago saliva.

—Sí, y espero que no se te vaya la lengua y le cuentes nada a Furia — la escucho resoplar y sigo haciéndome las ondas.

—Sabes que no — responde un poco ofendida —, pero siento que deberías decirle a Aiden sobre el abuelo.

—Ya, eso no será posible — respondo antes de cortar el link.

Llevo semanas escuchando al abuelo por teléfono y no sé hasta cuándo voy a aguantar sus charlas. Lo amo, de verdad, pero siento que quiere imponer algo sobre mí. Algo sobre lo que ya hablé con Aiden y estuvimos de acuerdo. Quiere que tenga un cachorro, diciendo que tenemos que procrear cachorros fuertes y sanos. No entiende, o mejor dicho, no quiere entender, que aún soy joven y quiero disfrutar un poco más sobre la vida, terminar mi curso y trabajar en lo que amo. Después, si la Diosa Luna quiere, tendré todos los cachorros que pueda. No ahora.

No le conté nada a Aiden porque sé cómo se pone cuando alguien me molesta y tampoco quiero que le diga algo al abuelo y que eso le de paso a algo mucho peor. Aiden se lleva bien con mis padres, incluso con mi hermano ha estado hablando más, pero sé que le cuesta mucho hacer como que nada pasó con mi abuelo. Y lo entiendo, tiene todo el derecho a no llevarse bien con una persona que no quiere. Por eso decido no decirle nada sobre el tema.

—¿Qué ocurre? — me sobresalto y la plancha se me cae de las manos.

Miro por el espejo la figura de Aiden en la puerta del vestidor, con los brazos cruzados y una ceja alzada. No estoy segura de que sospeche nada, pero con él nunca se sabe. Me conoce y sabe leerme como a un libro abierto. Lleva unos días detrás de mí para que le cuente algo.

Por suerte, la plancha cayó en el suelo y no en mi pie, o ya estaría saltando como una loca por la quemadura. Tampoco sería la primera vez que me quemo.

—Nada, estaba pensando en la ropa. Aún estoy indecisa sobre el vestido.

Escucho el sonido que hacer con la garganta mientras se acerca a mí por detrás y observa mi cabello. Lo tengo más largo, ya que no me lo he cortado desde hace varios meses y ya me llega por debajo de la cintura. A mi hombre le encanta y creo que por eso no he hecho alguna locura aún.

Jadeo cuando envuelve mi cuello con su mano y me da una sonrisa lobuna.

—Llevas días así — murmura y trago saliva cuando pasa su pulgar por mi pulso —. Te he dado tiempo para que des el primer paso, pero no lo haces, ¿de verdad me vas a hacer usar mi voz?

Niego con la cabeza, sintiendo que el corazón me va a mil. No le estoy ocultando nada malo. Tampoco quiero ocultarlo y que haya algún mal entendido en el que él crea que lo engaño o piense cosas peores.

Se me escapa un suspiro al sentir la suave presión. Me estoy poniendo cachonda y Aiden lo sabe. No estoy asustada, porque no está haciendo presión para hacerme daño. Tampoco lo está haciendo para imponerse y hacerme a hablar, ya que si quisiera eso, habría utilizado su voz de Alfa hace días. Lo está haciendo para hacerme entender que si no hablo a las buenas, hablaré a base de orgasmos. Porque sí, Aiden me hace hablar a través de ellos y muchas veces me ha negado la liberación hasta que he dicho lo que ha querido oír.

—No es nada malo — murmuro sin apartar la vista —. Es solo una tontería.

—No es una tontería si te molesta — responde, dejando mi cuello desnudo y pasando sus manos por mis hombros —. Quiero que me digas todo, Flora. No me importa si es una tontería o una cosa sin importancia.

Asiento y decido que es mejor decir las cosas y no hacer un lío de ellas. No quiero mal entendidos, peleas o que piense cosas que no son.

—Mi abuelo no deja de repetir que tengo que tener un cachorro. Dice que no dejarás la venganza de lado hasta que lo tengamos — me aclaro la garganta al sentir un nudo —. Dijo que no dejarías la venganza hasta que no tuviéramos un cachorro con nuestra sangre unida. Ya que eso calmará tus ansias de hacerme daño y sé que se equivoca. No me harías daño.

Siento como se tensa y su mirada se vuelve más oscura y profunda.

—Sabes que...

—Lo sé — lo corto antes de que pueda decir algo más —. Sé que has dejado de lado eso, confío en ti, Aiden. No quiero que estés de mal humor o pienses que aún no confío en ti, porque lo hago. De verdad lo hago.

Me levanto para darle un beso. Él aprovecha para pasar sus manos por mis nalgas, ya que estoy solo con la ropa interior.

—No quería decirte nada para no preocuparte. No le hagas caso a mi abuelo, en nuestro matrimonio solo mandamos nosotros y nadie más. Confío en ti mi Alfa — murmuro sobre sus labios —. No digas nada en la cena, por favor.

Pasan unos segundos antes de que Aiden asienta y deje un beso en mi frente. No dirá nada, pero sé que tampoco se quedará callado si escucha hablar de algo que esté relacionado a esto.

Después de terminar mi cabello y maquillarme, le pido ayuda para que cierre mi vestido. Es de tirantes, de color beige y con piedritas. Está mal que me lo diga yo misma, pero es que me veo hermosa con este vestido.

—Tan hermosa mi dulce esposa — murmura, paseando su vista de arriba a abajo —. ¿Estás lista? Los demás nos están esperando en la calle.

Me muerdo el labio inferior, mirando a mi hombre. Está espectacular con ese traje negro. Saco los labios para que me bese y lo escucho reír mientras envuelve mi cintura y me levanta para ponerme a su altura.

—Tengo suerte al tenerte — le digo antes de besarlo.

—La suerte es nuestra mi hermosa Luna — ronronea Furia y siento que me sonrojo.

Caminamos para bajar y antes de salir de la habitación noto como una capa gruesa y caliente me envuelve por completa.

—No te olvides del abrigo — dice antes de salir y bajar.

Reprimo el suspiro y envuelvo su mano. En la calle ya nos están esperando los autos donde van los demás y veo como Gisel se baja con Izan. Vienen corriendo a nuestro lado.

—Que hermosa — me dice Izan con una sonrisa y veo como Aiden se cruza de brazos.

—¿Intentas robarme a mi esposa, niño?

Izan se ríe y niega con la cabeza.

—Muchas gracias, Izan. Tú estás muy guapo con ese traje, y Gisel parece una princesa con su vestido — les digo y ellos me agradecen.

Son tan lindos.

—Queremos ir con vosotros, ¿podemos? — pregunta Gisel, haciendo un puchero con su labio.

—Por supuesto, vamos — respondo y ellos se despiden de su madre, que me sonríe, y entramos al auto de Aiden.

Durante todo el camino los escucho cantar y hablar sin parar. Izan es un niño muy amable y cariñoso, aunque no he compartido con él tanto como lo hago con Gisel, ya que le gusta estar más con su madre.

Después de una larga hora llegamos a la manada. Hay niños jugando y corriendo por la plaza, personas hablando y paseando para llegar a la casa de sus familiares. Extraño mi manada y su gente.

—Vamos, vamos — murmura Gisel antes de bajar sola del auto.

En la puerta están mis padres con mi hermano. Espero que Malena no tarde en venir. Desde que recuerdo, su familia ha pasado las fiestas con nosotros.

—Mamá — me acerco para que me envuelva en sus brazos y me abraza fuerte —. Papá, os echaba de menos.

—Puedes volver cuando quieras — susurra y suelto una risita.

Einar me abraza para después saludar a Aiden y pasar a los pequeños.

—Estás muy guapa, Gisel — le hace saber y noto como Gisel hace una mueca orgullosa —. Eres todo un niño grande ya.

Izan asiente mientras se pone recto. Los demás bajan de los autos para entrar en casa. Mis padres les dan la bienvenida y en el salón veo a mis abuelos frente a la chimenea.

—Mi bella Flora — la abuela se levanta y sonrío. Me abraza fuerte y luego saludo al abuelo con un beso en la mejilla.

Por suerte no me ha dicho nada sobre el tema del embarazo.

—Aún... — murmura Ela.

Pasamos todos al salón, donde vamos tomando asiento y algunos se quedan de pie para hablar. Mi tía Arya también está y la saludo.

Malena no tarda en llegar con sus padres y le pregunto por Ana. No ha podido venir, ya que pasará el día con sus padres y hermanos.

—Ella estaba un poco frustrada porque pensaba que me enfadaría — escucho a mi amiga —, pero le dije que no es algo de lo que tenía que preocuparse. Entiendo que tenga que pasar el día en familia, ya tendremos muchos años para pasarlos juntas.

Levanto la ceja y me burlo al ver como sus mejillas se ponen rojas. Realmente quiere a Ana y amo la relación que tienen. Hacen muy buena pareja. Hemos quedado algunos días, aunque no he compartido tanto como me gustaría. La razón de no poder verla tan seguido como antes es porque ella está estudiando, al igual que yo estoy con lo mío.

—La cena está lista — anuncia mamá y todos la seguimos al gran comedor. Jamás he visto tanta comida.

Aiden envuelve mi cintura mientras caminos y noto que deja un beso en mi cabeza.

Cada uno toma asiento y comenzamos la comida. Gisel se ha sentado a mi lado y al otro tengo a mi hombre.

—Que aproveche — decimos algunos a la vez y comenzamos a cenar.

Escucho la conversación que tienen todos mientras como tranquila y disfruto de mi plato. Hasta que escucho que sacan el tema de los bebés.

—Oh sí, recuerdo cuando me quedé embarazada — escucho a Esme —. No podía creer que tendría un cachorro en unos meses, no me lo creí hasta que lo tuve en brazos y pude ver que era real.

El abuelo me mira y sé que me dirá algo.

—No digas nada, por favor — le ruego a Aiden a través del link.

—Esperamos que el vuestro no tarde en venir. Un cachorro es una bendición, querida — me dice, mirándome fijamente y todos en la mesa me observan.

—Aún no — respondo firme —. Quiero acabar mi curso y trabajar de lo que me gusta.

La abuela asiente orgullosa y me guiña un ojo.

—Tienes razón, cariño. Estudia, viaja y disfruta antes — me dice y tomo un trago de vino —. Los cachorros pueden esperar un poco.

—Sí — escucho a papá y algunos se ríen por lo tensa que sale su voz.

Sonrío sin ganas porque sé que el abuelo sacará el tema de nuevo.

Me preguntan sobre el curso y hablo sobre todo lo que hice hasta ahora. Solo llevo unos meses y ahora mismo estamos de vacaciones hasta el día dos. Me han enseñado cosas nuevas y platos deliciosos para hacer. Aunque no todo es alegría y felicidad, ya que algunos platos no me salen a la primera, o incluso me equivoco con los ingredientes.

—Estoy segura de que Flora va a triunfar en este mundo — escucho a mamá y noto el orgullo en su voz —. No es porque sea mi hija, pero hay que decir que tiene talento.

Nos miramos y le sonrío, agradecida por su confianza, su amor y sobre todo, por amarme como lo hace. No sé qué haría sin mi familia.

—Ella cocina muy bien y hace unos postres riquísimos — Gisel se besa los deditos para hacernos saber que le encanta mi comida —. Cuando tenga su propio restaurante yo la voy a ayudar.

—¿No querías ser doctora? — le pregunta Izan un poco confundido.

—Seré doctora y tendré mi propia clínica, pero también ayudaré a Flora con los postres — le responde y todos escuchamos atentos —. Es divertido cocinar con ella.

Algunos ya han terminado su cena y otros seguimos llenando nuestros platos. La comida no se tira. Y siento que el vino se me está subiendo ya.

Noto un beso en mi sien y un brazo en mi respaldo en la silla. Aiden ya ha terminado, pero sigue sentado a mi lado. Su dedo no deja de subir y bajar sobre mi hombro.

—Te estás sonrojando — susurra y suelto una risita.

—Es el vino.

Sigo escuchando la charla que tienen hasta que terminamos la cena y volvemos al salón para estar cómodos. Gisel está comiendo fruta con chocolate y me uno a ella. Izan está en los brazos de su madre, que está casi dormido.

—Einar, ¿cómo te va con Lily? — le pregunta Esme a mi hermano.

—Vamos bien, nos estamos conociendo — responde con una sonrisa —. Invité a Juliana y sus hijos, pero ya había quedado con su familia.

Esme también le pregunta a Malena sobre Ana y charlan un rato.

Por suerte, los abuelos se van y no escucho nada más sobre bebés. Creo que la abuela sabía algo y ha querido evitar cualquier situación incómoda. La amo tanto.

—Nosotros también nos iremos — les digo a mis padres y ellos asienten —. Nos vemos en estos días.

—Descansa, cariño. Se nota que no has dormido bien — habla mamá antes de dejar un beso en mi frente y me despido de todos.

Mis suegros se quedan con los demás y solo nos vamos Aiden y yo. Gisel se ha quedado dormida justo después de terminar el bol de chocolate con fresas.

En el auto siento la mano de Aiden muy cerca de mi entrepierna y me remuevo un poco, inquieta por sentir algo. Dioses, Aiden me ha convertido en una adicta a él. No hay día en el que no hagamos algo, ya sea un polvo rápido e intenso, o algunos toques por encima. Lo que si sé, es que nunca me canso de él.

Por supuesto, Aiden no mueve su mano para nada y me siento frustrada. Me tiene con ganas y estoy un poco ansiosa.

—¿Quién lo iba a decir? — se burla Ela y ni siquiera le respondo.

Al llegar a casa no puedo aguantar más las ganas y en cuanto Aiden cierra la puerta, me subo a su cuerpo, envolviendo mis brazos en su cuello.

—¿Tan necesita estás, esposa? — pregunta sin ocultar la burla y lo beso, mordiendo su labio en el proceso.

—Mucho — respondo con un jadeo cuando aprieta mis nalgas —. Mi Alfa.

Subimos a la habitación y me deja caer en la cama. Se arrodilla para quitarme los tacones y deja unos besos en mis tobillos. Besos que me ponen la piel de gallina y me hacen sentir mariposas en mi interior.

Me tumbo y me doy la vuelta para que me quite el vestido. En solo unos segundos estoy desnuda con la ropa interior. Me mira con hambre y me muerdo el labio inferior cuando se quita toda su ropa y me deja ver su gran erección.

—¿Quieres? — pregunta con la voz ronca a causa del deseo y casi gimo al oírlo.

Asiento antes de arrodillarme en la cama y envolver su erección en mi mano. Está caliente y noto como se tensa cuando nota mi mano.

Gruñe cuando nota mi aliento y me burlo de él.

—¿Tú quieres esto, esposo? — suelto una risa y su mano envuelve mi cabello en un puño.

—Déjate de juegos que luego no soportas los míos — murmura y saco mi lengua para pasarla por su pequeña hendidura para recoger una gotita —. Tan perfecta.

El elogio me calienta más y juro que mis bragas están empapadas. Solo bastaría rozar mi clítoris para que el orgasmo me golpee.

Con su mano todavía en mi cabello, bajo un poco más y recorro sus abdominales con mi lengua. Respira fuerte cuando llego a su erección y envuelvo mis labios en su cabeza. Lamo una y otra vez sin dejar de mirar sus ojos, provocando que su mano en mi cabello se tense. Me encanta ser yo quien lo hace perder el control.

Cuando por fin abro la boca y lo deslizo en mi garganta, lo escucho gemir fuerte.

—Joder, esposa.

Cierro los ojos, disfrutando de su placer, sin dejar de mover mi cabeza hasta encontrar un ritmo adecuado en el que no me dan arcadas. Un momento después siento que pierde el control cuando mi nariz toca su piel. Mierda, nunca había ido tan profundo.

—Aguanta — ordena y relajo mi garganta un poco.

Suelta un gemido ronco antes de tirar de mi cabello y darme un respiro. Mis lágrimas bajan por mis mejillas y trago saliva, viendo toda la saliva que he dejado en su erección dura y firme.

—Termina en mi boca — susurro y veo como cierra los ojos con una sonrisa.

Junto mis piernas, buscando fricción para relajar el dolor que siento. Necesito un simple roce aunque sea.

Solo hacen falta unos minutos para que mi boca se llene con su semilla y trago sin dejar de mirarlo.

—Jodido infierno — susurra antes de que me tumbe en la cama y de un tirón me deja sin ropa interior.

—Dioses... — jadeo cuando me quedo con las piernas abiertas.

Se arrodilla de nuevo para dejar su cara a centímetros de mi sexo. Inhala por la nariz y me remuevo al sentirlo. Quiero sentirme cohibida, pero es mi Alfa quien lo hace y no siento pena. Ni siquiera estoy depilada, ya que tengo los vellos recién salidos y a él no le importan.

—Estás empapada, esposa — susurra y no duda en pasar su lengua por mi hendidura, soltando un gemido de placer.

No hace falta decir que mi gemido lo acompaña.

—Mi Alfa.

—Sabes tan bien, esposa. No sé si podré parar — me advierte antes de sumergir su cara en mi sexo.

No sale a respirar, y no tengo ni idea de cómo, pero sigue lamiendo sin parar después de varios minutos. Mis gemidos acompañan sus sonidos de placer y todo se siente tan bien.

—No puedo aguantar más — jadeo apretando mis piernas y lo escucho tararear, enviando vibraciones a mi clítoris.

Introduce dos dedos de golpe y los curva para tocar mi punto G. Es demasiado para mí y no tardo en explotar en su cara. Sigue moviendo sus dedos despacio para recoger todos mis jugos y se los lleva a la boca.

No siento nada. Ni los pies, ni las piernas. Nada.

—Necesito follarte ahora, esposa — murmura mientras se levanta y cubre mi cuerpo.

Envuelvo su cintura con mis piernas y noto su erección tocando mi núcleo dolorido. Aún así, quiero más.

—Hazlo.

Con una fuerte y rápida embestida, la deja metida hasta el fondo y siento que no puedo respirar. No apartamos la mirada el uno del otro cuando sale para volver a entrar. Siento como me se curvan los dedos de los pies y clavo mis uñas en su espalda tonificada.

Sus embestidas se vuelven salvajes mientras gruñe palabras que no puedo entender, ya que solo puedo observar sus ojos oscuros y sentir como golpea dentro de mí. Siento la necesidad de correrme de nuevo y mi interior se contrae.

Él mantiene la velocidad y la fuerza mientras suelto los jugos que bañan su erección. Me besa los labios antes de sentir como su nudo sale y me aferro a él.

—Me encanta follarte, Flora — gruñe mientras nos da la vuelta y me deja sobre su pecho —. Descansa, te cuidaré.

Rodeo su cuello con mis brazos y cierro los ojos. El sueño me envuelve antes de que pueda decirle algo.

Hola mis lobeznos espero que estéis teniendo una semana bonita

Os dejo por aquí esta nueva actualización, espero ver vuestros comentarios y no se olviden de regalarme vuestro voto. Me ayudáis a llegar a que más personas conozcan mi historia.

También quería deciros que estoy trabajando mucho estos días y no sé cuándo habrá actualización nueva, pero habrá una a la semana.

Os amuuuuu

Capítulo 23.

F lora

Me levanto más temprano de lo normal aunque sea domingo y no tenga clases, ya que quiero hacerle un desayuno especial a mi Alfa. Hoy 19 de enero es su cumpleaños y quiero mimarlo mucho. Tengo varias sorpresas guardadas, pero tendrán que esperar.

Bajo las escaleras mientras me envuelvo en mi bata de pelo y camino hacia la cocina para empezar con mi tarea. Decido que voy a hacerle un desayuno cargado de proteínas ya que le encantan. También hago una nota mental para hacer una tarta de queso que ya se acabó y Aiden come un trozo todos los días.

—Podríamos salir al bosque esta tarde — pide Ela y sonrío.

—Se lo diré más tarde.

Termino de preparar el café como a él le gusta y ordeno la bandeja que contiene nuestros desayunos. A él le hice unas tostadas con aguacate, aceite y huevos con un poco de pimienta por encima, unos tomates cherrys asados y un zumo de naranja recién exprimido por si también lo quiere. Para mí llevo unos crepes con fresas y mucho chocolate.

Subo con cuidado y cuando entro a nuestra habitación veo que está moviendo su mano por mi lado en la cama.

—¿Buscándome? — pregunto sin poder ocultar mi sonrisa y levanta la cabeza con el ceño fruncido.

Es tan guapo. Me encanta y jamás lo voy a negar. Tiene un cuerpo divino, es fuerte, pero sin llegar a ser demasiado, y tiene unas manos firmes. Unas manos que me hacen ver las estrellas y más.

—¿Qué haces despierta tan temprano, esposa? — gruñe y algo en mi interior se contrae.

Por los Dioses. Tengo que bajarle un poco a mis ganas, pero es que después de la menstruación siempre me pongo como una loba en celo. Bueno, en realidad no sé a quién quiero engañar. Siempre le tengo ganas.

—Buenos días — me acerco para dejar la bandeja en la cama y le doy un beso —. Feliz cumpleaños mi Alfa.

Noto como gruñe y su mano cae en mi nalga izquierda.

—Gracias mi hermosa esposa — murmura y aprovecha para olfatear mi cuello y cabello.

Sonrío cuando lo escucho gemir y me siento a su lado para desayunar y así poder empezar nuestro día. No haremos nada especial, ya que él no quería, sin embargo, haremos una comida con su familia y la mía en la casa de mis suegros. Me gusta saber que ya no hay problemas ni malas vibras. No tengo ninguna queja sobre Aiden y ahora sé de verdad que jamás me hará daño.

—Nuestro lobito nos quiere mucho y no dejaría que nos hiciera daño — presume Ela y no oculto mi sonrisa, haciendo que Aiden me mire con una ceja levantada.

—Buenos días mi Luna — ronronea Furia y las mejillas me arden. Este lobo siempre me hace sentir cosas.

—Deja de hablar con Furia que quien está contigo soy yo — gruñe Aiden negando con la cabeza —. Y es mi cumpleaños, ¿no se supone que es conmigo con quien deberías hablar?

—¿Estás celoso? — dejo caer mi mano en la suya antes de que agarre su desayuno.

Resopla y dejo un beso rápido en su mejilla.

—Otro — pide y hay que complacer al cumpleañero, por lo que dejo otro beso más largo y lento que el primero —. Otro.

Suelto una risa antes de juntar nuestros labios y darle lo que quiere porque es capaz de tirar la bandeja al suelo y hacer lo que quiera conmigo. Cosa de la que no me quejo si soy sincera.

Desayunamos tranquilos mientras escucho como Aiden me cuenta sobre los entrenamientos, el funcionamiento de la manada y todo lo que pasa aquí. Cada día sé un poco más sobre todo lo que hay aquí y sobre las personas. Juliana también me ayuda a conocerlos mejor y es algo que agradezco.

—Todo caerá en nosotros cuando nos hagamos cargo de la responsabilidad de la manada — me mira y asiento —. No estarás sola, mi madre ya te ha ido enseñando muchas cosas y sé que eres capaz de todo. Aunque puedes estar tranquila, esposa, a mi padre aún le quedan muchos años con su puesto y a mi madre con el suyo.

—Va a ser difícil estar a la altura de tu madre — murmuro sin dejar de mover lo que queda en mi plato —. He visto como la gente la mira y sé que no voy a ser bien recibida al principio por todo lo que ocurrió en el pasado. Solo espero ser una buena Luna.

Su brazo envuelve mi cintura para acercarme más a él antes de dejar un beso en mi cabello.

—Lo estarás, serás una buena Luna y todos te van a amar — habla y dejo caer mi cabeza en su brazo —. Tú no tienes la culpa del pasado y si algunos en la manada no están contentos, se pueden ir y buscar otro lugar para vivir.

Suelto una risa y nos quedamos un rato abrazados. Pronto llegarán los demás para visitar al cumpleañero.

—Bajaré todo esto para empezar el día — dejo un beso en los labios de mi Alfa y salgo de la habitación con la bandeja.

Escucho el timbre cuando estoy bajando las escaleras y dejo todo en la isla para abrir.

—¡Buenos días, Flora! — canturrea la pequeña Gisel que viene acompañada por su madre, su hermano y más atrás veo a mis suegros.

—Buenos días — sonrío antes de dejarles paso y Esme me envuelve en un abrazo.

—Estás guapísima, cariño — me mira sin dejar de sonreír y yo quiero negarlo, ya que sigo en pijama.

Aiden baja ya vestido todo de negro y está guapísimo con un simple pantalón y una camiseta.

—¡Feliz cumpleaños, Aiden! — gritan Izan y Gisel al mismo tiempo que corren hacia él para que los levante.

—Muchas gracias, mocosos — responde juntado sus frentes y deja un beso en sus cabezas.

Mis ovarios deciden en este mismo instante que quieren cachorros y mi loba está ronroneando sin fin ante la imagen de nuestro Alfa con dos niños en brazos.

—¡Contrólate un poco! — la regaño y justo Aiden me mira con una sonrisa ladeada.

Mierda. Sabe lo que he pensado.

Me aclaro la garganta antes de sonreír a los demás y despedirme de ellos para cambiarme de ropa. Después de una ducha rápida me pongo unos vaqueros y un jersey para estar cómoda, ya que solo vamos a estar en familia y pasar el día en la casa de mis suegros.

Mi teléfono suena y veo una llamada de mamá.

—Mi hermosa Flora, buenos días — escucho su voz y sonrío —. Te llamaba para decirte que estamos de camino, en un rato os veo.

—Buenos días, mamá. Aquí os esperamos. Te amo mucho.

Bajo para estar con los demás y me los encuentro a todos sentados en el sofá. Los pequeños le están dando una bolsa de regalo a Aiden.

—Ábrelo — le pide Gisel sin dejar de saltar y esperamos a que Aiden le haga caso.

Del interior de la bolsa saca una caja envuelta en papel negro y lo rompe para revelar un perfume.

—Muchas gracias — deja un beso en sus frentes y me siento a su lado —. Espero que no sea como el del año pasado.

Izan y Gisel sueltan a reír cuando Aiden los mira con una ceja alzada.

—Eso fue una broma, este es de verdad — le asegura Izan —. Lo compramos con mamá.

—Es que el año pasado le hicimos una broma y le dimos un perfume que huele a pedos — me susurra Gisel poniendo su mano en su nariz arrugada y la miro asombrada —. Cuando lo utilizó se tuvo que duchar varias veces.

Dioses. Suelto una risa al imaginar a Aiden con el ceño fruncido y con cara de pocos amigos al tener que lavarse varias veces por una broma. Sé lo intenso que es con la higiene y le encanta oler bien.

—No le des ideas — le dice Aiden a Gisel mientras me señala.

Los demás se ríen y pasamos un rato hablando sobre varios temas. Escucho a Agatha hablar del colegio de sus hijos y lo bien que van con los exámenes y demás. Gisel es una niña muy inteligente y quiere ser una gran doctora. No tengo ninguna duda en que será lo que ella desee. Sobre Izan sé muy poco, ya que es un niño muy callado, pero sé que es muy astuto.

—¿Entonces abrirás tu propia clínica? — le pregunta Hunter, el padre de Aiden.

—Por supuesto — responde Gisel y asiente con la cabeza —. Seré una doctora reconocida y seré la mejor.

—Estoy segura que sí — le dice su madre y el timbre de casa suena.

Me levanto para abrir y recibir a mi familia. Creo que siempre los voy a echar de menos, aunque solo estemos a una hora de distancia.

—Mi niña — Mamá me abraza fuerte y veo a mi padre junto a mi hermano —. Te veo muy bien, estás muy guapa.

Sonrío dejando un beso en su mejilla y abrazo a mi padre y a mi hermano.

—Buenos días — saluda papá a todos y mira a Aiden —. Felicidades.

—Gracias suegro — le sonríe y mi padre alza una ceja.

Se saludan y en el salón se ponen a hablar con los demás. Mamá le entrega una bolsa pequeña. Ella nunca iría a una fiesta de cumpleaños sin un regalo, aunque Aiden le dijo que no hacía falta.

—¿Cómo te trata la vida, hermanito? — paso mi brazo por la cintura de Einar y él deja un beso en mi cabeza.

—Hace días que no veo a Lily. Está ocupada con los exámenes y los proyectos que le piden, aunque siempre hablamos todas las noches.

No hace falta que me diga más. Sé lo intensos que son los Alfas con sus mates. Tengo a Aiden, y ni siquiera he dado dos pasos fuera de casa cuando ya me está llamando y preguntando si estoy bien o si necesito algo. Sé volvería loco si no me ve durante días.

—Quizás puedas verla por la tarde un rato ya que estás aquí — propongo y él asiente.

Nos quedamos un rato más en casa hasta que decidimos salir y caminar para ir a la casa de mis suegros. Allí haremos la comida y estaremos tranquilos. Los sigo para salir hasta que Aiden me frena el paso en la puerta, sin decir nada me envuelve con un abrigo y deja su mano metida en el bolsillo trasero de mi pantalón.

—Gracias mi Alfa — susurro y me guiña un ojo.

Por el camino vemos a pocas personas caminando o comprando. Algunos se paran para felicitar a Aiden y saludar a los pequeños.

Una vez que llegamos a la casa de mis suegros nos sentamos en el salón todos juntos. Me gusta ver a mi madre hablar con Esme y Agatha como si se conocieran de toda la vida, y mi padre se lleva muy bien con Hunter. Los dos son grandes Alfas y personas civilizadas. Si mi padre hubiese estado al mando de la manada desde hace tiempo, se habrían evitado muchas muertes, sin embargo, ahora que lo pienso, y que los Dioses me perdonen por esto, si mi padre hubiese estado al mando no habría conocido a Aiden. No estaría casada con él, tampoco sabría que sería mi destinado y que se convertiría en alguien fundamental en mi vida. Alguien con quien ahora no podría vivir un solo día sin tenerlo a mi lado.

—Diosa Luna nos habría guiado por otro camino para conocerlo — murmura Ela.

—¿Qué sería de nosotras si no lo hubiésemos conocido?

—¿En qué piensas, esposa? — susurra Aiden pasando su brazo por mis hombros y aprovecha para acercarme más a su lado.

Lo observo casi sin respirar, viendo el azul de sus ojos, su cabello, su nariz, su pequeño lunar. Resisto el impulso de subirme a su regazo y meter mi cabeza en su cuello para envolverme en su aroma. No es el momento ni el lugar adecuado, el salón está lleno con nuestras familias y hay dos niños pequeños.

—Ela me ha pedido salir más tarde al bosque — respondo, evitando su pregunta.

—Lo haremos cuando volvamos a casa — promete dejando un beso en mi frente y asiento.

—¡No me gusta! — escucho a Gisel y giro la cabeza para ver que está con sus manitas en la cintura, envuelta en una conversación con Einar.

Mi hermano se muerde el interior de la mejilla y noto que trata de aguantar la risa. A Einar siempre le ha gustado sacar a las personas de quicio, sobre todo si son a niños pequeños.

—Yo creo que sí y no lo quieres admitir — responde al mismo tiempo que alza un hombro.

—¡Mamá! — Gisel patalea llamando a su madre y señalando a Einar — Este cabezota dice que me gusta Mateo.

Tiene las mejillas rojas, los labios juntos al igual que las cejas. Señal de que la pequeña Gisel se está enfadando.

—Los que se pelean se desean — se burla Einar y mira a Aiden —. ¿No es así, cuñado?

Aiden suelta una risa y yo levanto una ceja al escucharlo. Es la primera vez que lo llama así.

—Deja a la pequeña, Einar — lo regaña mamá y veo como Gisel le saca la lengua.

Yo creo que también le gusta Mateo, solo que no quiere admitirlo, ya que siempre están discutiendo por una cosa o la otra.

****

—La comida estaba muy buena — habla mamá y todos asentimos —. Gracias por la invitación.

—Oh querida, no es nada. Somos familia — responde Esme con una sonrisa.

—Quizás para la próxima reunión nos pueda cocinar Flora — propone mi suegro y trago saliva.

Sé de lo que soy capaz y sé que cocino bien, pero siempre me pongo nerviosa cuando la gente tiene que probar mi comida, ya que pienso que no les gustará o mil cosas más.

—Me encantaría — respondo después de dejar mi vaso en la mesa.

Después del postre nos vamos al porche trasero, donde todos nos sentamos juntos. Pronto se irán mis padres y quiero pasar tiempo con ellos. Aiden está hablando con su padre.

—Hay algo que te está pesando mi niña — murmura mamá dejando sus labios en mi cabello.

La envuelvo con mis brazos, notando los de ella también, y me dejo abrazar por mi madre.

—Quiero decir muchas cosas y no puedo — le explico, queriendo que me entienda a la primera, y creo que lo hace porque suelta un suspiro antes de abrazarme más fuerte.

—No dejes nada para mañana, no sabemos el tiempo que nos queda, cariño. Muchas veces nos podemos ahogar si no soltamos lo que tenemos guardado, eso es un peso que nos hunde poco a poco. Y nada nos asegura que estaremos aquí mañana.

Trago saliva y dejo que pasen los minutos abrazada a mamá. Un rato después ya me estoy despidiendo de mi familia para irnos a casa.

—Suelta lo que te pesa mi dulce niña — susurra antes de romper el abrazo y le sonrío.

También nos despedimos de mis suegros y Agatha, los niños se quedaron dormidos hace un rato y dejo un beso en sus cabezas antes de irnos.

—¿Sigues queriendo salir al bosque?

—Sí, Ela está ansiosa por correr con Furia — le digo y él asiente.

Al llegar a casa vamos directamente al jardín para darle paso a nuestros lobos. Aiden se cruza de brazos y lo miro.

—Desnudate — ordena.

Maldita sea, tengo que respirar un par de veces para no saltar encima de él y dejar el bosque para otro día. Sus pupilas se dilatan cuando estoy en ropa interior y se acerca a mí para ayudarme. Hace un frío horrible, pero mi piel se enciende como el fuego cuando pasa sus manos por mi espalda hasta llegar al broche del sujetador. Una vez que me lo quita, sus manos se mueven a mis pechos y les da un suave apretón.

—Basta — susurro al sentir como pellizca mis pezones. No podré aguantar tanta tentación.

Antes de que pueda decir algo, le doy paso a mi loba y lo espero.

—Solo estaremos un rato — advierte una vez que está desnudo —. Tengo planes para ti.

Yo también para él.

****

Unas horas más tarde volvemos a casa. Mañana tendré que levantarme temprano para ir a clases, pero antes quiero disfrutar unas horas más con mi Alfa.

—A la cama — ordena cuando entramos a casa y cierra la puerta.

Camino por delante hasta llegar a las escaleras, notando su mirada en mi trasero desnudo, ya que no me ha dejado ponerme la ropa de nuevo.

Me doy la vuelta cuando llegamos a nuestra habitación y me lanzo para besar sus suaves labios. Sus manos van directas a mis caderas mientras camina conmigo hacia atrás y antes de que me tumbe, le doy la vuelta y lo tiro a la cama. Siento como mi sexo ya está empapado y veo su pene erecto, grueso y listo. Dioses, en lo único que puedo pensar es en abrirme de piernas para él.

—Aquí no mandas, esposa — murmura agarrando mi brazo y tirando para que quede encima de él, abierta de piernas.

Apoyo mis manos en su pecho cuando noto como su mano se mete entre nosotros y con sus dedos separa los labios de mi sexo. Estoy muy húmeda y siento que el orgasmo me va a atravesar en cualquier momento. Mi cabeza cae hacia adelante, teniendo una vista de primera a lo que me hace. Dos de sus dedos se hunden en mi interior y siento que me tiemblan los muslos. Ya lo dije antes y lo vuelvo a decir ahora, sus manos hacen magia y me desespera que siempre sepa cómo tocarme para llevarme al cielo.

—Estás lista para mí — ronronea y se me escapa un jadeo cuando curva sus dedos para tocar ese punto que me hace poner los ojos en blanco.

—Por favor — susurro como puedo.

—Por favor, ¿qué? — gruñe y siento como su mano cae en mi nalga izquierda.

—Por favor... fóllame, por favor mi Alfa.

Su mano sube por mi espalda hasta llegar al cabello de mi nuca, el cual envuelve en su puño para levantar mi cabeza y así hacer que lo mire. Tiene los ojos llenos de deseo, apenas se ve el azul que tanto me gusta, ya que sus pupilas están completamente dilatadas haciendo que el negro lo consuma todo.

Siento la cabeza de su pene en mi entrada y me preparo para la embestida. Mi interior se contrae cuando lo tengo totalmente dentro y me cuesta respirar mientras comienzo a moverme.

—Tan necesitada — tira de mi cabello para que lo mire y gimoteo.

Me provoca de una manera que no entiendo y solo puedo pedir más. Soy otra persona totalmente distinta cuando tenemos sexo.

—Más duro — suplico y cierra los ojos por un momento, al siguiente, sé que ha perdido el control.

—¿Así? — gruñe y ni siquiera puedo hablar cuando sale de mi interior y me pone en cuatro.

Sus manos sujetan mis caderas, clavando los dedos en mi carne para mantenerme en mi lugar. Mis manos fallan y me quedo con los codos clavados en la cama, cambiando la postura y haciendo que sus embestidas sean más profundas.

—¡Joder! — grito cuando siento que golpea mi cuello uterino. Hay tanto placer mezclado con dolor que siento que mi cabeza va a estallar.

Su mano cae en mi nalga izquierda mientras lo escucho gruñir a lo animal, al mismo tiempo que mis gemidos llenan la habitación.

Sigue embistiendo en lo más profundo de mí cuando el orgasmo me golpea y siento que la humedad baja por mis piernas, las cuales no dejan de temblar. Me cuesta respirar y tengo que morder la sábana para dejar de gemir como loba en celo. Su mano sube por mi espalda hasta llegar a mis pechos para torturar mis pezones.

Siento como sale para darme la vuelta y volver a entrar. Me besa como un animal hambriento, muerde mi cuello, mis pechos y sigue follándome a lo loco. Pone mis piernas en sus hombros y siento que mi cuerpo va a otra dimensión. Solo puedo sentir su cuerpo, sus manos y el placer que me hace sentir.

—Toma mi nudo, esposa — ronronea al mismo tiempo que noto como su nudo se aferra a mí y nos da la vuelta para que yo quede encima suya.

No pienso, no razono y no mido las consecuencias de mis actos.

Apoyo mi barbilla en mis manos para mirarlo y él ya me está observando con un brillo en los ojos.

—Te amo — murmuro antes de que una lágrima se me escape y siento como su pecho retumba.

Su mano envuelve mi cabello y acerca su boca para besarme.

—Repítelo.

—Te amo.

Gruñe levantado la cintura, haciendo que su nudo encaje aún más, y a mí se me escapa un gemido.

—No te he oído bien, esposa — gruñe pellizcando mis pezones.

Dioses, no creo poder aguantar otra ronda. Esta ha sido muy intensa y no creo que pueda levantarme mañana para ir a clases.

—Te amo, Aiden. Te amo y no quiero que me sueltes nunca.

Sus ojos se cierran y comienzo a ponerme nerviosa cuando él no me corresponde. No está obligado a hacerlo, pero esperaba que al menos él sintiera algo así por mí.

—Estaba perdido, Flora, y no tenía interés alguno en que me encontraran. No esperaba nada de la vida - murmura sin dejar de mirarme —, hasta que llegaste tú.

Se me escapa un sollozo y las lágrimas bajan sin poder retenerlas. Sus dedos van hacia mi cara para limpiar mis mejillas y veo una sonrisa tonta en su cara.

—Te amo, esposa, y no sabes lo feliz que estoy contigo, lo feliz que me haces. Te amo.

Gimoteo cuando siento su nudo bajar, sin embargo, no me bajo y envuelvo su cuello con mis brazos.

—Quiero quedarme así.

—Entonces así nos quedaremos — susurra antes de dejar un beso en mi cabeza y pasar sus manos por mis piernas —. Duerme, esposa.

Siento que ahora puedo respirar sin dificultad. He soltado lo que hace unas semanas tenía en mi interior y me siento como nueva. No sé cuándo sucedió, solo que lo hizo. Amo a Aiden y no lo voy a ocultar más. No empezamos con buen pie, pero ya hemos dejado el pasado atrás y sé que sería capaz de todo por mí.

—¡Nos ama! — grita Ela y oculto mi sonrisa.

—Nos ama — confirmo y cierro los ojos para poder dormir.

Se dijeron su primer Te amo◻◻◻

Espero que les haya gustado este capítulo. Aún queda mucho por ver ◻

Creo que ya se han dado cuenta, pero cada capítulo tendrá semanas o meses de diferencia, por eso tienen que leer bien las fechas y demás, para que no crean que todo pasa rápido y fácil

Capítulo 24.

Flora

—Hasta la semana que viene, chicos. Que paséis un buen fin de semana — Rosa se despide de nosotros antes de que salgamos con nuestras cosas.

Hoy no ha sido mi día, sin embargo, no dejo que eso me arruine y tampoco dejo que mi mal humor salga a flote. Rosa no tiene la culpa. Mejor dicho, nadie la tiene.

—Oye... — Lau se acerca un poco nerviosa y me trago el suspiro que quiero dejar salir — solo quería decirte que esto es solo un mal día y que no todo sale a la primera. ¿Recuerdas ese bistec que nos pidieron y que a ti te salió a la primera?

Sonrío un poco al recordar que hace unas semanas nos pidieron un bistec alla fiorentina y Laura entregó un trozo de carne carbonizado.

》A lo que quiero llegar es que no todos los días son buenos, pero seguimos aprendiendo un poco más. Y para que no te sientas tan deprimida, a mí tampoco me dieron una buena valoración. Álvaro me dijo que mi puré de patatas estaba con grumos, soso y que le faltaba más cocción.

—Me siento mal cuando no me salen las cosas — decido desahogarme un poco con ella, ya que la considero mi amiga y es una gran compañera —. La ansiedad comienza a surgir y siento que no seré buena en esto, aunque sepa que sí lo seré.

—Entiendo, pero para eso estamos aquí, para aprender — mira detrás de mí y veo el auto de su padre —. ¿Nos vemos el lunes?

Asiento con una sonrisa y le doy un abrazo antes de que se vaya.

Mi teléfono comienza a sonar con una llamada de Aiden cuando subo a mi auto y comienzo a conducir.

—En camino.

—Cuéntame, esposa — pide con esa voz que me pone mal.

Suelto un suspiro, agarrando el volante con fuerza antes de soltar todo lo que me preocupa.

Hoy no ha sido mi día por varias razones. La primera, y la que más rabia me ha dado, ha sido quedarme dormida y llegar veinte minutos tarde. Por suerte no me han regañado. La segunda, se me ha olvidado casi la mitad de mis materiales y Álvaro me ha tenido que dejar algunas cosas. Él ha intentado tranquilizarme, diciéndome que estas cosas pueden pasar y que por suerte aquí hay de sobra, pero me gusta llevar mis cosas y no sentirme así tan vulnerable. La tercera, y lo que ha colmado mi paciencia, es tener que hacer un plato que no me ha salido nada bien. Estofado de ternera.

—¿Lo puedes creer? Ese plato ya lo hice en casa para nosotros y salió bien. Resulta que lo hago aquí y la carne se queda dura, las patatas ni siquiera sé han cocido bien y el caldo sabía a todo menos a lo que debería saber.

Aiden no habla hasta que termino de soltar todo lo que tenía guardado y tengo ganas de llorar por ser tan comprensible conmigo. Lo amo tanto.

—Conduce más rápido para que nuestro hombre nos mime — ronronea Ela y suelto una risa.

—Entiendo que te preocupe, esposa — escucho a mi Alfa —. Has llegado tarde por mí y lo siento mucho. Esta noche prepararemos las cosas para que mañana no se te olvide nada, y en cuanto a la comida, no te agobies. Estás en ese curso porque quieres aprender y no todo saldrá siempre bien, habrá veces en las que la situación te superará y no podrás dar más de ti, y otras donde lo harás con los ojos cerrados. Lo importante es que has logrado pasar este día.

Mis mejillas se calientan al recordar el motivo de mi cansancio esta mañana. Aiden me metió ayer en la cama y no me soltó hasta que vimos el reloj y eran las tres de la madrugada. Siento un cosquilleo en mis partes y freno las ganas de querer juntar las piernas para buscar fricción.

—Te amo.

—Te amo, esposa. Ten cuidado y te espero para comer, espero estar a tu altura.

Sonrío y me siento un poco más relajada.

Desde que nos dijimos nuestro primer te amo, no hemos parado de repetirlo. Al día siguiente del cumpleaños de Aiden me dí cuenta de que ni siquiera le había entregado su regalo, así que me levanté y le entregué una caja que contenía una cadena de oro blanco con nuestras iniciales. Sobra decir que desde que se la puso no se la ha quitado.

Veinte minutos más tarde ya estoy entrando en la manada, saludando a varias personas. Estaciono en casa y agarro mis bolsos.

—¡Ya estoy aquí!

Aiden camina hacia mí y dejo caer las cosas al suelo para poder aferrarme a su cuerpo. Envuelvo su cuello con mis brazos y él mismo hace que mis piernas envuelvan su cintura.

—Vamos a comer y luego haremos algo.

—¿Qué haremos? — pregunto sin dejar de besarlo mientras me lleva a la cocina.

No dice nada y me deja sentada en la isla para que vea lo que hace. Para comer hizo albóndigas con salsa de vino y puré de patatas, y tengo que admitir que Aiden cocina de maravilla. Al principio de nuestro matrimonio pensaba que era el típico hombre que pagaba para que se lo hicieran todo y que él apenas pisaba su casa, pero me equivoqué y por eso he aprendido a no juzgar a nadie. Él solo tiene a dos personas que hacen limpieza a fondo cada dos meses, de lo demás nos ocupamos nosotros.

—Tan hermoso — suspira Ela y sonrío sin dejar de observar su espalda.

—Lo es, y es solo nuestro.

Aiden se da la vuelta con los platos en la mano y los deja en la isla. Me bajo para sacar la bebida y sentarme a su lado para comenzar a comer. Espero que este día vaya mejorando.

—¿Cómo va la empresa?

—Bien, ya arreglaron el pequeño fallo que estaban dando los ordenadores de recepción — responde después de tragar —. Aún no has ido a ver nuestra empresa.

Me quedo con el tenedor a mitad de camino y lo miro. Leí el correo que me envió su abogado y casi me desmayo al ver que todo lo suyo era mío. Su empresa, los autos, una moto, el avión, el barco, esta casa y otra que tiene en la ciudad, no sabía que Aiden tenía tanto, y por supuesto, jamás pensé que lo pondría a mi nombre. Él me odiaba sin haberme conocido y me advirtió que me haría la vida imposible.

—O quizás no nos odiaba en realidad — murmura Ela.

—Iremos algún día de estos, aunque no sé qué podría hacer yo allí.

—Solo quiero que mi gente sepa quién eres, aunque ya algunos lo saben. También es tu empresa, en un futuro será de nuestros cachorros.

—Lo sé — respondo sin poder evitar que las mejillas se me calienten —. Podemos ir el sábado y así conozco todo, no tendremos que madrugar ya que no tendré clases.

Él asiente y seguimos hablando de otras cosas hasta terminar de comer. Una vez que la cocina está limpia nos vamos al salón para ver alguna serie.

—Esposa — escucho el susurro de mi Alfa y me doy la vuelta en el sofá.

¿En qué momento me he quedado dormida?

—¿Qué pasa?

—Vamos, ya lo tengo todo — me dice con una sonrisa y frunzo el ceño sin saber a qué se refiere.

Me toma la mano para levantarme y en la puerta de casa veo que hay unos bolsos medianos.

Mi cerebro aún sigue dormido y no puedo pensar bien, así que me dejo guiar hasta el auto después de que Aiden me pusiera el abrigo.

—¿A dónde vamos? — pregunto al ver que pasamos por el centro de la manada y nos dirigimos al lago.

—Tendremos una cita.

MI LUNA

Sonrío como una tonta al escucharlo y siento como las mariposas de mi estómago forman un tornado en mi interior. Ya hemos tenido varias citas y todas me han encantado.

El lago es hermoso y veo que solo hay varias parejas. Algunas están sentadas, otras dando un paseo y también veo algunas con sus bebés.

—Vamos — lo escucho decir mientras baja del auto, ya que me he quedado embobada viendo las vistas.

Lo sigo hasta la orilla, donde deja los bolsos en el suelo para sacar un mantel y dejar las cosas encima. Siento que la gente nos observa y veo a una pareja de ancianos sonreír al ver lo que hace el futuro Alfa de la manada. No es raro para mí verlo haciendo este tipo de cosas, Aiden siempre me muestra cuanto me ama en público y en privado, nunca se ha ocultado. Pero eso no significa que la gente esté acostumbrada a eso, ya que algunos lo miran asombrado.

—La gente te está mirando — hablo, divertida por la cara que se les ha quedado a algunos.

—La gente no está acostumbrada a ver a un Alfa mostrar nada. Estaré en boca de algunos durante días — responde sin dejar de sacar cosas y poner todo a la vista —. No es algo que me preocupe, ya que eres mi esposa y no me cuesta nada hacer esto por ti. Quiero que te sientes a mi lado para poder ver el atardecer mientras comemos y me cuentes lo primero que se te venga a la cabeza.

Dioses os ruego que me deis fuerza y voluntad para no lanzarme ahora mismo a sus piernas para que me haga suya delante de todo el mundo.

—No tenías que hacer todo esto, pero te lo agradezco muchísimo mi Alfa. Es una cita hermosa — le hago saber antes de besar sus suaves labios y pegarme a su lado.

¿Quién me iba a decir a mí que tendría al gran Alfa Aiden en un cita en el lago? Suelto una risita mientras agarro un par de uvas y como una.

—¿No me das, esposa? Pensaba que no eras egoísta — se hace el ofendido y llevo mi mano a su boca para darle una uva.

La punta de su lengua roza mi dedo índice, haciendo que un escalofrío me recorra todo el cuerpo. Él nota y se burla antes de coger la uva con los dientes y morderla.

Le doy otras tres, hasta que siento que mi interior se revuelve con ganas y necesidad.

—Basta — susurro mirando a todos lados y viendo que en realidad ya nadie nos observa.

—Pero tengo hambre, esposa, y es mejor que me des comida a que te abra de piernas aquí y coma lo que en verdad necesito.

—Por todos los Dioses, Aiden — susurro antes de agarrar un pastel y llevarlo a su boca, metiéndole casi la mitad del pastel.

Él suelta a reír mientras mastica y traga.

—Esta no es la forma en la que quiero morir asfixiado, Flora — por su voz ronca sé que va a decir cualquier guarrada —. Quiero morirme con tu coño en la boca...

—¡Aiden! — medio grito y medio susurro mientras le tapo la boca para que ningún curioso que ande por aquí lo escuche — Suficiente.

Sonríe de medio lado antes de envolver mi cintura y subirme a su regazo para tenerme cara a cara. Jadeo al sentir su erección en mi entrepierna.

—Nada es suficiente para mí y lo sabes, esposa.

—Brindemos — cambio de tema, más para mí que para él, ya que siento las ganas de moverme sobre él para sentirlo en mi clítoris.

Sonríe dejando un beso en mi nariz y sabiendo la razón por la que he cambiado de tema.

Llena dos copas de champagne rosado antes de darme una y chocar nuestras copas.

—Por nosotros, por nuestro presente y futuro, por lo orgulloso que estoy de ti y de todo lo que estás consiguiendo, por haber ganado a la muerte y por superar ese veneno — murmura sobre mis labios y no puedo evitar que el labio me tiemble y los ojos se me llenen de lágrimas —. Por haberte conocido, porque me has salvado la vida, esposa...

—Aiden... — Lo agarro por la nuca y siento su pecho retumbar al igual que el mío.

—Brindo por nosotros, esposa — murmura moviendo su mano desde mi espalda hasta mis nalgas —, y por este culo que pronto lo haré mío también.

—¡Aiden! — suelto a reír y las lágrimas caen sin permiso — te amo.

—Te amo, esposa.

Brindamos antes de tomar un trago y seguir comiendo. El atardecer le da paso a la noche oscura y volvemos a casa después de recoger todo y tirar la basura.

—Me ha encantado esta cita — envuelvo mis brazos en su cuello cuando cierra el maletero y él pasa los suyos por mi cintura —. Gracias por este día.

—No tienes que agradecerme, esposa — murmura sobre mis labios —. Seré quien arregle tus días malos y seré quien mejore los buenos.

Me tiembla el pecho al respirar y lo abrazo fuerte, dejándome llevar por su aroma y su fuerza. Amo tanto a este hombre.

Capítulo 25.

Flora

—Mi esposa — gruñe cuando se introduce en mi interior de un solo golpe y gimo —. Solo mía.

Ni siquiera puedo responder a eso. El placer me tiene la mente nublada y no soy capaz de formular una sola palabra. Se mueve a un ritmo que me pone a delirar. Mis uñas se clavan en su espalda y eso parece que le da más fuerza.

—Dilo — ordena mientras se quita mis piernas de su cintura para ponérselas en los hombros —. Dilo de una vez, Flora.

Me niego, solo para hacerlo enfadar. Me encanta cuando se pone así de animal en la cama y me da fuerte. Mi cuerpo no deja de temblar y sudar. No me muevo gracias al agarre que tiene Aiden sobre mí, o ya estaría en el suelo de la habitación.

—Dilo — susurra poniendo mis piernas en mi pecho, haciendo que me cueste respirar cuando se tumba sobre mí.

En esta posición es muy difícil quedarme callada, ya que siento como toca lo más profundo de mi ser y me deja sin aliento en los pulmones. Veo estrellas cuando cierros los ojos y no sé si voy a desmayarme o el orgasmo está cerca.

—¡Dioses! — grito al sentir como introduce su dedo en mi entrada trasera y ahora sí siento la llegada del orgasmo.

No es la primera vez que me introduce su dedo ahí, lo hemos probado varias veces. No debería excitarme como lo hace, pero es que me encanta lo que me hace sentir al tener su dedo ahí. No me quiero imaginar lo que me hará sentir cuando sea su polla.

—Sí, porque nuestro Alfa nos quiere completa — ronronea Ela y a mí me falta el aire.

Con cada empujón, su dedo se introduce más y ya no puedo aguantar un solo segundo.

—¡Te amo! — grito cuando baja un poco la intensidad y lloro al sentir la pérdida del orgasmo— Te amo. Te amo, mi Alfa. Te amo.

—Eso es, joder — gruñe y vuelve a la carga con ese ritmo que me deja tonta.

Los dedos de los pies me cosquillean cuando el orgasmo está a punto de llegar y me recorre todo el cuerpo hasta que exploto y Aiden me pasa su nudo. Me baja las piernas de sus hombros para envolveras en su cintura y quedarse así mientras besa toda mi cara, cuello y pechos.

—¿Cómo te encuentras? — lo escucho preguntar, pero no lo veo al tener los ojos cerrados.

Ahora mismo me encuentro genial. En otra dimensión. Me encanta sentir su peso, su cuerpo, sus músculos, y sobre todo, me encanta sentirlo en mi interior.

—Bebe — noto como pone una botella de agua en mis labios y dejo que el agua fría baje por mi garganta, calmando el ardor que tengo debido a los gritos.

Sí, me gusta gritar y hacerle saber a mi Alfa lo bien que me hace suya una y otra vez. Al igual que me encanta escucharlo gemir cuando termina en mi interior y me deja llena de él.

—Te amo — es lo único que puedo decir en estos momentos y lo escucho reír.

—Te amo, esposa — deja otro beso antes de que el nudo baje y salga de mi interior —. Feliz aniversario mi dulce Flora.

¿Qué? Abro los ojos asustada cuando noto como pone una pulsera pesada en mi muñeca y es entonces cuando me doy cuenta de la fecha en la que estamos. Es 1 de junio. Justo hace un año, el mismo día, Aiden y yo nos casamos en el jardín de mi casa y comenzamos una nueva vida.

—Aiden — susurro con los ojos llenos de lágrimas —, lo siento. Yo... yo no lo recordé, no estoy atenta a las fechas...

Comienzo a hablar sin parar al saber que he olvidado nuestro aniversario. Nuestro primer aniversario. Soy un desastre. Maldita sea.

—Tranquila — me envuelve con sus brazos y deja un beso en mi cabeza —. Sé que estás ocupada con muchas cosas y que olvidas las fechas. Al menos te llevo ventaja en algo.

Niego con la cabeza. Esto no está bien, no debo olvidarme de las cosas tan importantes como estás.

—De verdad lo siento.

—No es nada, esposa. Vamos a darnos una ducha, llegarás tarde a la academia — me levanta en brazos para ir al baño donde enciende el agua fría y me hace soltar un grito —. Esta tarde será solo para nosotros dos.

Asiento y nos damos una ducha rápida para que pueda llegar a mi hora. Es increíble que haya olvidado algo tan importante. No pasará la próxima vez.

—Y también es increíble que haya pasado un año — escucho a Ela.

Tiene razón. Es increíble lo rápido que ha pasado el tiempo desde que dejé de vivir en mi casa y me vine aquí. A otra manada, con otras personas, otro ambiente. Pero es más increíble que lleve un año casada con el amor de vida. El hombre al que pienso amar siempre.

Recuerdo hace un año que por esta hora estaba planeando mi plan de fuga con Malena para escaparme de esa boda a la que no quería asistir. Recuerdo comprar el vestido negro con el que me casé. Una decisión de la que no me arrepiento, ya que ese vestido era espectacular y no todas las novias tienen que ir de blanco. Recuerdo rogarle a mi abuelo para que rompiera el trato. Recuerdo exactamente el enfado y la tristeza que tenía mi hermano al saber que estaría con alguien que no me quería. Pero todos estábamos equivocados. Aiden y yo nos amamos con locura.

—Deja de mirarme así o no llegarás a la academia — me advierte Aiden y suelto una risa mientras salgo de la ducha para envolverme en una toalla.

—Es que te amo y me parece increíble que haya pasado un año ya. Y mira ahora, no hay quien me libre de ti — hablo, poniendo cara de pena y él alza una ceja.

—No veo que te quejes cuando te la meto y te quedas con los ojos en blanco — responde tan tranquilo y me quedo con la boca abierta.

Suelto a reír cuando me guiña un ojo y salgo del baño para ir al vestidor a ponerme mi uniforme. Ya estoy sudando solo de verlo.

—Es un infierno tener que ponerme este pantalón — hablo al notar que lo tengo a mi lado —. Hace un calor horrible cuando encendemos todos los fuegos para cocinar. Ni siquiera los aires nos enfrían un poco.

****

—Buenos días, chicos — nos llama Mariana y dejamos de hablar —. Hoy os daremos libertad para que podáis hacer lo que os guste.

—Eso no quiere decir que quiero unos platos sucios, mal montados o cutres — nos advierte Álvaro —. Sois capaces de demostrar mucho, eso es lo que espero de todos vosotros.

—Al menos los que quedáis — dice Rosa divertida.

Algunos reímos y comienzan a coger sus cosas.

En clase somos ahora unos treinta alumnos, ya que algunos se fueron por diferentes motivos. Unos se fueron porque no les gustaba tanto como pensaban, otros porque se aburrían y otros no vienen por el calor que hace.

—Voy a pensar algún plato con el que no tenga que encender el gas — me susurra Laura y asiento.

—Creo que haré algún tipo de postre. Hoy es mi aniversario con mi esposo, cumplimos un año de casados — le digo con una sonrisa tonta.

—Me alegro mucho, Flora. Yo siempre he querido casarme, pero viendo como son los hombres de hoy en día... — responde poniendo los ojos en blanco.

Esteban, que está a su otro lado, la mira con una ceja alzada y se aclara la garganta. Estos dos se traen algo y no lo quieren admitir. Me hice amiga de ellos desde el primer día que entramos y son los mejores.

—Como Malena te escuche diciendo eso, nos va a hacer correr un bosque entero — me reclama Ela.

—Nadie puede reemplazar a Male — la tranquilo.

—Siento no estar de acuerdo con tu opinión, Laura. Tienes a un buen hombre delante de tus narices y ni siquiera te das cuenta.

—¿Quién? — se burla ella mirando de un lado a otro y lo veo sonreír de lado.

Decido dejarlos solos para que discutan y camino hacia el almacén donde están todos los productos y demás. Haré un postre en vasitos de cheesecake de fresas con chocolate blanco. Espero que me salgan bien y que le gusten a mi Alfa.

Tengo que dar dos viajes porque no me cabe todo en los brazos y vuelvo a mi puesto para dejar la gelatina, la nata y el chocolate.

—¿Y todo eso? — pregunta Laura.

—Haré un postre, pero lo pondré en estos vasitos pequeños — respondo mientras le muestro los recipientes de cristal.

Asiente con una sonrisa y me pongo a trabajar. Algunos han encendido las parrillas, aunque casi todos estamos haciendo algo que no requiere mucho fuego.

—¿Podemos salir luego al bosque?

—Lo haremos — le prometo a mi lobita. Hace días que no vamos y sé que ella quiere libertad.

—Tiene buena pinta — escucho a la profesora Mariana y levanto la cabeza para verla —. ¿Podré probar uno?

Sonrío hasta que me duelen las mejillas y asiento con ganas. Me gusta saber la opinión de mis profesores, pero Mariana está embarazada y no siempre le gustan todos los platos. Por lo tanto, saber que quiere probar esto es un honor. A ese bebé le gusta mucho el dulce.

—Por supuesto. Solo me queda montar la nata para decorar y dejarlo en la nevera unos minutos.

—Gracias — me susurra antes de ir a otra mesa.

Hice más de quince vasitos, no me cuesta nada darle dos o tres. Otro será para Rosa y Álvaro, que tienen que probar, y lo demás será para llevármelo.

Después de terminar el último postre siento que la espalda se me va a partir en dos. Me duele todo el cuerpo y el calor se está volviendo insoportable. Por suerte saldremos pronto de aquí para volver a casa.

—Se me han pasado las horas volando — escucho a Esteban mientras limpia su puesto.

—También a mí. Apenas me doy cuenta del tiempo cuando estoy cocinando — respondo y observo que Laura no le quita el ojo de encima.

Este postre ha sido un poco más elaborado que a los que estoy acostumbrada a hacer, ya que he tenido que derretir chocolate, queso, mantequilla. También he tenido que hidratar la gelatina, batir las fresas y hacer la nata. Espero que el resultado valga la pena.

—Hola, esposa — me sobresalto al escuchar la voz de Aiden a través del link.

—Mi Alfa.

—¿Cómo vas? Estoy haciendo de comer y ya tengo el plan de esta tarde — escuchar su voz me pone ansiosa porque quiero estar ahí con él y disfrutar de nuestro primer aniversario.

—Ya nos queda menos, tranquila — susurra Ela.

—Estoy terminando de limpiar mi puesto. Hice unos postres, espero que te gusten — le respondo un poco nerviosa.

Sé que a Aiden le gusta todo lo que hago, pero hoy es especial. No tuve tiempo para comprarle ni un detalle pequeño y él me regaló esta pulsera tan hermosa. Lo mínimo que puedo hacer es cocinarle algo que le guste.

—Sabes que todo lo que haces me gusta, esposa. Te espero aquí.

—Te amo mi Alfa.

—Te amo, esposa.

Corto el link mientras camino hacia las neveras para coger seis de los diecisiete vasitos que hice. Tres serán para Mariana, uno para Laura, otro para Esteban, que lo he visto mirar mucho cuando lo estaba preparando, y otro para Rosa y Álvaro, ya que ellos nunca se terminan una cosa completa y siempre comparten.

—Te has lanzado a por un postre muy fresco — anuncia Rosa al verme llegar con la bandeja y dejarla en mi puesto.

Mariana ya me está observando con una sonrisa y agarro tres para ponerlos a su lado. Álvaro la mira con una ceja alzada, haciendo que ella se encoja de hombros.

—Mariana, ¿estás explotando a mis alumnos? — le pregunta, sin poder ocultar la diversión en su voz.

—Para nada, jefe. Flora me ha traído esto sin yo saberlo.

Rosa ríe y le paso las cucharas junto al vasito para que lo prueben. Los otros dos se los doy a Laura y Esteban, que me miran con una sonrisa enorme.

—Te debo una comida, Flora — murmura Esteban antes de meter su cuchara y comenzar a comer.

—Muchas gracias — dice Laura y asiento.

Mariana está con los ojos cerrados y Rosa asiente con la cabeza, mientras Álvaro sigue notando los sabores y texturas. Es muy perfeccionista con los detalles y no se le escapa nada. Es un profesor estupendo y es un chef genial.

—Está muy bueno, Flora — comienza a hablar y sé que viene un pero —, pero me he quedado con ganas de más.

La boca se me abre y los ojos se me abren como platos. Espera, ¿qué? Dioses, no me lo puedo creer. ¿Estoy soñando? Álvaro no ha tenido ninguna queja sobre mi postre. Sí, lo sé, es solo un postre que podría hacer cualquier, pero es que Álvaro no es cualquiera, siempre tiene alguna queja sobre algo, y me está dando una valoración sin ninguna queja. A mí.

—Yo... — Mi voz tiembla y me aclaro la garganta mientras me pongo recta y cruzo las manos en mi espalda —Hice más, si quiere puedo darle uno para que lo disfrute.

Me sonríe un poco mientras asiente con la cabeza.

—Te lo agradecería — responde y salgo volando para ir a la nevera a coger otro.

Cuando vuelvo, veo que Mariana ya se ha comido los tres y se frota la barriga enorme que tiene. Está a punto de dar a luz, recuerdo que hace unos días iba a cumplir su semana cuarenta y una. No tendría que estar trabajando, pero en realidad solo viene por la comida y porque le gusta estar aquí.

—Flora — giro la cabeza para ver a Mariana —, a mi bebé le ha gustado tanto que ha decidido salir para intentar comerlo él solo.

—¿Qué? — susurro un poco asustada al ver sus piernas mojadas — ¡Oh, por los Dioses!

—¿Dioses? — escucho a mi compañera de atrás.

Rosa suelta a reír mientras aplaude y Álvaro toma el control de la situación.

—Chicos, gracias a todos por este día. Nos vemos mañana.

—Tranquila, Flora. Vete a casa, ya nos ocupamos nosotros — me calma Rosa al verme tan inquieta.

¿Estará bien? Tiene que venir la ambulancia y seguro que tardará.

—Te puedo llevar al hospital — me ofreco y ellas niegan.

—Ya nos vamos nosotras, cariño. Gracias por tu preocupación, pero vete a casa y descansa.

—Espero que todo vaya bien, Mariana — le deseo mientras sale con Rosa y la escucha gritar un gracias.

—Coge una nevera transportable del almacén para que te puedas llevar los postres, Flora. Puedes devolverla otro día — me avisa Álvaro antes de salir y asiento.

Después de recoger mi puesto y guardar los postres en una nevera transportable, me encuentro con Esteban y Laura en la puerta.

—Estaremos unos meses sin Mariana — dice Lau y asiento —. Ha sido gracioso cuando dijo lo del bebé, y ni hablar de tu cara, Flora.

Suelta a reír y a mí se me escapa una risa corta. Pensaba que el bebé iba a salir ahí mismo y que no le daría tiempo de llegar a un hospital en condiciones.

—Me asusté. ¿Nos vemos mañana? — pregunto al ver el coche de su padre y ella asiente antes de despedirse de nosotros.

—Nos vemos mañana, Flora — se despide Esteban, caminando hacia su moto y yo hacia mi coche.

Dejo mis bolsos en el maletero y conduzco para llegar a casa. Por suerte no hay tráfico y llego en menos de una hora.

Dejo el coche en la puerta y bajo mis bolsos. Estoy deseando entrar para poder darme una ducha fría y cambiarme el uniforme por un vestido corto. Siento que estoy llena de sudor y que huelo fatal.

—Aiden — lo llamo en cuanto abro la puerta y el olor de la comida me llega —, no te vas a creer lo que ha pasado.

Dejo los bolsos en la encimera para poder poner los vasitos en la nevera.

—Hola, esposa, ¿qué ha pasado? — me pregunta con los brazos apoyados en la isla y una ceja alzada.

—Es que ni yo misma me lo creo aún. Primero, Álvaro no ha tenido ninguna queja sobre mi postre, incluso me ha pedido uno para él, ya que no lo había disfrutado — me vuelvo hacia él cuando termino de meter las cosas y comienzo a quitarme los botones de la camisa —. Y segundo, Aiden, casi estoy presente en un parto. Mariana se había terminado de comer mi postre, que debo decir que se ha tragado tres sin apenas respirar, y se ha puesto de parto. A roto la fuente, Aiden.

Lo escucho respirar y termino de quitarme la camisa.

—Me alegro de que Álvaro se haya dado cuenta de tu nivel. En cuanto a Mariana, espero que todo salga bien.

—Me asusté muchísimo, porque dijo que al bebé le gustó tanto mi postre que quería probarlo él mismo. Se burló de mí — suelto a reír y me quito los pantalones. En cuanto el aire helado me roza la piel suelto un suspiro satisfecho.

Noto como se acerca a mí y lleva su mano a mi nuca para acercar mi cara a la suya. Me da un beso que me deja sin aliento y me pone más caliente.

—¿Quieres darte una ducha antes? — pregunta y asiento, dándome cuenta de que solo lleva unos calzoncillos negros —. Te estaba esperando, esposa.

Envuelvo su cuello con mis brazos y me levanta para subir hasta la habitación. Lo amo tanto.

****

—No puedo más — lo escucho murmurar mientras deja el cuarto vasito en el fregadero.

—¿No te han gustado no? — pregunto con ironía y él asiente —. ¿Cuál es la sorpresa?

—Ponte un bikini — me manda arriba y me cambio en menos de diez minutos.

Preparo un bolso con una crema para el sol, un vestido limpio y unas sandalias planas. Me pongo un bikini de dos piezas de color azul y un pareo del mismo color. No se me pueden olvidar mis gafas.

—Estoy lista — bajo con mi bolso y veo que ya me está esperando en la puerta.

Solo va vestido con un bañador negro y lleva la camiseta sobre el hombro. Nos montamos en su auto y salimos de la manada.

—¿Furia?

—Dime, mi dulce Luna — ronronea y oculto mi sonrisa.

—¿Sabes a dónde vamos? — pregunto y lo escucho reír.

—Por supuesto, mi Luna, pero no puedo decirte. Me gusta mi libertad.

—Oh, vamos. Yo te gusto más.

—Deja de manipularlo — escucho a Aiden y resoplo cruzando mis brazos —. Que buenas vistas, esposa.

Lo miro y noto su mano en mi pecho izquierdo. Mismo que empieza a masajear y me pone la piel de gallina.

—No seas pervertido — le quito la mano y lo escucho gruñir. En realidad no me molesta, pero quiero jugar con su paciencia.

Para mi sorpresa se guarda la mano, pero veo que tiene una sonrisa y sé que me devolverá esto.

Me hago una idea cuando veo que conduce hacia el puerto. Tiene un barco enorme, mejor dicho, un yate. Aún no he visto el interior, ya que no hemos tenido la oportunidad de venir.

—Espero que no me tires por la borda y me dejes en mitad del agua — bromeo y él suelta a reír.

—Estás loca si piensas que te voy a dejar libre algún día — responde.

Eso debería asustar a cualquiera, porque suena muy posesivo, enfermo. Pero es que a mí me encanta mi hombre.

—Y yo nunca te dejaría solo, mi Alfa — le hago saber antes de dejar un beso en la comisura de sus labios.

****

—Es hermoso, Aiden — murmuro, totalmente fascinada al ver el yate de mi esposo.

Tenerlo frente a mis ojos no es lo mismo que verlo a través de una foto. Al contrario de lo que estoy acostumbrada de ver en los yates, este no es blanco, es negro con detalles en dorados. Mide más de sesenta metros y me siento como una hormiga al lado de esta monstruosidad.

—Es tuyo, esposa — deja un beso en mi cabeza y me lleva hacia la cabina donde se encuentra la estación de controles y un montón de pantallas que no sé para qué sirven. Los suelos son de madera clara y todos los asientos son negros.

Me ha dado un recorrido por todo el yate y he visto diez habitaciones con camas de matrimonio y con baño privado. La que más me ha gustado ha sido la habitación principal. Es una copia exacta de la habitación de casa. Paredes oscuras, cortinas pesadas a juego y baño completo.

No sé los planes que tiene Aiden, pero ya está atardeciendo y mañana tengo que ir a la academia.

—Siéntate — ordena señalando sus piernas y le hago caso.

Lleva el yate hacia fuerta del puerto y nos metemos a mar abierto. Las vistas son espectaculares y me quedo admirando como el sol se va escondiendo.

—Hay unas vistas increíbles aquí — murmuro y noto su respiración tranquila en mi espalda.

Poco a poco me he ido acomodando hasta que he quedado completamente tumbada sobre él. No se ha quejado en ningún momento porque tiene una de sus manos dentro de mi bikini y no para de tocarme las tetas.

—¿Desde cuándo tienes este yate?

—Desde hace un par de años. Siempre pasamos algunos días en familia aquí y en agosto esperamos pasar unos días en el mar, por eso hay tantas habitaciones. Lo vi y pensé en ellos, este sería un lugar de escape para todos nosotros, así que lo compré. Tu familia podría venir también. A Gisel le encanta nadar y no le tiene miedo a la profundidad del océano.

Es muy bonito de su parte el pensar en ellos. Compró esto solo para pasar tiempo con su familia y para tener una vía de escapa de la realidad. Aiden es una caja de sorpresas y siempre me sorprende porque no es como creía cuando lo conocí. Mi Alfa es un amor.

—Solo con nosotras — presume Ela y asiento.

—Vamos — pide dejando besos en mi cuello antes de levantarnos.

Nos lleva abajo donde nos sentamos en unos sillones negros muy cómodos y Aiden abre una botella de champán rosado, es el que más me gusta.

—Por nosotros — hablo alzando mi copa y él me imita —. Por nuestro matrimonio y por nuestro futuro. Espero cumplir mil aniversarios más contigo mi Alfa. Te amo.

No me quita la mirada y noto como sus ojos se vuelven más oscuros. Deseo que los Dioses nos junten en la próxima vida y en todas las demás.

—Te amo, esposa — chocamos nuestras copas antes de dar un trago.

Nos sentamos juntos y aprovecho para subir mis piernas a las suyas, dejando que el agua nos mueva y el viento sople. Se siente genial estar en mitad de la nada, sin ninguna preocupación, sin señal y sin ruido.

—Me quedaría aquí todo el día — murmuro con los ojos cerrados.

—Podemos venir siempre que quieras, esposa. Solo quiero hacerte feliz — su dedo hace dibujos sobre mi cintura y el atardecer le da paso al cielo oscuro.

Me pego más a él y las luces de todo el yate se encienden solas. Luces cálidas que nos dejan como una mancha flotante en el mar. Las estrellas se ven preciosas desde aquí y aunque no tengo el valor de mirar hacia el agua negra, me siento segura con Aiden a mi lado. Sé que jamás permitiría que me pasara nada.

Me subo a sus piernas para estar a su altura y besar esos labios que me encantan. Este hombre es mío por siempre. Sus manos bajan desde mi espalda hasta mis nalgas, las toca y masajea. Su cuerpo está caliente y creo que el mío debe estar igual.

—Hazme tuya — susurro sobre sus labios, sin dejar de moverme sobre su erección.

Al contrario de las otras veces, Aiden se lo toma con calma y me mima muchísimo. No deja de darme caricias sobre todo mi cuerpo, dejando la piel de gallina a su paso. Tira de los lazos del bikini para dejar mis pechos libres y el aire frío me los pone tensos.

—Ya eres mía, Flora. Siempre has sido mía — murmura sin dejar de mirarme y acariciando con suavidad mis pechos. Me hace suspirar y empujo contra su mano para sentir más.

Su otra mano baja para quitarme los lazos de la parte inferior y me deja totalmente desnuda sobre él.

Llena de besos lentos mi cuello, bajando por mis pechos antes de levantarse y bajar hacia la habitación del final. Me deja en la cama tumbada y me apoyo sobre mis codos para ver como se desnuda él.

—Tienes un cuerpo espectacular — se me escapa el pensamiento y lo escucho reír mientras a mí me arden las mejillas.

—Y el tuyo me vuelvo loco, esposa — lo dice tan tranquilo y le creo, porque siempre me ha dicho lo mucho que le encantan mis curvas.

Nunca me he sentido insegura al mostrarle mi cuerpo tal como es. Siempre me ha hecho sentir única, especial y amada, y eso es algo que el dinero no compra. El amor que tenemos es real y bonito. No dejo de agradecerle a los Dioses por esto.

Aiden se arrodilla a los pies de la cama para tomar mi tobillo y comenzar a besar mi pierna hasta el interior del muslo. Repite la misma acción con la otra y siento que voy a perder la cabeza. Me encanta cuando me folla duro, pero me vuelve loca cuando me hace el amor. Es tan suave, tan lento y placentero, que creo que perderé la cabeza un día de estos. Cuando me hace el amor siento otra conexión con él, una conexión que sé de sobra que no tendré con nadie más que con él.

—Me haces la mujer más feliz del mundo — le digo al sentir que en mi pecho no cabe más amor por mi hombre.

Sus labios rozan mi monte de venus, dejando besos en mis caderas y volviendo a bajar hasta que siento su aliento en mi clítoris.

—Y yo me siento el hombre más afortunado al tenerte, esposa.

Su lengua lame desde mi entrada hasta mi clítoris, haciendo que un gemido se me escape. Aplana su lengua y lame de un lado a otro, sin prisa y con mimos.

Dioses, no podré soportar tanto. Entierro mis dedos en su cabello y sus manos van a mis pechos, que toca con lentitud y amor. Me da suaves tirones en los pezones, haciendo que una descarga eléctrica me recorra hasta mi clítoris. No puedo evitar mover mis caderas para tener más de él.

El orgasmo me golpea sin previo aviso, dejándome aturdida por un instante hasta que siento como sus besos suben por mi barriga hasta mis pechos. Lame, chupa y mordisquea los dos para después subir a mi cuello y buscar mi boca. Lo beso con ansias sintiendo mi sabor en su lengua.

—Tenemos todo el tiempo del mundo — susurra antes de morder el lóbulo de mi oreja y bajando por mi cuello.

Pongo mi mano sobre su pecho para sentir su corazón que está latiendo como loco al igual que el mío. Nos miramos un instante a los ojos antes de que tenga que tomar aire cuando siento su polla en mi entrada. Siento como se introduce con lentitud en mi interior, haciendo que mis piernas tiemblen al sentir como se abre paso hasta que llega al fondo.

Las palabras sobran y nuestras miradas hablan. Soy lo mejor que tiene Aiden y él es lo mejor que tengo. Nuestros corazones se sincronizan, nuestras respiraciones se vuelven pesadas y rápidas, y nuestros cuerpos se funden juntos en uno solo. Eso somos Aiden y yo. Somos uno.

Me hace suya mientras escucho como me susurra palabras bonitas al oído. Mi cuerpo tiembla al sentir como llegamos juntos al orgasmo y su nudo se aferra a mi interior.

—Te amo, esposa — lo escucho decir antes de darnos la vuelta y dejarme en su pecho tumbada.

—Te amo mi Alfa.